HENRIETTA
HAMILTON

MORD IN DER CHARING CROSS ROAD

*EIN FALL FÜR
SALLY UND JOHNNY*

Aus dem Englischen
von Dorothee Merkel

KLETT-COTTA

Klett-Cotta
www.klett-cotta.de
J. G. Cotta'sche Buchhandlung Nachfolger GmbH
Rotebühlstraße 77, 70178 Stuttgart
Fragen zur Produktsicherheit: produktsicherheit@klett-cotta.de

Die Originalausgabe erschien unter dem Titel »The Two Hundred Ghost«
im Verlag Hodder and Stoughton, London
© The Estate of Hester Denne Shepherd, 1956
Für die deutsche Ausgabe
© 2024 by J. G. Cotta'sche Buchhandlung Nachfolger GmbH,
gegr. 1659, Stuttgart
Alle deutschsprachigen Rechte sowie die Nutzung des Werkes für Text und
Data Mining i.S.v. § 44b UrhG vorbehalten
Cover: Anzinger und Rasp Kommunikation GmbH, München
Unter Verwendung einer Abbildung von © Milan Jovanovic,
CHAMELEON Studio
Gesetzt von Dörlemann Satz, Lemförde
Gedruckt und gebunden von CPI – Clausen & Bosse, Leck
ISBN 978-3-608-96615-2
E-Book ISBN 978-3-608-12359-3

Zweite Auflage, 2025

Für
Mary Frances Shepherd – in Liebe

ERSTES KAPITEL

Die schwere Mahagoni-Uhr auf dem Kaminsims schlug fünf. Sally stand von ihrem Schreibtischstuhl auf und schloss die Türe ab, damit keine weiteren Kunden den Laden betreten konnten. Dann kehrte sie zum Schreibtisch zurück und setzte ihre Arbeit fort. Sie war gerade mit der Wunschliste von Hiram P. Goldberger aus Washington, D. C., beschäftigt – einem alten und sehr geschätzten Kunden –, die einen ganzen Papierbogen in Quartformat füllte. Es war nicht unbedingt nötig, dass sie den Auftrag noch heute Abend erledigte, aber die Bücher sollten in Heldar's wöchentlicher Bestellliste stehen, die sie noch tippen und morgen an die *Antiquarische Bücherwelt* schicken musste, und sie zog es vor, die Titel erst zu katalogisieren. Sie nahm sich eine weitere Karteikarte und schob sie in die Schreibmaschine. *Johnson (Samuel) Rasselas 1759 2 Bde., Versandgeschäft.*

Bis zu dieser Stelle war sie gekommen, als sie hörte, wie die drei Kolleginnen aus dem oberen Stockwerk herunterkamen. Sie eilten die Treppe hinunter, unterhielten sich dabei leise und betraten schließlich nahezu gleichzeitig den Laden: Miss Bates, die Buchhalterin, sowie Mrs Weldon und Betty, die beiden Schreibkräfte. Sie wünschten Sally hastig eine gute Nacht, wobei Miss Bates noch hinzufügte: »Machen Sie doch auch bald Schluss, Sally.« Sie versuchte, fröhlich zu klingen, doch das gelang ihr nicht ganz. Dann eilten die Frauen hinaus in die von den Straßenlaternen nur dürftig erhellte Dunkelheit der Charing Cross Road.

Sally seufzte. Kein Zweifel, die drei waren verängstigt, aber sie waren alle ohnehin eher nervös veranlagt. Im Gegensatz zu ihnen war Sally nicht davon überzeugt, dass der Geist aus der Nummer zweihundert wieder sein Unwesen trieb. Dennoch – das ging alles ein bisschen über einen Scherz hinaus, womit sie und die ›Kleine Liza‹ versucht hatten, die Geschichte herunterzuspielen. Seit jenem Abend letzte Woche, als Betty glaubte, den Geist gesehen zu haben, waren die drei Damen immer gemeinsam um kurz nach fünf Uhr aus dem Haus gegangen. Die Schreibkräfte waren nur sehr selten gezwungen, Überstunden zu machen, doch Sally fragte sich allmählich, was passieren würde, wenn das nächste Mal eine von ihnen länger bleiben musste.

Sie vervollständigte die Karteikarte mit Hiram P. Goldbergers Namen und Adresse sowie dem Datum und nahm sich eine weitere Karte vor. In diesem Moment schloss jemand hinten im Flur schwungvoll eine Bürotür, und Sally hörte Vater Williams forsche Schritte. Vater William war bereits achtzig Jahre alt, aber er leistete an einem Arbeitstag immer noch so viel wie sein wesentlich jüngerer Neffe oder sein Enkel oder Großneffe. Als er den Laden betrat, war er bereits in seinen schwarzen Mantel gekleidet und hielt den schwarzen Hut und den ordentlich zusammengerollten Regenschirm in den behandschuhten Händen. Sein stattlicher, weißbehaarter Kopf war noch unbedeckt.

»Sie machen wieder Überstunden, Miss Merton?«, fragte er. Seine Stimme mochte die eines alten Mannes sein, doch sie klang immer noch sehr lebendig. »Ich denke nicht, dass ich all diese Überstunden gutheißen kann. Wie lange wollen Sie denn noch hierbleiben?«

Sally hatte sich erneut von ihrem Stuhl erhoben. Sie sah in seine klugen blauen Augen. »Für gewöhnlich bleibe ich nicht sehr viel länger als bis halb sechs, Mr William.«

»Also, ich finde, Sie sollten das auf höchstens zweimal pro Woche beschränken. Sie sehen müde aus. Und vergessen Sie nicht, Ihre Überstunden anzugeben! Gute Nacht, Miss Merton.«

»Gute Nacht, Mr William. Danke.«

Vater William trat auf die Straße hinaus. Wenig später öffnete und schloss sich die Tür seines Büros erneut. Das konnte doch unmöglich Miss Mundle sein, dachte Sally, die jetzt schon nach Hause ging! Doch dann fiel ihr ein, dass heute Dienstag war und Miss Mundle ihre Abendschule besuchen würde, wie sie das während der letzten dreißig Jahre immer gemacht hatte, wenn auch in der Winterzeit nur einmal die Woche. Miss Mundle hatte schon für Mr Henry als Schreibkraft gearbeitet – Vater Williams Bruder und Mr Charles' Vater, der vor fünfundzwanzig Jahren gestorben war –, und seit Mr Henrys Tod war sie Vater Williams Sekretärin, und als solche absolut unentbehrlich. Sie hatte auch dessen beide Söhne gekannt, Mr John, der Vater von Johnny Heldar, und Mr Dicky, die beide im Ersten Weltkrieg gefallen waren. Sie hatte sogar den bedeutenden alten Mann selbst gekannt, Vater Williams Vater, den Gründer der Firma und ersten Mr John. Miss Mundle war ebenso sehr ein Teil von Heldar's, wie es die Seniorpartner waren.

Die Tür des Flurschranks, in dem Miss Mundle und Sally ihre Mäntel aufbewahrten, schloss sich leise, und wenig später betrat Miss Mundle den Laden. Ihre Augen strahlten Sally hinter ihrer Nickelbrille an. »Sie machen wieder Überstunden?«, fragte sie. »Das machen Sie viel zu oft.«

Sally entgegnete: »Wer im Glaskasten sitzt ...« Miss Mundle lachte. »Oh, ich weiß«, sagte sie. »Aber ich bin alt und zäh.« Sie sah tatsächlich sehr robust aus, wie sie dort stand, mit ihrer vierschrötigen Gestalt, ihrem hässlichen Mantel, ihrem zweckmäßigen Filzhut und ihren klobigen praktischen Schuhen. »Sie sehen müde aus, meine Liebe.«

»Ich bin ebenfalls zäh.«

»Nun, das hoffe ich, Sally. Aber bleiben Sie nicht zu lange. Gute Nacht, meine Liebe.«

Sie eilte davon, und Sally wandte sich wieder Hiram P. Goldberger zu.

Bald darauf hörte sie, wie Mr Charles langsam nach unten kam. Mr Charles war dreißig Jahre jünger als Vater William, aber in mancher Hinsicht wirkte er älter. Seine grauen Haare waren dünn und spärlich, und seine Schultern immer ein wenig gebeugt. Er sah Sally freundlich an.

»Sie sehen müde aus, Sally«, sagte er. »Sie sollten nicht so oft Überstunden machen.«

Wäre es irgendjemand anderes als Mr Charles gewesen, hätte sie vielleicht gereizt darauf reagiert, dass man ihr nun innerhalb von fünf Minuten zum dritten Mal mitteilte, sie sehe müde aus. Aber man konnte Mr Charles unmöglich böse sein. Sie lächelte ihn an und sagte, es ginge ihr gut.

»Vielleicht ernähren Sie sich ja nicht ordentlich?«, meinte er, halb entschuldigend. »Junge Frauen, die für sich selbst sorgen müssen, vernachlässigen das häufig. Die glauben immer, es reicht, wenn man irgendein Zeug aus der Dose auf einen Gasbrenner stellt. Das meint jedenfalls meine Frau, und die hat für gewöhnlich recht.«

Mrs Charles hatte absolut recht, dachte Sally, aber sie antwortete nur mit ein paar vagen, freundlichen Worten. Mr Charles schüttelte den Kopf und sagte: »Wie auch immer, ich gehe jetzt besser nach Hause. Wir haben ein paar Gäste zum Abendessen eingeladen. Tim hat mich gerade daran erinnert, sonst hätte ich das vollkommen vergessen.« Er war immer auf entwaffnende Weise ehrlich, was seine Vergesslichkeit anbelangte. Er seufzte. »Tim selbst hat sich davor gedrückt, weil er eine junge Dame ausführt. Ich wünschte, ich könnte dasselbe tun. Also mich vor der Party drücken, meine ich«, fügte er hastig hinzu.

Sie lachten beide, und dann wünschte er ihr eine gute Nacht und verließ den Laden. Als Nächstes hörte sie Butchers aggressive Schritte auf der Treppe und war plötzlich eingehend mit der Tastatur ihrer Schreibmaschine beschäftigt.

»Hallo, Sally«, sagte Butcher, während er in den Laden geschlendert kam. »Schon wieder Überstunden? Das ist nicht gut für Sie, wissen Sie? Sie werden davon ganz bleich und dünn. Nun kommen Sie schon, gehen Sie was mit mir trinken! Die Pubs öffnen in einer Viertelstunde.«

»Nein, danke«, sagte Sally. »Ich habe hier noch Arbeit zu erledigen.«

Und schon stand er unmittelbar neben ihr und starrte auf ihre Liste herunter. Er roch nach billiger Haarpomade. »Der alte Hiram P.?« Er benutzte ein Schimpfwort, das in der Gesellschaft einer Dame nicht unbedingt passend war. »Heben Sie sich den doch für morgen auf.«

»Ich würde lieber heute Abend damit fertig werden.«

»Ach, jetzt kommen Sie schon«, sagte Butcher. »Sie sind ein viel zu hübsches Mädel, um hier den ganzen Abend herumzusitzen und zu arbeiten. Wollen Sie denn nicht mal ein bisschen Spaß haben?« Seine dicken Finger schlossen sich um ihre Schulter.

»Nein danke«, sagte sie kalt und entzog sich ihm.

Doch weil ihr Schreibtisch in einer Ecke stand, kam sie nicht weit.

Keiner von beiden hatte mitbekommen, wie sich die Tür zum Keller geöffnet und wieder geschlossen hatte. Doch jetzt hörte Sally ein leises Geräusch, drehte sich um und sah Fred Malling im Türrahmen stehen. Fred war sehr groß und dünn, fast schon ausgezehrt. Sein grauer Kittel schlotterte ihm so lose um den Körper, als umhüllte er ein Skelett. Die hellen Lampen über den Bücherregalen warfen dunkle Schatten auf seine hohlen Wangen und seine leuchtenden, eingesunkenen Augen. Sally fand plötzlich, dass er so aussah, als sei er einem El-Greco-Gemälde entstiegen. Und ebenso plötzlich dachte sie, dass diese neue Wendung der Ereignisse mit das Schlimmste war, was hätte passieren können.

Bevor sie etwas sagen konnte, rief Fred mit scharfer Stimme: »Sie dreckiges Schwein! Nehmen Sie gefälligst Ihre widerlichen Hände von Miss Merton!«

Sally stand auf und versuchte, etwas zu sagen, aber Butcher kam ihr zuvor.

»Also meine Hände sind widerlich, ja?«, sagte er. »Woher wollen Sie denn wissen, dass Sally sie widerlich findet? Sie armer Wicht! Sie haben's grad nötig! Sie müssen sich Ihr Geld damit verdienen, dass Sie da unten im Keller Pakete schnüren.«

Freds bleiches Gesicht wurde rot. »Sie ist ein anständiges Mädchen«, sagte er mit zitternder Stimme. »Daher weiß

ich das. Also lassen Sie sie verdammt nochmal in Ruhe!«
Er legte den Bücherstapel, den er mit nach oben gebracht hatte, auf den großen Tisch, doch weil seine Hände so heftig zitterten, entglitten ihm die Bücher und purzelten zu Boden.

Sally wollte erneut etwas sagen, doch Butcher kam ihr auch diesmal zuvor. »Sie sollten lieber vorsichtig sein, Fred«, sagte er. »Regen Sie sich bloß nicht auf. Wir wissen doch alle, dass Sie eigentlich schon längst in ein Heim gehören.«

Freds Gesicht wurde aschfahl. Mit einer Stimme, die sie selbst kaum erkannte, sagte Sally zu Butcher: »Sie gehen jetzt besser. Fred ist mehr wert als fünfzig von Ihrer Sorte. Und er hat im Krieg gekämpft. Sie dagegen haben sich, wie ich glaube, erfolgreich davor gedrückt.«

Das saß. Befriedigt sah sie, wie ihm alle Röte aus den Wangen wich und seine Haut hässliche Flecken bekam. Im nächsten Moment stieß er einen ebenso hässlichen Fluch aus.

Weit entfernt im oberen Stockwerk schloss sich eine Tür. Sie hörten das Geräusch nur sehr leise. Doch die energischen Schritte auf der Treppe kamen rasch näher.

Butcher sagte in einem leisen, bedrohlichen Tonfall: »Glauben Sie nur ja nicht, dass die Sache damit erledigt ist, und zwar keiner von Ihnen beiden.« Dann ging er rasch zur Tür und verließ den Laden.

Fred schien weder das Geräusch der Tür im oberen Stockwerk noch die Schritte auf der Treppe gehört zu haben. Er stand einfach nur da, mit verkrampften, zitternden Händen. Sally sagte sanft: »Es ist schon gut, Fred. Er wollte nur gemein sein. Tausend Dank, dass Sie mir geholfen haben.«

»Ich weiß, dass ich nur ein Packer bin, Miss«, sagte Fred verzweifelt. »Aber ich konnte nicht einfach tatenlos danebenstehen und zugucken, wie er Sie begrapscht. Ich fürchte, ich hab' die Sache nicht besser gemacht. Am Ende mussten Sie sich für mich starkmachen.« Seine Stimme brach, und Sally stellte bestürzt fest, dass er weinte.

Sie war sich nicht sicher, ob sie versuchen sollte, Fred aus dem Laden zu geleiten, bevor Johnny den Raum betrat, oder ob es nicht besser wäre, wenn Johnny von dieser Sache erfuhr. Aber am Ende wurde ihr die Entscheidung aus der Hand genommen. Johnny war bereits da.

Er blieb am Fuß der Treppe stehen. Johnny war fast so groß wie Fred, hatte jedoch viel breitere Schultern und war wesentlich kräftiger. Dieser Körperbau hatte ihn, zusammen mit seinem scharfen Verstand, während des Krieges zu einem erstklassigen Kommandoführer gemacht, wie alle sagten. Sein Gesichtsausdruck war ungewöhnlich ernst, und er strahlte bei dieser Gelegenheit eine ähnliche Autorität aus wie sein Großvater.

»Was ist hier vor sich gegangen?«, fragte er leise.

»Es war nur Butcher, er hat sich danebenbenommen«, antwortete Sally.

»Er hat Miss Merton begrapscht, Mr Johnny«, sagte Fred. »Und ich war verdammt nochmal vollkommen nutzlos – bitte entschuldigen Sie, Miss. Es tut mir leid.« Die Tränen strömten ihm immer noch an den hohlen Wangen herab.

»Sie haben das feindliche Feuer auf sich gelenkt, Fred«, widersprach ihm Sally.

»Ich verstehe«, sagte Johnny. Er trat zu Fred und legte ihm eine Hand auf die Schulter. Sally hatte noch nie eine solche Sanftheit bei ihm gesehen. Wahrscheinlich besaß er Erfahrung im Umgang mit Männern, die vom Krieg gezeichnet waren, dachte sie bei sich.

»Den gegnerischen Beschuss auf sich zu ziehen ist immer eine sehr gute Sache, Fred«, sagte er immer noch leise. »Es war ein Glück, dass Sie hier waren. Und machen Sie sich keine Gedanken wegen der Dinge, die er zu Ihnen gesagt hat. Bestimmt alles nur Lügen. Gehen Sie jetzt heim und essen Sie was zu Abend. Ist Alf immer noch hier?«

»Nein, Mr Johnny. Er und Billy sind vor ungefähr fünf Minuten gegangen.«

»Schön, dann gehen Sie auch heim. Wir unterhalten uns morgen früh. Ich ruf Sie dann unten an. Gute Nacht, Fred.«

»Gute Nacht, Mr Johnny, Sir. Gute Nacht, Miss.«

»Gute Nacht, Fred. Und vielen Dank nochmal.«

Fred machte ein dankbares Gesicht. Er verließ den Laden, und sie hörten, wie sich die Tür zur Kellertreppe öffnete und wieder schloss. Er würde das Gebäude durch die Hintertür verlassen, die auf die kleine Gasse führte, und so denselben Weg nehmen, den auch Alf Lendicott, der leitende Packer, und der ›Kleine Billy‹, der Laufbursche, genommen hatten.

»Wird er denn auch klarkommen?«, fragte Sally.

»Ich denke schon. Er macht nicht den Eindruck, als würde er jeden Moment in sich zusammenbrechen. Aber erzählen Sie mir doch bitte ganz genau, was passiert ist.«

Johnny war Juniorpartner. Er war kaum älter als Sally und stand mit der gesamten Belegschaft auf sehr gutem Fuß. Und er würde die ganze Geschichte ohnehin morgen früh von Fred erfahren, oder jedenfalls den Teil davon, den Fred kannte. Hinzu kam, dass Johnny in mehr als nur einer Hinsicht große Ähnlichkeit mit Vater William hatte. Wenn er Fragen stellte, bekam er auch Antworten.

Sally beschönigte den ersten Teil der Geschichte ein wenig – was wahrscheinlich überhaupt nichts nützte. Aber den Wortwechsel zwischen Butcher, Fred und ihr selbst gab sie wortgetreu wieder. »Ich war verdammt unverschämt zu ihm und ich bin verdammt froh darüber.«

»Und ich bin verdammt froh, dass er bekommen hat, was er verdient«, sagte Johnny. »Oder jedenfalls einen Teil davon. Der Rest wird schon noch folgen, denke ich. Aber seien Sie vorsichtig mit ihm, Sally. Und wenn er wieder versuchen sollte, Ihnen zu nahe zu kommen, dann geben Sie mir sofort Bescheid. Versprochen?« Seine Stimme und die Art, wie er sie ansah, ließen ihr keine Wahl.

»Ich verspreche es«, antwortete Sally.

»Gut. Denken Sie, er wird heute Abend noch einmal zurückkommen? Ist er ein paar Sandwiches kaufen gegangen, wie er das sonst immer tut?«

»Das hat er nicht gesagt. Aber ich bezweifle doch sehr, dass er jetzt noch einmal zurückkommen wird.«

»Vielleicht nicht. Aber dennoch ...« Er schaute auf die Uhr. Erneut hörte man, wie jemand die Treppe herunterkam. Im nächsten Moment betrat Tim mit raschen Schritten den Laden – ein junger und fröhlicher Mann, der an diesem Abend recht flott gekleidet war. Noch war er kein offizielles Mitglied des Personals, sondern studierte am New College in Oxford. Doch er war während der Weihnachtsferien zu Besuch, um sich ein wenig mit diesem Beruf vertraut zu machen. Die älteren Heldars waren der Ansicht, dass man nie früh genug damit anfangen konnte, etwas über antiquarische Bücher zu lernen, wenn man es auf diesem Feld zu etwas bringen wollte.

»Hallo, Sally«, sagte er. »Ist mein werter Herr Papa schon gegangen? Er hat hoffentlich nicht vergessen, dass heute Abend Gäste zum Essen kommen! Meine Mutter hat mir gesagt, ich soll ihn daran erinnern, und das habe ich auch getan, aber er hat womöglich irgendwelche Inkunabeln entdeckt und alles andere vergessen.«

»Er hat sich daran erinnert«, sagte Sally.

»Tim«, sagte Johnny. »Ich muss los. Bleib du bitte bei Sally, bis sie hier fertig ist, und dann begleite sie nach Hause. Butcher hat sich danebenbenommen. Aber erzähl das sonst niemandem. Und ich kümmere mich um die Sache. Verstanden?«

Tims fröhliches Gesicht hatte bei der Erwähnung von Butcher einen finsteren Ausdruck angenommen, und Sally wurde es ganz unbehaglich, als ihr der schreckliche Streit wieder einfiel, den die beiden letzte Woche gehabt hatten. Johnny erinnerte sich offenbar ebenfalls daran. Es wäre für alle Beteiligten besser, wenn Tim jetzt ginge. Er war wahrscheinlich ohnehin in Eile.

»Mir wird schon nichts passieren«, sagte sie. »Er kommt bestimmt nicht wieder zurück.«

»Ich werde Sie mit dem größten Vergnügen nach Hause geleiten«, entgegnete Tim mit Nachdruck.

»Sehr gut«, sagte Johnny. »Bitte verzeihen Sie, Sally, aber ich muss jetzt los.« Er ging mit raschen Schritten hinaus.

»Sie sollten auch gehen, Tim«, sagte Sally. Vor einem Jahr, als er zum ersten Mal hier gearbeitet hatte und sie selbst noch ganz neu gewesen war, hatte sie ihn einmal »Mr Tim« genannt. Das war ihm so peinlich gewesen, dass sie das nicht noch einmal versucht hatte, außer in der Gegenwart von Kunden.

Er grinste sie an. »Hat Vater Ihnen erzählt, dass ich verabredet bin? Machen Sie sich da mal keine Sorgen. Die Verabredung ist erst um Viertel vor sieben, und Sie wohnen nicht weit weg, oder? In Earl's Court?«

Sally versuchte, ihn umzustimmen, aber Tim meinte nur, sie solle ihre Sachen zusammenpacken und ihren Mantel anziehen. Tim konnte, wie alle Heldars – von seinem sanftmütigen Vater einmal abgesehen –, sehr stur sein. Sally räumte hastig ihren Schreibtisch auf und rannte dann den Flur entlang, um ihren Mantel zu holen. Gerade in dem Moment, als sie zurück in den Laden kam und das Licht im Flur und auf der Treppe ausschaltete, gellte ein Schrei durch das Haus.

Er kam von oben, und sein Echo hallte in dem engen Treppenhaus wider. Im nächsten Moment hörte man von oben leichte, hastige Schritte. Tim eilte zum Fuß der Treppe und rief: »Wer zum Teufel –?«

»Liza«, antwortete Sally. Sie hatte vollkommen vergessen, dass Johnnys Sekretärin noch nicht gegangen war. Sie schaltete das Licht wieder an. Aber die Kleine Liza würde niemals nur deswegen schreien, weil das Licht ausgegangen war. Sally wurde von einer plötzlichen Sorge erfasst, während sie hinter Tim die Treppe hinaufrannte. Aber nein, Butcher hatte das Haus verlassen.

Liza musste so schnell gerannt sein wie Betty die Woche zuvor, denn sie erreichte den Treppenabsatz im ersten Stock sogar noch vor Tim. Keuchend landete sie direkt in seinen Armen. Tim hielt sie fest und fragte dann freundlich: »Was ist los, Liza?«

Liza rang nach Luft und sagte: »Der Geist.«

»Der Geist?«, wiederholte Tim. »Aber hier gibt es keinen Geist mehr, Herzchen. Man hat ihn vor fast hundert Jahren ausgetrieben. Seitdem wurde er nie wieder gesehen.«

»Aber Betty hat ihn gesehen – letzte Woche«, sagte Liza.

»Betty dachte, sie hätte ihn gesehen«, entgegnete Sally sanft. »Aber wir haben ihr nicht geglaubt, Liza.«

Liza atmete schwer. Dann sagte sie mit immer noch ein wenig abgehackter Stimme: »Das stimmt. Wir dachten, Betty hätte sich das entweder eingebildet oder Butcher hätte ihr einen Streich gespielt. Ich bilde mir nichts ein, also nehme ich an, es war Butcher. Die Mädels dachten, dass er an dem Abend, als Betty den Geist gesehen hat, gar nicht bis spät gearbeitet hat, aber du hast gedacht, er sei nur ausgegangen, um sich seine Sandwiches zu holen, nicht wahr? Wie er es immer tut, wenn er vorhat, Überstunden zu machen.« Sie schaute die Treppe hinauf. Sie hatte den Mut, mit dem sie als gebürtige Londonerin gesegnet war, schon wieder zurückgewonnen.

»Ich habe von dieser Geistergeschichte anscheinend noch gar nichts gehört«, sagte Tim. »Und ich würde es Butcher durchaus zutrauen, sich als Geist zu verkleiden. Aber wie ich mir habe sagen lassen, hat er vor einer Weile das Haus verlassen und ist, soweit wir das erkennen konnten, nicht wieder zurückgekehrt.«

»Also, da war jemand«, entgegnete Liza störrisch.

»Was genau haben Sie denn gesehen?«, fragte Tim.

»Ich war zur Damentoilette hochgegangen, um meinen Mantel zu holen. Das Licht in dem obersten Flur ist kaputt, aber die Türen zu den Büros standen offen, und es fiel Licht von der Straße herein. Ich stand oben an der Treppe und wollte gerade wieder hinuntergehen, als ich ein Geräusch hörte und mich umdrehte, und da habe ich eine – eine Art weiße Gestalt gesehen, an der Ecke, wo der Flur zu Butchers Büro abbiegt. Genau so etwas hat Betty auch gesehen und auch genau an derselben Stelle – weißt du noch, Sally? Ich bin nicht stehen geblieben, um es mir näher anzusehen – ich bin genau wie Betty einfach nur losgelaufen. Und in diesem Moment ist das Licht im Treppenhaus ausgegangen.«

»Das tut mir furchtbar leid«, sagte Sally. »Ich hatte vergessen, dass du noch da bist.«

»Also schön, ich werde mir das mal ansehen«, sagte Tim. »Ihr Mädels wartet besser unten im Laden.« Dann hielt er inne, denn ihm war ganz offenbar das Versprechen eingefallen, das er Johnny gegeben hatte.

»Ich komme mit«, sagte Liza.

Also gingen sie alle zusammen. Sally und Liza warteten auf dem Treppenabsatz im zweiten Stock, mit der Anweisung zu schreien, falls sie irgendjemanden sahen. Tim sah unterdessen in Johnnys Büro nach, sowie in den Räumen mit den fremdsprachigen Büchern und den Reisebüchern. Dann wiederholten sie das Ganze im obersten Stockwerk, während Tim einen Blick in die Büros der Schreibkräfte und das von Miss Bates warf, außerdem in den Raum mit den Geschichtsbüchern, in dem sich sein eigener Arbeitsplatz befand, in die Damentoilette und Butchers Büro. Schließlich kehrte er zurück und sagte: »Also, es tut mir leid, aber dort ist niemand. Es sei denn, er wäre durch die Falltür aufs Dach hinausgeklettert ...« Er beendete den Satz nicht.

»Da war jemand«, sagte Liza. »Ich glaube nicht, dass es ein Geist war, aber da war jemand.«

Tim sah sie an. »Ich weiß nicht ganz, was ich dazu sagen soll«, meinte er dann mit typisch jugendlicher Offenheit.

»Sie glauben, ich hätte mir das nur eingebildet!«, sagte Liza. Ihre Wut flammte so schnell auf, als hätte man einen Funken geschlagen.

»Es sieht Ihnen nicht ähnlich, sich etwas einzubilden, denke ich«, meinte Tim. »Also schön. Ich schlage vor, dass wir jetzt alle nach Hause gehen. Ich werde mit Johnny über diese Sache sprechen. Johnny lässt sich von niemandem etwas vormachen.« Seine Bewunderung für Johnny kannte keine Grenzen.

Damit waren alle einverstanden. Aber es war nicht so leicht, sich zu einigen, wer wann und mit wem gehen sollte. Der unglückselige Tim hatte versprochen, Sally nach Hause zu begleiten, doch er empfand es nun natürlich als seine Pflicht, auch Liza nach Hause zu geleiten. Gleichzeitig war er in weniger als einer Stunde verabredet. Sally und Liza meinten beide beharrlich, es sei nicht nötig, dass sie jemand nach Hause begleitete, aber Tim, der wild entschlossen war, ritterlich zu sein, verkündete schließlich, dass er und Sally Liza zu ihrem Bus bringen und warten würden, bis sie eingestiegen war, und dass er danach Sally nach Earl's Court begleiten würde.

Sie wollten gerade das Licht im Laden ausschalten, als sie hörten, wie von draußen ein Schlüssel ins Schloss gesteckt wurde. Tim sagte leise: »Falls es Butcher ist, sagen Sie beide kein Wort.« Liza runzelte empört die Stirn, doch Sally sah seinen Gesichtsausdruck und begriff, dass er befürchtete, sich bei einem Wortwechsel mit Butcher nicht beherrschen zu können.

Es war tatsächlich Butcher. Er hatte zwei prall gefüllte

Papiertüten dabei, und Sally kannte ihn gut genug, um zu wissen – auch ohne seinen Atem gerochen zu haben –, dass er etwas getrunken hatte. Er sah sie, Tim und Liza an, sagte jedoch nichts.

»Gute Nacht, Butcher«, sagte Tim kurz angebunden.

»Gute Nacht«, antwortete Butcher und drängte sich an ihnen vorbei.

Sally und Tim brachten Liza zu ihrem Bus, und dann bestand Tim darauf, ein Taxi zu nehmen. Während sie westwärts fuhren, fragte er: »Wie denken Sie über die Sache, Sally?«

»Ich weiß nicht recht«, antwortete sie. Ihr war der Gedanke gekommen, dass Butcher mit dem Vorhaben, sich an ihr zu rächen, womöglich zurückgekommen war, um ihr mit seinem Geistertrick einen Streich zu spielen. Aber sie wollte Tim lieber nichts von dem Butcher-Fred-Vorfall erzählen. Und wie sollte Butcher überhaupt ins Haus gekommen sein, ohne dass sie ihn gesehen hätten?

»Um wie viel Uhr hat Butcher den Laden verlassen, um seine Sandwiches zu holen?«, fragte Tim abrupt.

Sally dachte an den Vorfall zurück. »Ich denke, es war etwa um Viertel nach fünf. Genauer kann ich es nicht sagen.«

»Und Liza hat ihren Geist gegen fünf vor halb sechs gesehen. In dieser Zeit könnte er zurück ins Haus und hoch in sein Büro geschlichen sein und sich dort ein weißes Laken oder etwas Ähnliches umgehängt haben. Und dann könnte er wieder nach draußen und zum Pub in dem kleinen Gässchen gegangen sein, wo er immer seine Sandwiches kauft – das müsste dann nach halb sechs Uhr gewesen sein, wenn die Pubs öffnen –, um schließlich wieder den Laden zu betreten, während wir ihn so gegen zwanzig vor oder Viertel vor sechs verließen. Er hat einen Schlüssel zur Vordertür. Aber Sie waren doch sicher die ganze Zeit vorne im Laden, bis zu dem Moment, als wir den Schrei gehört haben, oder?«

»Ja. Zusammen mit Ihnen oder Mr Johnny. Butcher hat keinen Schlüssel zur Hintertür – soweit ich weiß – und die Packer waren schon alle gegangen, also wäre da niemand mehr gewesen, der ihn hätte hereinlassen können. Und selbst wenn er auf diesem Weg ins Haus gekommen wäre, hätte er die Kellertreppe hochkommen und den Flur entlanglaufen müssen, der in den Laden führt, um die Haupttreppe zu erreichen. Eine Hintertreppe gibt es schließlich nicht. Einer von uns hätte ihn dann sicher sehen oder zumindest hören müssen.«

»Beinahe sicher. Und selbst wenn man sich darauf nicht hundertprozentig verlassen könnte, so wäre es ihm doch unmöglich gewesen, wieder herunterzukommen, ohne dass ihn jemand gesehen hätte. Sie und Liza standen beide Male auf dem Treppenabsatz, während ich die Räume durchsucht habe. Und dasselbe gilt für jede andere Person, die sich als Geist verkleidet hätte.«

»Und die Falltür im Dach?«, fragte Sally.

»Ich fürchte, die können wir ausschließen, und zwar aus zwei Gründen. Erstens: Der Kerl hätte eine Leiter haben und diese dann nach dem Hochklettern nach oben ziehen müssen. Die nächstgelegene Bibliotheksleiter befindet sich in Johnnys Büro – es sei denn, jemand hätte im oberen Stockwerk aus Versehen eine liegen lassen, und mir ist heute nichts dergleichen aufgefallen. Und die Leiter aus Johnnys Büro war an ihrem Platz, als ich sein Büro inspiziert habe.

Und zweitens: Letzte Woche ist Alf durch die Falltür hochgestiegen, um nach diesem Rohrbruch in der Damentoilette zu schauen, und da klemmte die Falltür, weil sie sich verzogen hatte. Sie ist ohnehin ungeheuer schwer. Alf musste eine zweite Leiter holen und mich bitten, ihm zu helfen, bevor er das Ding überhaupt von der Stelle bewegen konnte. Wir haben sie dann für den Klempner offen stehen lassen, und er hat sie wieder runtergelassen, nachdem er fertig war. Alf meinte, es müsse eine neue Falltür installiert werden, und dafür müsste ein Schreiner herkommen. Deshalb ist es eher unwahrscheinlich, dass Alf selbst seitdem irgendetwas daran gemacht hat. Und ein Schreiner war noch nicht da. Wenn all das nicht gewesen wäre, wäre ich natürlich nach oben gestiegen, um dort nachzusehen. Wir werden Alf mal dazu befragen, aber falls der Kerl nicht ein direkter Nachkomme von Tarzan war, können wir die Falltür wohl ausschließen.« Er seufzte. »Ich sage das ja nur äußerst ungern, und ich weiß, dass Liza normalerweise ein sehr vernünftiges Mädchen ist, aber ich fürchte, sie hat sich das Ganze eingebildet. Es sei denn, der Geist würde tatsächlich wieder sein Unwesen treiben.« Er schwieg einen Moment. »Ich kenne die Geschichte nicht so gut, wie ich sollte. Mutter hat nie gewollt, dass man sie mir erzählt, als ich noch kleiner war, und einen dieser Geisterjägerberichte habe ich auch nie gelesen. Was wissen Sie darüber?«

»Ich habe die Geschichte in Hughes' *Englische Geister* nachgelesen. Hughes schreibt, er habe sie direkt von dem ›großen alten Mann‹ – unserem Firmengründer – erfahren. Das alles passierte lange Zeit bevor der große alte Mann die Nummer zweihundert übernahm, aber als Hughes sein Buch verfasste, waren keine Berichte aus erster Hand mehr zu bekommen. Der große alte Mann hat die Geschichte von Tomkin, dem Buchhändler und vorigen Besitzer der Nummer zweihundert, der das Haus unmittelbar nach dem Exorzismus übernommen hatte, und Tomkin wiederum kannte die Geschichte von seinem Vorgänger, der letzten Person, die das Gebäude als Pub geführt hat. Das Haus ist ziemlich alt, wie Sie sicher wissen – sehr viel älter als die meisten anderen Häuser in der Charing Cross Road. Es wurde irgendwann im frühen achtzehnten Jahrhundert gebaut, und soweit man weiß, war es, bis Tomkin das Haus übernahm, immer ein Pub. Und dieser Pub hatte immer einen schlechten Ruf. In den frühen Jahren des neunzehnten Jahrhunderts konnte es geschehen, dass Leute, die dort einkehrten, nie wieder gesehen wurden. Das Übliche eben – jemand wollte sie loswerden und war bereit, dafür zu bezahlen, und so lockte man sie dorthin und erdolchte sie still und heimlich in ihren Betten. Oder vielmehr war es immer dasselbe Bett, wie man glaubt, oder jedenfalls dasselbe Zimmer, nämlich das, in dem Butcher jetzt sein Büro hat. In demselben Jahr, in dem die Schlacht von Waterloo stattfand, wurde ein Mann namens George Swan dort ermordet. Man erzählt sich, ein gewisser Sir Richard King hätte den Mord angeordnet, weil Swan Lady Kings Liebhaber war. In der Geschichte heißt es auch, dass Swan noch rechtzeitig aufwachte, um aus dem Bett zu springen und zu fliehen und dass er bis zur Ecke des Flurs kam, bevor der gedungene Mörder ihn einholte und ihm in den Rücken stach. Es wurden zwar Untersuchungen angestellt, aber man hat die Leiche nie gefunden und niemand wurde dafür jemals zur Rechenschaft gezogen. Bald darauf tauchte sein Geist auf und wandelte immer von dem Bett in Butchers Büro zu der

Ecke im Flur, und zwar in dem weißen Nachtgewand, das er trug, als er erstochen wurde. Das war für die Gäste äußerst schwer zu ertragen, aber der Gastwirt war ein überzeugter Rationalist und weigerte sich, die Geistergeschichte zu glauben. Dasselbe galt für seinen Sohn, der den Pub nach ihm übernahm. So wandelte der Geist ungehindert weiter, bis 1855, glaube ich. In dem Jahr ist der Sohn gestorben, und das Haus ging in den Besitz eines einigermaßen respektablen Katholiken über, der einen Priester kommen und den Geist exorzieren ließ. Danach wurde der Geist, soweit man weiß, nie wieder gesehen.«

»Tja«, sagte Tim. »Ich frage mich aber doch, ob er vielleicht wieder aufgetaucht ist. Das, was Liza und Betty angeblich gesehen haben, passt ja exakt zu dieser Geschichte. Betty kann manchmal ein bisschen hysterisch sein, wie ich weiß. Aber nicht die Kleine Liza.«

»Und ich frage mich, ob das, was die beiden angeblich gesehen haben, nicht ein wenig zu exakt zu der Geschichte passt. Genauer gesagt zu exakt zu der Geschichte, die in Hughes' Buch steht. Sie müssen wissen, Tim, dass ein Exemplar davon vor etwa zehn Tagen zu Betty hochgeschickt wurde, damit sie es fakturiert – und genau da hat alles angefangen. Die Mädels haben die Geschichte über den Geist von zweihundert nachgelesen und waren ganz aufgeregt deswegen. Darüber hinaus haben sie Liza und mir erzählt, Butcher sei hereingekommen, als sie sie gerade lasen, und er hätte sie damit aufgezogen. Diese Ausgabe von Hughes ist natürlich verkauft worden. Aber es gibt noch ein weiteres Exemplar. Ich habe es gesehen, als ich das erste Buch aus dem Regal holte, um es zu Betty hochzuschicken. In dem Raum neben der Versandabteilung – dort, wo die Bücher über Magie und Hexerei und Spiritualismus und so weiter stehen. Dem Raum für das Okkulte.«

»Ja, aber Sally, ich halte Butcher zwar für zu allem fähig, aber selbst wenn er Bettys Geist war, kann er unmöglich auch Lizas Geist gewesen sein. Es konnte weder Butcher noch sonst irgendjemand gewesen sein. Es konnte einfach niemand dort gewesen sein. Das haben wir schließlich bewiesen.«

Darauf wusste Sally keine Antwort. Tim fuhr fort: »Aber machen Sie sich keine Sorgen. Ich werde morgen mit Johnny reden. Oh, und das wollte ich Ihnen auch noch sagen: Ich hoffe, Sie waren nicht gekränkt, weil Johnny Sie nicht selbst nach Hause bringen wollte. Er hatte einen guten Grund dafür. Er hat einen Freund, einen Kameraden aus seiner damaligen Kommandotruppe, der in der Bromptoner Klinik für Lungenerkrankungen liegt. Der arme Kerl ist seit über einem Jahr dort, und Johnny besucht ihn seitdem zweimal die Woche, und zwar so regelmäßig, dass man die Uhr danach stellen könnte. Davon lässt er sich durch nichts und niemanden abhalten.«

»Wie nett von ihm«, sagte Sally. Es war wirklich bemerkenswert, dass ein Mann wie Johnny, der so zahlreiche berufliche und gesellschaftliche Verpflichtungen hatte, einem kranken Freund die Treue hielt und sich derart oft die Zeit nahm, ihn zu besuchen.

»Ja, nicht wahr?«, sagte Tim. »Aber um Himmels willen sagen Sie ihm nicht, dass Sie darüber Bescheid wissen. Ich habe es selbst nur ganz zufällig herausgefunden, und er würde mir das Fell über die Ohren ziehen, wenn er wüsste, dass ich irgendjemandem davon erzählt habe.«

ZWEITES KAPITEL

Sally schlief in jener Nacht nicht besonders gut. Aber sie ging am nächsten Morgen dennoch früh zur Arbeit, weil sie mit der Bestellung von Hiram P. Goldberger fertig werden wollte, bevor um halb zehn Uhr der Laden öffnete. Sie klingelte an der Hintertür – die Packer waren um diese Uhrzeit bereits alle im Haus – und der ›Kleine Billy‹ öffnete ihr.

»Guten Morgen, Miss«, sagte er fröhlich. Der Kleine Billy war immer fröhlich, außer wenn Butcher ihn schikanierte. »Sie sind heute aber früh dran.«

»Da ist noch Arbeit liegengeblieben, die ich erledigen möchte«, sagte Sally und lächelte ihn an.

»Alles klar, Miss.« Er schloss die Tür und ging mit ihr zusammen die Treppe hinunter und den Gang entlang. Dabei plauderte er unentwegt über nichts Bestimmtes. Es war ein bisschen so, als würde man von einem zutraulichen jungen Hund begleitet. Billy war ungefähr in ihrem Alter – um die dreißig –, aber er hatte das Aussehen und auch das Wesen eines Schuljungen. Das Alter konnte ihm nichts anhaben, ebenso wenig wie eine etwaige Verantwortung. Er verrichtete seine Arbeit gewissenhaft und gut, wie ein braver Schuljunge, sie genügte seinen begrenzten Fähigkeiten und belastete ihn nicht. Eigentlich gab es nichts, was ihn belastete – außer Butchers Spott, der ihm immer mal wieder für einen kurzen Moment vage ins Bewusstsein rief, dass ihm etwas fehlte. Niemand sonst bei Heldar's ließ ihn das jemals spüren. Im Allgemeinen war Billy in seiner kleinen Welt so glücklich, wie es ein Junge auf dem Land sein mochte, der fast so war wie alle anderen, aber eben nicht ganz. Der einzige Unterschied war, dass Billy ein Junge aus der Stadt war, der seine ganz persönliche Ecke von London in- und auswendig kannte und nirgendwo sonst hätte glücklich sein können.

An der geöffneten Tür der Versandabteilung trennte er sich von ihr. Sally konnte Alf und Fred am Arbeitstisch sitzen sehen.

»Morgen, Miss!«, rief Alf.

»Guten Morgen, Miss«, sagte Fred. Es kam ihr so vor, als sei er ein wenig in sich gekehrter als sonst. Davon abgesehen wirkte er so, als sei alles in Ordnung.

Sally blieb einen Moment stehen, um ein paar Worte mit ihnen zu wechseln, und ging dann den Flur entlang und die Treppe zum Erdgeschoss hinauf. Dort hängte sie ihren Mantel in den Schrank und betrat den Laden. Während sie sich bückte, um den Heizstrahler einzuschalten, schlug die Uhr neun.

Sie kramte die Hiram-P.-Goldberger-Bestellliste hervor und vervollständigte die Karteikarte, bei deren Erstellung Butcher sie gestern Abend unterbrochen hatte. Dann machte sie sich an die nächste Karte. *Johnson (Samuel) Rasselas 1805, Quarto, mit Stichen von A. Raimbach.* Als sie damit fertig war, ging sie zur nächsten über. *Johnson (Samuel), Reisen nach den westlichen Inseln bei Schottland 1775, Oktavbd.*

Sie hatte gerade mit der vierten Karte angefangen, als erneut ein Schrei ertönte. Einen Moment lang fragte sie sich fast, ob jemand die Zeit zurückgedreht hatte und sich nun diese ganze seltsame und verstörende Szene erneut abspielte. Dann fragte sie sich, ob sie eingeschlafen war und von einem Traum über die gestrigen Ereignisse heimgesucht wurde. Doch dann wurde ihr klar, dass der Schrei dieses Mal nicht von der Kleinen Liza ausgestoßen worden war. Es war ein hoher, weiblicher Schrei gewesen, der sich am Ende überschlagen hatte. Ihr wurde klar, dass es Mrs Brand gewesen sein musste, die Reinemachefrau. Kein anderes weibliches Mitglied des Personals war jetzt schon im Haus. Aber das machte die Sache nicht weniger verstörend.

Fast unwillkürlich war sie aufgesprungen, und rannte auch schon zur Treppe hinüber und die Stufen hinauf, so wie sie gestern Abend hinter Tim hergerannt war.

Sie hatte den ersten Treppenabsatz bereits hinter sich gelassen, als sie Mrs B sah, die ihr entgegenkam. Mrs B legte ein erstaunliches Tempo vor, wenn man ihr Gewicht in Betracht zog, und hielt eine Hand gegen die Brust ihres Arbeitskittels gepresst. Ihr Gesicht war kreidebleich. Sally fragte: »Was ist passiert?«

Sie rechnete fest damit, dass Mrs B ihr nun ihre eigene Version der Geistererscheinung erzählen würde. Aber Mrs B blieb stehen, rang nach Luft und sagte dann: »Mr Butcher. Er ist tot.«

Sally starrte sie an. »Tot?«, wiederholte sie.

»Er ist tot«, wiederholte nun auch Mrs B. »Sitzt an seinem Schreibtisch. Und – und – dieses Messer von Mr Tim steckt in seinem Rücken.«

»Sind Sie sicher?«, fragte Sally.

»Natürlich bin ich sicher«, entgegnete Mrs B. Ihre Stimme klang scharf vor Angst. »Ich habe ihn ja gesehen. Ich bin reingegangen, um in seinem Büro zu putzen, und da war er. Saß an seinem Schreibtisch, und dieses scheußliche Messer, das Mr Johnny Mr Tim zu Weihnachten geschenkt hat, steckte in seinem Rücken. Das war Mord, sage ich, ganz eindeutig Mord und nichts anderes.«

Aus Sallys Gedankenchaos schälte sich eine Entscheidung heraus. »Ich rufe Alf an«, sagte sie, drehte sich um, ging zu dem Treppenabsatz im ersten Stock zurück und von dort in Mr Charles' Büro. Mrs B folgte ihr und packte sie am Arm.

»Es war Mord«, wiederholte sie. »Ich hab's damals schon gesagt, als Mr Tim mir das Messer gezeigt hat, da habe ich gesagt, das ist ja ein scheußliches Ding, habe ich gesagt, und das sollten Sie nicht herumliegen lassen, habe ich gesagt. Das habe ich zu ihm gesagt.«

Sally musste feststellen, dass ihre Hand ein wenig zitterte, als sie den Hörer des Haustelefons abnahm, das auf Mr Charles' Schreibtisch stand. Sie wählte die Nummer der Versandabteilung. Dort wurde der Hörer sofort abgenommen, und Alfs Stimme sagte: »Hallo.«

»Alf«, sagte Sally. »Würden Sie bitte sofort in den ersten Stock hinaufkommen?«

Jeder, der neben einem der Haustelefone stand, konnte hören, was am anderen Ende gesagt wurde, und sie wusste, dass Fred und der Kleine Billy erschüttert und verängstigt sein würden, wenn sie mitbekämen, was passiert war. Und nach einem solchen Schock sollte man sie nicht unmittelbar darauf allein lassen. Alf musste jedoch die Dringlichkeit in ihrer Stimme erkannt haben, denn er sagte, ohne weitere Fragen zu stellen: »Alles klar, Miss«, und legte den Hörer auf.

Sally legte ebenfalls auf und ging dann zum Treppenabsatz zurück. Mrs B folgte ihr erneut und blieb neben ihr stehen, während sie weiterredete. Dabei wiederholte sie immer wieder dasselbe: was sie gerade gesehen und was sie damals zu Tim gesagt hatte. Aber obwohl sie immer noch aufgewühlt wirkte, war die anfängliche Panik gewichen, und jetzt schlich sich eine gewisse Dramatik in ihre Schilderung ein. Sally begriff, dass Mrs B die Angelegenheit allmählich genoss.

»Dieses scheußliche Messer einfach herumliegen zu lassen. Aber trotzdem, Miss, wenn Sie mich fragen: Das hat Mr Butcher sich ganz allein selbst zuzuschreiben.«

Sie erwartete, dass Sally ihr zustimmte. Sally war tatsächlich ihrer Meinung, verschwieg es aber. Sie schaffte es, so gut wie gar nichts zu sagen, bis der in seinen üblichen Arbeitskittel gekleidete Alf die Treppe hinaufgerannt kam.

Alf war klein und stämmig, und sein quadratisches, ausdrucksstarkes Gesicht unter dem grauen Haarschopf strahlte eine große Verlässlichkeit aus. Man erzählte sich, er sei während des Ersten Weltkriegs ein sehr guter Unteroffizier gewesen, und das sah man ihm auch heute noch an.

»Mr Butcher ist ermordet worden«, verkündete Mrs B dramatisch.

Alf blieb ruckartig stehen. »Was?«, fragte er.

Mrs B stürzte sich erneut in ihre Wiederholungsschleife. Doch er fiel ihr ins Wort, sobald er das Wesentliche ihres Berichts verstanden hatte. »Sie beide bleiben hier«, sagte er und rannte die Treppe hinauf.

Aber Mrs B hechtete ihm schwerfällig nach, und Sally dachte, dass sie besser auch mitgehen sollte. Sie überquerten den Treppenabsatz im zweiten Stock und stiegen dann die steile Treppe zum obersten Stockwerk hinauf. Oben am Ende des Flurs bogen sie um die Ecke, liefen an der Tür zum Raum mit den Geschichtsbüchern vorbei und erreichten dann den kurzen, schmalen Durchgang, der zu Butchers Büro führte.

Butchers Tür stand weit offen. Auf der Türschwelle, dort, wo Mrs B sie fallen gelassen hatte, lagen ein Besen, ein Wischmopp, ein umgefallener Eimer, eine Scheuerbürste und mehrere Lappen. Alf schritt darüber hinweg und betrat den Raum. Mrs B wich plötzlich zurück und lehnte sich in dem engen Flur an die Wand. Sally wollte den Raum ebenso wenig betreten, aber sie hatte das vage Gefühl, sie habe die Pflicht dazu. Sie drängte sich an Mrs B vorbei und trat ebenfalls über deren Arbeitsutensilien hinweg. Alf war nach zwei Schritten in den Raum stehen geblieben. Sie stellte sich neben ihn.

Es war alles genau so, wie Mrs B es beschrieben hatte. Butcher saß an seinem Schreibtisch. Sein Oberkörper war nach vorne gefallen und lag auf der Tischfläche. Seine Arme hingen schlaff herab, und sein Gesicht war Sally und Alf zugewandt. Es hatte eine seltsam dunkle Farbe – auf den ersten Blick fast so dunkel wie seine krausen, borstigen schwarzen Haare. Plötzlich begriff Sally, dass sich das Blut darin gestaut hatte, und ihr wurde übel. Seine Augen waren starr und standen weit offen, und sein Gesicht trug einen merkwürdigen Ausdruck, als sei er nur ganz leicht überrascht gewesen. Knapp unterhalb seiner linken Schulter ragte der lange, schwere Griff des Militärmessers in die Luft. In dem kalten, harten Januarlicht, das durch das unmittelbar hinter ihm liegende Fenster fiel, stach jedes Detail heraus, einschließlich des schmalen schwarzen Rings unterhalb des Messergriffs, der sich von dem grell leuchtenden Marineblau von Butchers Anzug abhob.

Alf ging weiter in den Raum hinein. Er beugte sich einen Moment lang über Butcher und schloss seine Finger um Butchers Handgelenk. Der Anblick erinnerte Sally daran, dass Alf während des Krieges als Luftschutzwart tätig gewesen war. Schließlich richtete er sich wieder auf, kam zu ihr zurück und nahm ihren Arm. »Wir können nichts mehr tun, Miss«, sagte er. »Kommen Sie.«

Sally sagte unvermittelt: »Da ist die Hülle«, und zeigte mit dem Finger darauf.

Alf betrachtete die lederne Hülle des Messers, die auf der anderen Seite des Schreibtischs lag. »Ja, das stimmt, Miss. Wir sollten sie nicht anfassen, es könnten Fingerabdrücke darauf sein. Ich habe nichts angefasst außer seinem Handgelenk. Und Sie haben gar nichts angefasst, stimmt's?«

»Das stimmt«, sagte Sally.

»War die Tür geschlossen, als Sie nach oben kamen, Mrs B?«

»Ja«, antwortete Mrs B. Sie stand jetzt im Türrahmen, vermied es jedoch, Butcher anzusehen, und hielt ihren Blick fest auf Alf und Sally gerichtet. »Ich habe den Griff angefasst, um die Tür zu öffnen.«

»Machen Sie sich da mal keine Gedanken«, sagte Alf. »Deshalb werden Sie keine Schwierigkeiten bekommen. Aber wir fassen ihn besser nicht nochmal an.«

Er schob Sally aus dem Raum. Nachdem er sich das Türschloss näher angesehen hatte, zog er einen Bleistift aus seiner Kitteltasche, steckte ihn durch das Loch im Schlüsselkopf, zog die Tür zu, drehte den Schlüssel mithilfe des

Bleistifts im Schloss, zog den Schlüssel vorsichtig balancierend aus dem Schloss und verstaute ihn schließlich, ohne ihn berührt zu haben, in seiner Kitteltasche.

»Ich denke, Sie sollten den Rest dieser Etage heute wohl besser nicht mehr machen, Mrs B«, sagte er. »Am besten gehen Sie runter in die Teeküche und kochen sich dort eine Tasse Tee. Und wo Sie schonmal dabei sind, bringen Sie Miss Merton auch eine Tasse in den Laden hoch.« Er schaute auf die Uhr. »Es wird noch eine ganze Weile dauern, bis Vater William eintrifft. Ich rufe die Polizei an.« Er hob Mrs Brands Putzutensilien von der Erde auf und lotste sie und Sally den Flur entlang und die Treppe hinunter. Als sie das Erdgeschoss erreichten, gab er Mrs B ihre Sachen und brachte sie zur Kellertreppe. Dann sah er Sally an und sagte: »Kommen Sie mit, Miss«, und öffnete die Tür zu Vater Williams Büro. Sally war ihm dankbar. Sie wäre in diesem Augenblick ungern allein geblieben.

Die Telefonzentrale befand sich eigentlich im Büro der Schreibkräfte, aber wenn die Frauen nach Hause gingen, wurde eine der Postleitungen mit dem Apparat in Mr Charles' Büro und eine andere mit dem in Vater Williams Büro verbunden. Alf sagte: »Setzen Sie sich, Miss«, und wies auf den Stuhl hinter Miss Mundles Schreibtisch. Sally stellte fest, dass sie eigentlich ganz froh war, sich setzen zu können. Alf nahm den Hörer ab und wählte 999. Nach einer kurzen Pause sagte er: »Die Polizei, bitte. Ich möchte einen Mord melden, in der Hausnummer zweihundert in der Charing Cross Road.«

Es gab eine weitere kurze Pause. Dann fuhr er fort: »Hier ist die Buchhandlung der Gebrüder Heldar in der Charing Cross Road, Nummer zweihundert. Ich bin Alfred Lendicott, leitender Packer. Ich möchte melden, dass ein Mitglied unserer Belegschaft ermordet wurde. Mr Victor Butcher. Wir haben ihn eben gefunden, wie er an seinem Schreibtisch sitzt, mit einem Messer im Rücken. Mr Heldar ist noch nicht hier. Ich werde ihm Bericht erstatten, sobald er eintrifft ... Sie kommen her? Gut.«

Er legte den Hörer wieder auf. »Sie kommen«, sagte er. »Vater William wird in fünf oder zehn Minuten hier sein. Das wird nicht schön für ihn, eine solche Geschichte zu erfahren. Er ist hart im Nehmen, aber er ist ein alter Herr, und das wird ihn schwer treffen.«

»Ja«, sagte Sally.

»Für Sie ist's auch nicht grad schön, Miss. Tut mir leid, dass Sie den Raum betreten haben. Aber Sie halten sich wacker. Weiter so.«

Sie hörten Schritte draußen im Flur, und Alf sagte: »Miss Mundle. Bei der kann man sich auch darauf verlassen, dass sie keinen hysterischen Anfall bekommt.«

Miss Mundle war schockiert und bestürzt, als Alf ihr erzählte, was geschehen war, aber sie blieb auf beruhigende Weise ihr übliches vierschrötiges Selbst. Sie war lediglich, genau wie Alf und Sally, um Vater William besorgt, der, neben weiteren Ähnlichkeiten zu der Figur aus *Alice im Wunderland*, der er seinen Spitznamen zu verdanken hatte, fraglos auch das hohe Alter mit ihr teilte.

Sie blieben etwa fünf Minuten dort sitzen und schwiegen die meiste Zeit. Dann hörte man Vater Williams forsche Schritte im Flur, woraufhin sich die Insassen des Raumes alle ein bisschen zu wappnen schienen.

Miss Mundle erzählte Vater William behutsam, aber ohne Umschweife, was passiert war, und einen kurzen Moment lang sah man ihm sein Alter an. Doch er riss sich sofort zusammen und lauschte schweigend Alfs Bericht.

»Sie haben alles richtig gemacht, Alf«, sagte er dann mit fester Stimme. Er betrachtete den Schlüssel, den Alf auf die Schreibunterlage manövriert hatte, ohne ihn zu berühren. »Ich werde nicht nach oben gehen, bevor die Polizei hier eingetroffen ist. Je weniger Personen den Raum betreten, desto besser.«

Sally wusste, dass er diese Entscheidung nicht etwa deshalb traf, weil er sich den Anblick ersparen wollte. »Miss Merton«, fuhr er fort, »gehen Sie doch bitte in den Laden, aber öffnen Sie ihn nicht. Wir bleiben für sämtliche Kunden geschlossen, auch wenn sie klingeln sollten. Ich denke, am besten machen Sie einen Aushang an der Tür, auf dem ›Geschlossen‹ steht. Die Mitarbeiter werden wahrscheinlich klingeln, wenn sie den Aushang sehen. Lassen Sie sie dann eintreten und teilen Sie ihnen mit, dass Mr Butcher tot ist. Sie sollen alle unten im Laden warten, bis die Polizei eintrifft. Keiner darf den Laden auch nur für einen Moment verlassen, nicht einmal, um seinen Mantel aufzuhängen. Das ist eine Schutzmaßnahme, die auch ihnen selbst dienen soll. Bitten Sie Mr Charles und Mr Johnny, sofort zu mir zu kommen, sobald sie eintreffen. Und wenn die Polizei kommt, bringen Sie den Inspektor, oder wer auch immer das Sagen hat, ebenfalls hierher. Alf, holen Sie Fred und Billy und gehen Sie in den Laden. Miss Mundle, holen Sie Mrs Brand und sorgen Sie, wenn möglich, dafür, dass sie die ganze Geschichte nicht überall ausposaunt.«

* * *

Später versuchte Sally sich widerstrebend und mit einem ungutenGefühl daran zu erinnern,wie jederEinzelne auf die Nachricht von Butchers Tod reagiert hatte. Wie nicht anders zu erwarten, waren alle schockiert und verstört gewesen. Doch wirklich traurig wirkte niemand, es sei denn, aus Sorge um Vater William und das Wohl der Firma, und auch das war nicht anders zu erwarten gewesen. Sie waren allesamt keine Heuchler. Die meisten hatten unzählige Fragen auf den Lippen, doch zu Sallys Erleichterung wurden nur die wenigsten tatsächlich ausgesprochen, denn die Polizei traf nahezu gleichzeitig mit einem Großteil der Belegschaft ein, und es wurde sofort ein uniformierter Wachtmeister im Laden postiert. Daraufhin erstarb die Unterhaltung, und es war nur gelegentlich nervöses Flüstern zu hören.

Als Erstes war die örtliche Polizei gekommen. Die leitenden Beamten wurden von Vater William nach oben gebracht, aber sie blieben nicht besonders lang und schon bald darauf traf Scotland Yard ein.

Angeführt wurden die Beamten von Scotland Yard von einem recht hochgewachsenen, in Zivil gekleideten Mann mit einem schmalen, düsteren Gesicht. Vier seiner Gefolgsleute waren ebenfalls in Zivil, von denen einer, ein kleiner, gedrungener Mann, sein Stellvertreter zu sein schien. Ein weiterer hatte eine photographische Ausrüstung dabei und wieder ein anderer eine Tasche, bei der es sich möglicherweise um eine Arzttasche handelte. Der Vierte trug einen schwarzen Koffer, der, wie Sally vermutete, eine Ausrüstung zur Erfassung von Fingerabdrücken enthielt. Außerdem gab es noch mehrere uniformierte Wachtmeister, von denen einer im Flur stehen blieb und ein weiterer sich in Vater Williams Büro postierte. Der Rest des Trupps ging nach oben.

Sally saß an ihrem Schreibtisch, auf dessen Ecke sich der ausnahmsweise schweigsame Tim hockte und überlegte, ob diese Überwachung lediglich Routine war oder ob die Polizei den Verdacht hegte, das Verbrechen könne von einem Mitglied der Firma begangen worden sein. Letzteres erschien ihr unwahrscheinlich. Andererseits wäre es für eine Person von außerhalb sehr schwierig gewesen, ins Haus zu gelangen. Und dann war da ja auch noch Tims Messer – das Militärmesser, das Johnny ihm zu Weihnachten geschenkt hatte. Tim hatte es damals in den Laden mitgebracht und allen gezeigt. Er wollte es auf seinen Schreibtisch legen und als Brieföffner benutzen.

Wie hätte eine Person, die nicht zur Belegschaft gehörte, ins Haus gelangen können? Wie hätte überhaupt irgendjemand, der sich als Geist verkleiden wollte, ungesehen ins Haus gelangen und es auch wieder verlassen können – oder sich möglicherweise vor Tim verstecken können, während dieser sämtliche Stockwerke inspizierte? Und könnte es da irgendeinen Zusammenhang geben?

Nach einer Weile kam der Mann mit dem schmalen, düsteren Gesicht wieder nach unten, zusammen mit allen übrigen Beamten außer dem Photographen und dem Fingerabdruck-Experten. Der Polizeiarzt verließ mit den Männern von der örtlichen Polizei das Haus, woraufhin sich einer der Beamten von Scotland Yard im Laden postierte. Der schmalgesichtige Mann und sein Stellvertreter betraten das Büro und kehrten einige Minuten später mit Vater William und den übrigen Seniorpartnern wieder zurück.

Vater William verkündete mit leiser, ruhiger Stimme,

dass Kriminalhauptkommissar Prescott jeden Einzelnen von ihnen der Reihe nach zu sprechen wünsche. Nachdem sie befragt worden seien, dürften sie in ihre eigenen Büros gehen. Es habe jedoch niemand das Haus zu verlassen, bevor die Polizei nicht ihre Erlaubnis dazu gab. Er sei sich sicher, dass sie alle bestrebt waren, dem Hauptkommissar so gut wie möglich behilflich zu sein. Dann ging er, gefolgt von den anderen Partnern sowie einem Wachtmeister, nach oben. Offenbar hatte er sein eigenes Büro Kriminalhauptkommissar Prescott überlassen.

Prescott bat als Erstes Mrs B herein, und danach forderte der im Flur postierte Wachtmeister »Miss Merton« zum Eintreten auf. Der Hauptkommissar erhob sich bei Sallys Eintreten von Vater Williams Schreibtischstuhl und bat sie, Platz zu nehmen. Er war höflich, liebenswürdig und, wie sie im Verlauf der Befragung erkannte, äußerst intelligent. Zunächst bat er sie um einen Bericht der Geschehnisse des heutigen Vormittags, den sie ihm gab, so anschaulich und klar, wie sie konnte. Hier und da unterbrach er sie mit einer sachdienlichen Frage. Der kleine, gedrungene Mann, den er als Inspektor Stanton vorgestellt hatte, saß außerhalb ihres Blickfelds und machte Notizen, wie sie vermutete.

Dann fragte Prescott sie, ob sie das Messer jemals zuvor gesehen habe, mit dem Butcher getötet worden war. Mrs B hatte ihm sicherlich bereits alles erzählt, also tat sie es auch. Er nickte und sagte: »Sie erwähnten, dass Mr Timothy das Messer nach dem Weihnachtsfest allen hier gezeigt hat oder jedenfalls so gut wie allen. Glauben Sie, jeder wusste, dass er es auf seinem Schreibtisch aufbewahrte?«

»Ich glaube, er hat den meisten gesagt, dass er genau das vorhatte.«

»Dann hätte jeder hier wissen können, dass es sich dort befand?«

»Ich denke schon – ja.«

Prescott ließ es dabei bewenden und teilte ihr zu ihrer Überraschung mit, Mr William Heldar habe ihm von ein paar seltsamen Vorkommnissen erzählt, die im Zusammenhang mit einer Geistergeschichte stünden. Wie er gehört habe, sei sie in eines verwickelt gewesen. Er würde gern mehr darüber erfahren. Sally fragte sich, auf welchem Wege er von der Sache gehört hatte. Tim hatte doch gewiss noch keine Gelegenheit gehabt, Johnny davon zu berichten. Aber sie erzählte Prescott die ganze Geschichte wohl besser. Es dauerte nicht lange, bis er ihr das Geständnis entlockte, dass sie Butcher im Verdacht gehabt hatte, der Geist gewesen zu sein. Er fragte sie, ob Butcher ihrer Ansicht nach ein solcher Streich zuzutrauen war, und sie antwortete, ja, sie fürchte schon. Aber um Butcher Gerechtigkeit widerfahren zu lassen, erläuterte sie, warum sie und Tim zu dem Schluss gekommen waren, dass er unmöglich der Geist gewesen sein konnte, jedenfalls nicht beim zweiten Mal. Sie erwähnte die Falltür und bat ihn, sich diesbezüglich näher bei Tim und Alf zu erkundigen. Er fragte sie nach dem Namen des Pubs, in dem Butcher für gewöhnlich seine Sandwiches kaufte, und sie antwortete ihm, er hieße »Die Weintraube«.

Dann sagte er: »Miss Merton, was meinen Sie, fällt Ihnen irgendjemand ein, der ein Motiv haben könnte, Mr Butcher zu töten?«

»Nein«, antwortete Sally. »Niemand.«

»Aber ich habe den Eindruck gewonnen, dass er keine besonders angenehme Person war. *De mortuis* und so weiter, ich weiß schon, aber wir sollten offen sein.«

Mrs B musste geredet haben, und sie hatte gewiss kein Blatt vor den Mund genommen. Man konnte nur hoffen, dass sie keine genauen Einzelheiten ausgeplaudert hatte. Sally sagte: »Er war keine besonders angenehme Person, nein. Ich glaube nicht, dass ihn irgendjemand wirklich mochte. Aber ich bin mir ziemlich sicher, dass hier niemand einen handfesten Groll gegen ihn hegte.« Vielleicht hätte sie hinzufügen sollen: »Jedenfalls keinen, der zu einem Mord geführt hätte.« Aber sie hatte nicht vor, Prescott in dieser Hinsicht einen Floh ins Ohr zu setzen.

»Ich verstehe«, sagte er. »Würden Sie mir jetzt bitte erzählen, was Sie gestern Abend gemacht haben, nachdem Sie den Laden verlassen haben?«

Sally sagte es ihm. Dabei wurde ihr klar, dass sie kein Alibi besaß, weil sie den ganzen Abend und die ganze Nacht allein in ihrer Wohnung verbracht hatte. Schließlich fragte er sie noch, ob sie einen Schlüssel zu einer der Außentüren des Hauses besitze, und sie antwortete ihm wahrheitsgemäß, dass dies nicht der Fall sei.

Als sie aus dem Büro trat, hörte sie schwere Schritte und sah im nächsten Moment zwei Männer, die etwas Langes, Sperriges trugen und im Begriff standen, die Kellertreppe hinunterzusteigen. Der Wachtmeister, den man im Flur postiert hatte, stellte sich in den Türrahmen zum Laden und verstellte mit seiner breiten Gestalt die Sicht. Er warf Sally einen raschen Blick zu, und als sie zu ihm hinüberging, sagte er leise: »Tut mir leid, Miss. Denken Sie einfach nicht zu viel darüber nach.«

* * *

Die Gruppe der Firmenmitarbeiter schrumpfte nach und nach in sich zusammen. Schließlich waren nur noch Fred und der Kleine Billy übrig, sowie Sally, deren Arbeitsplatz sich hier im Laden befand. Fred und Billy sahen nervös und unglücklich aus, und Sally tat ihr Bestes, um sie aufzuheitern, auch wenn das durch die Gegenwart des Wachtmeisters zusätzlich erschwert wurde. Endlich rief man Fred in das Büro, während Sally sich gerade alle Mühe gab, Billy davon zu überzeugen, dass die ihm bevorstehende Befragung überhaupt nichts Schlimmes sei. Dabei fühlte sie sich ein bisschen, als würde sie einem kleinen Jungen Beistand leisten, der im Begriff stand, zum Schulrektor gerufen zu werden. Das Läuten der Ladenglocke unterbrach sie in ihren Gedanken.

Es war das erste Mal seit dem Eintreffen von Scotland Yard, dass geläutet wurde. Sallys Aushang hatte alle anderen ferngehalten. Heldar's hatte ohnehin immer verhältnismäßig wenig Kunden. Die Firma hatte sich zwar auf keinen einzelnen Bereich spezialisiert, aber die Bücher, mit denen sie handelte, waren fast ausschließlich antiquarisch und deshalb für verhältnismäßig wenig Leute von Interesse, sofern sie nicht gerade zu den ernsthaften Sammlern zählten. Ein Teil des Lagerbestands war äußerst wertvoll, und daher in diesen Nachkriegstagen für die meisten Geldbörsen mehr denn je unerschwinglich.

Die Türglocke ertönte erneut, diesmal ziemlich lange. Sally warf einen Blick durch die Glasscheibe der Tür und erkannte Mr Philip Francis. Er war ein unermesslich reicher und außerordentlich schwieriger Kunde, der die seltensten Exemplare englischer Erstausgaben aus dem sechzehnten und siebzehnten Jahrhundert sammelte. Wenn er ein Buch haben wollte, dann durfte ihm dabei nichts und niemand im Wege stehen, und falls man ihn weiter klingeln ließ, war es durchaus möglich, dass Heldar's einen zwar nicht besonders beliebten, aber sehr wertvollen Kunden verlor. Sally sagte unsicher zu dem Wachtmeister: »Ich glaube, wir sollten irgendwie reagieren. Sonst könnte er noch eine ganze Weile so weitermachen.«

Der Wachtmeister zögerte. Dann sagte er: »Also gut, Miss. Sie sollten ihm wohl besser mitteilen, dass es einen Unfall gegeben hat.« Er trat hinter ein Bücherregal, damit man ihn nicht sehen konnte.

Sally öffnete die Tür und bekam die volle Wucht von Mr Francis' Ungeduld zu spüren.

»Was zum Teufel hat das zu bedeuten?« Er winkte zu dem Aushang hinüber. »Der Laden ist nie geschlossen.«

»Ich fürchte, heute sind wir es, Mr Francis«, sagte Sally. »Es hat einen Unfall gegeben.«

»Und deshalb müssen Sie direkt den Laden schließen? Sie hatten nicht einmal während der Luftangriffe geschlossen. Für mich müssen Sie jedenfalls geöffnet haben. Ich möchte zu Mr Butcher.«

»Ich fürchte, wir haben heute für niemanden geöffnet.«

»Also, verdammt nochmal, ich bin kein Niemand. Können Sie nicht Butcher für mich herholen?«

Sally antwortete, sie fürchte, das sei nicht möglich. Sie wollte nicht sagen, dass Butcher heute nicht hier sei, weil Mr Francis dann vielleicht fragen würde, wann er zurückkehrte. Mr Francis diskutierte und protestierte, bis sie ihn schließlich fragte, ob sie denn eine Nachricht überbringen könne.

»Nein«, antwortete er scharf. »Nein, ich komme später

zurück, um Butcher zu sprechen. Wann haben Sie denn wieder geöffnet?«

»Ich bin nicht sicher, Mr Francis. Vielleicht morgen.«

»Also wirklich –«, sagte er. »Ich werde mit Mr William ein Wörtchen darüber zu reden haben. Das ist inakzeptabel.«

Er ging mit großen Schritten davon, und Sally schloss die Tür.

»Wer war denn dieser hartnäckige Kerl?«, fragte der Wachtmeister beiläufig.

Sally lächelte. Falls dies ein pflichteifriger Versuch war, etwas über Butchers Kontakte herauszufinden, würde das der Polizei nicht viel weiterhelfen. »Sein Name ist Philip Francis«, sagte sie. »Er ist ein fanatischer Sammler. Die sind manchmal so.«

Sie kehrte zu ihrem Schreibtisch zurück und öffnete automatisch das Kundenverzeichnis. Doch dann dachte sie, dass es nicht besonders viel Sinn hatte, Francis darin einzutragen. Aber sie konnte es genauso gut tun, sonst gab es deshalb vielleicht später noch Ärger. Sie hatte das Verzeichnis vor ein paar Monaten auf Vater Williams Anweisung hin angelegt, auch wenn der Vorschlag ursprünglich von Johnny stammte. Dem allgemeinen Trend der Nachkriegsjahre folgend, war auch die Anzahl der Diebstähle seltener Bücher in letzter Zeit gestiegen. Es war keine ernste, aber dennoch eine spürbare Entwicklung. Heldar's hatte in letzter Zeit zwar keinen Verlust zu beklagen gehabt, aber wann immer ein Diebstahl geschah, wurde die Nachricht davon in der Branche stets in Umlauf gebracht, insbesondere in den Geschäften, in denen der Dieb womöglich versuchen könnte, sein Diebesgut zu verkaufen. Nachdem Quinling's den Verlust einer Erstausgabe von Cromer bekanntgab, hatte Johnny den Vorschlag gemacht, man solle doch ein Verzeichnis führen, in dem jeder vermerkt wurde, der den Laden betrat, zusammen mit dem Zeitpunkt und Grund seines Besuchs. Bis jetzt hatte dieses Verzeichnis keinerlei Früchte getragen, aber man konnte ja nie wissen. Natürlich würde heute niemand versuchen können, hier ein gestohlenes Buch zu verkaufen. Und das war auch nur gut so, dachte Sally bitter. Ein Verbrechen war mehr als genug.

Der Kleine Billy war ins Büro gerufen worden, während sie an die Eingangstür gegangen war, und wenige Minuten später kam er auch schon wieder heraus. Sie sah, wie er oben an der Kellertreppe stehen blieb. Er runzelte die Stirn, wie er es immer tat, wenn er versuchte, etwas zu begreifen, das seine geistigen Fähigkeiten überstieg. Dabei sah er auf eine vage und auch ein wenig rührende Weise besorgt aus. Der im Flur postierte Wachtmeister sagte ein paar ermutigende Worte zu ihm und lächelte. Billy lächelte zurück, nun etwas glücklicher als zuvor, und ging die Treppe hinunter.

Danach gingen Prescott und Stanton nach oben, vermutlich um die Seniorpartner zu befragen, und Sally, die das Gefühl hatte, etwas tun zu müssen, schaffte es, Hiram P.s Wunschliste fertigzustellen und sogar mit der Liste für die *Antiquarische Bücherwelt* anzufangen.

Es war fast ein Uhr, als die Inspektoren in Begleitung von Vater William und Mr Charles wieder nach unten kamen. Vater William brachte sie zur Tür und bat dann Sally, der Belegschaft mitzuteilen, dass sie nun in die Mittagspause gehen könnten. Alle sollten um zwei Uhr wieder da sein, außer Mrs B, die heute nicht mehr gebraucht wurde. Für etwaige Notfälle würde entweder er selbst oder Mr Johnny im Haus verbleiben.

Sally rief alle über das Haustelefon an. Als sie mit Tim sprach, bat er sie recht dringlich, mit ihm zusammen zu Mittag zu essen, und sie sagte zu. Sie ging nach oben, um sich frischzumachen und zu schminken, denn im Flur unten im Erdgeschoss gab es keine Toiletten. Unglücklicherweise befanden sich gerade sämtliche weiblichen Angestellten in der Damentoilette, und Miss Bates und Betty hatten noch viele Fragen, die sie unbedingt stellen wollten. Sie gingen alle zusammen nach unten, wobei sie Tim auf der Treppe überholten.

Betty, die offenbar vergessen hatte, dass die Polizei zugegen war, fuhr fort, recht offenherzig über Butcher zu reden, während sie bereits die letzte Treppe nahmen. »Tja, der war wirklich kein netter Mensch. Vor ein paar Tagen habe ich so richtig die Selbstbeherrschung verloren, als er den Kleinen Billy gehänselt hat. Aber ich wünschte trotzdem, er wäre nicht ermordet worden.«

»Nicht so laut«, sagte Tim. »Denken Sie an die Polizisten.«

Betty schlug sich die Hand vor den Mund, aber Mrs Weldon hatte seine Bemerkung offenbar nicht gehört. »Ach ja?«, sagte sie. Sie hatte während der letzten Minuten kein einziges Wort gesagt, weshalb sie jetzt alle anstarrten. »Ich wünschte das nicht«, sagte sie. »Ich bin froh, dass er ermordet wurde. Ich bin froh, dass er tot ist.« In ihrem unscheinbaren, nicht mehr ganz jungen Gesicht arbeitete es. Ihre Stimme wurde plötzlich sehr laut. »Er hatte es verdient zu sterben. Ich bin froh, dass er tot ist!« Sie drehte sich um und rannte die Treppe wieder hinauf. Die anderen hörten, wie sie dabei von heftigen, trockenen Schluchzern geschüttelt wurde.

DRITTES KAPITEL

Tim ging mit Sally in ein kleines Restaurant in einer Seitenstraße der Charing Cross Road. Einige Mitglieder der Belegschaft aßen dort manchmal, aber heute war außer ihnen selbst niemand von Heldar's da. Es war voll und recht laut, und zudem hatten sie einen Tisch für zwei Personen, also konnten sie relativ gefahrlos eine private Unterredung führen.

»Was um alles in der Welt hat Mrs Weldon denn für ein Problem?«, fragte Tim. »Haben Sie irgendeine Ahnung?«

»Nein, habe ich nicht«, antwortete Sally. »Ich bin völlig verblüfft. Sie ist normalerweise so ruhig und ... und beherrscht. Manchmal wirkt sie auch etwas erschöpft – ich glaube, sie hat kein leichtes Leben. Sie hat einen kranken Bruder, um den sie sich kümmert. Aber ich habe noch nie zuvor einen solchen Ausbruch bei ihr erlebt wie vorhin. Sie mochte Butcher natürlich ebenso wenig wie alle anderen. Aber ich hätte gedacht –« Sie verstummte.

»Ich gehe davon aus, dass er sie nie besonders belästigt oder geärgert hat«, sagte Tim, der ihren Gedankengang fortführte und taktvoll hinzufügte: »Sie ist nicht sein Typ.«

»Nein. Ich kann mir einfach keinen Grund vorstellen, warum sie so reagiert hat.«

»Tja, die Polizei wird jetzt bestimmt versuchen, einen

solchen Grund zu finden«, meinte Tim düster. »Der Kerl im Flur hat garantiert alles mit angehört.«

Dann stellte er ihr zwei oder drei Fragen dazu, was sie in Butchers Büro gesehen hatte, wobei er ganz offenbar versuchte, sie nicht allzu sehr aus der Fassung zu bringen, auch wenn ihm das nicht ganz gelang.

»Prescott hat mich zu dem Messer befragt«, sagte er schließlich. »Ich gehe davon aus, dass jeder in der Firma wusste, dass es auf meinem Schreibtisch lag. Er wollte wissen, wann ich es zum letzten Mal dort habe liegen sehen, aber das konnte ich nicht mit Sicherheit beantworten. Es ist seltsam, Sally, aber ich bin fast sicher, dass es dort war, als ich gestern Abend gegen Viertel nach fünf nach unten gegangen bin. Und ich habe das dumpfe Gefühl, dass es nicht mehr dort war, als ich die einzelnen Räume eine Viertelstunde später nach dem Geist durchsucht habe.«

Sally sagte: »Das klingt wie dieser Satz, den wir früher bei jeder Gelegenheit gesagt haben: ›Der Geist muss es genommen haben!‹« Diese scherzhafte Bemerkung hatten sie eine Weile in der Firma tatsächlich immer dann gemacht, wenn irgendetwas verloren gegangen war.

Tim warf ihr einen raschen Blick zu. »Meinen Sie das im Ernst?«

»Ich weiß nicht recht«, sagte Sally. »Aber wenn Sie hinsichtlich des Zeitraums, in dem das Messer verschwunden ist, richtig liegen, dann war währenddessen niemand sonst im Haus außer Ihnen und mir und Liza. Und möglicherweise –« Sie hielt mitten im Satz inne.

»Und möglicherweise wer?«

»Fred«, antwortete Sally. »Er ist, ein paar Minuten bevor Sie runtergekommen sind, mit einem Stapel Bücher in den

Laden hochgekommen. Aber er hatte eigentlich vor, direkt heimzugehen.«

»Wie auch immer«, sagte Tim. »Wir hätten ihn wahrscheinlich gesehen, wenn er nach oben gegangen wäre.« Nun hielt auch er inne und runzelte die Stirn. Dann sagte er mit unglücklicher Stimme: »Sally, Sie glauben doch nicht ...? Ich weiß, dass er unter einem Kriegstrauma leidet, das er nie überwunden hat, aber er würde doch sicher nicht ...«

»Ich bin mir ziemlich sicher, dass er so etwas niemals tun würde«, sagte Sally. Aber sie musste betreten feststellen, dass sie es mit der Überzeugungskraft in ihrer Stimme ein wenig übertrieben hatte. War sie denn wirklich ganz sicher? Nach dem Vorfall von gestern Abend?

Tim runzelte immer noch die Stirn und starrte fast wütend auf seinen Teller. »Wissen Sie, Sally«, sagte er nach einer Weile, »als ich gestern nach unten gegangen bin, da bin ich die Treppe nicht sofort bis ganz nach unten gegangen. Vater hatte mich gebeten, in seinem Büro nach einer Erstausgabe von Caroline Cranthorpe zu suchen, die er verlegt hatte. Deshalb habe ich auf dem Weg nach unten erst einmal dort vorbeigeschaut. Es hat eine Weile gedauert, bis ich das Buch gefunden habe. Ich denke, ich war etwa drei oder vier Minuten in seinem Büro. Die Tür hatte ich geschlossen. Fred könnte sich während dieser Zeit zum Geschichtsraum hochgeschlichen haben, dort gewartet haben, bis ich nach unten ging, und dann wieder nach unten geschlüpft sein. Und zwar, bevor Liza geschrien hat.«

»Aber nein, das konnte er nicht«, sagte Sally mit verzweifeltem Nachdruck. »Einer von uns hätte ihn unbedingt sehen müssen, während er den Gang entlang am Ladenlokal vorbeilief. Er hätte zweimal an uns vorbeilaufen müssen. Und ich habe gehört, wie sich die Tür der Kellertreppe geöffnet und wieder geschlossen hat, als er den Laden verließ. Er muss zu diesem Zeitpunkt nach unten gegangen sein.«

Tim sah sie an, ohne etwas zu sagen. Sie wussten beide, dass die Theorie, man müsse Leute vom Laden aus sehen können, während sie die Treppe hoch- oder runtergingen, nicht hundertprozentig wasserdicht war. Die Chancen, dass man jemanden bemerkte, standen in etwa zwanzig zu eins. Und so konnte es gelegentlich vorkommen, dass man, falls man in seine Arbeit vertieft war, die jeweilige Person eben nicht bemerkte.

Nach einer Weile fragte Sally: »Haben Sie Mr Johnny von dem Geist erzählt?«

»Ja, und ich könnte mir vorstellen, dass er angesichts dieses Mordes zu dem Schluss gekommen ist, dass Vater William und auch die Polizei darüber in Kenntnis gesetzt werden sollten. Was natürlich absolut richtig ist. Ich glaube, er tendierte dazu, Ihnen recht zu geben – dass nämlich der Geist zu sehr der Version von Hughes entsprach, um echt zu sein. Aber ich kann mir noch immer nicht ganz erklären, wer oder was es sonst gewesen sein soll. Ich habe heute früh Alf noch einmal zu der Falltür befragt. Es wurde keine neue eingebaut, und er hat die alte nicht angerührt.«

* * *

Als sie wieder am Laden anlangten, zog Tim einen Schlüssel heraus, mit dem er die Vordertür öffnete. Sally fragte sich flüchtig, wo er ihn wohl herhatte. Im Innern des Geschäfts stand ein neuer Wachtmeister – wahrscheinlich war der alte abgelöst worden, damit er etwas zu Mittag essen konnte –, und der Flur war leer. Schon bald darauf kehrten Vater William und Mr Charles zurück, woraufhin Johnny ausging. Wenig später klingelte es. Der Wachtmeister schaute nach draußen und öffnete Prescott und Stanton die Tür. Prescott kam sofort zu Sally und sagte: »Miss Merton, würde es Ihnen etwas ausmachen, noch einmal zu mir ins Büro zu kommen? Ich hätte da noch ein oder zwei Fragen, die ich Ihnen gerne stellen würde.«

Nachdem sie das Büro betreten hatten, kam er gleich zur Sache. »Miss Merton«, sagte er. »Wie ich gehört habe, gab es gestern Abend einen Zwischenfall, von dem Sie mir nicht berichtet haben. Ich werde Sie nicht ermahnen, dass Sie das hätten tun müssen, oder Sie fragen, warum Sie es nicht getan haben, aber ich würde Sie bitten, es jetzt nachzuholen. Ich habe mir sagen lassen, dass es kurz vor dem Vorfall mit dem Geist eine Art Szene im Laden gegeben hat, in die Sie, Mr Butcher und Mr Malling aus der Versandabteilung verwickelt waren. Würden Sie mir bitte ganz genau erzählen, was da passiert ist?«

Sally war bestürzt. Hatte Johnny entschieden, dass die Polizei darüber Bescheid wissen sollte? Sie mochte es kaum glauben. Vielleicht hatte Fred selbst es Prescott erzählt, er war immer ein wenig unberechenbar. In diesem Fall hatte Prescott wahrscheinlich später auch Johnny dazu befragt, wobei Johnny ihm bestimmt eine etwas bereinigte Fassung präsentierte.

»Es war nicht wirklich eine Szene«, sagte sie. »Ich habe Ihnen nichts davon erzählt, weil es unmöglich mit Mr Butchers Tod in Verbindung stehen kann. Und dann hat Mr Butchers Tod dazu geführt, dass ich die ganze Sache so gut wie vollkommen vergessen habe. Es war nur eine alberne kleine Geschichte. Mr Butcher wollte, dass ich mit ihm zusammen etwas trinken gehe, aber ich hatte keine Lust dazu. Fred ist dazugekommen und hat mich aus einer etwas unangenehmen Situation gerettet.«

»Ich verstehe. Hat es zwischen Mr Butcher und Mr Malling einen Streit gegeben?«

»Ich würde es nicht als Streit bezeichnen. Butcher war ein wenig verärgert.«

»Wollen Sie damit sagen, dass er Mr Malling gegenüber die Beherrschung verloren hat?«

»Nein, so weit würde ich nicht gehen.« Das entsprach streng genommen auch der Wahrheit. Butcher hatte nur ihr selbst gegenüber die Beherrschung verloren.

»Und hat Mr Malling die Beherrschung verloren?«

»Nein, eigentlich nicht, denke ich.«

»Er hat also nicht die Beherrschung verloren, Miss Merton – bitte verzeihen Sie diese Fragen –, als er gesehen hat, wie Mr Butcher die Hand auf Ihre Schulter gelegt hat?«

»Er war ziemlich verärgert. Aber das war alles, denke ich.«

Prescott sagte geduldig: »›Die Beherrschung verlieren‹ und ›verärgert sein‹, das sind alles relative Formulierungen, Miss Merton. Ich werde Ihnen jetzt einmal eine ganz andere Frage stellen. Sie brauchen sie natürlich nicht zu beantworten, wenn Sie nicht möchten.«

Woraus er dann seine eigenen Schlüsse ziehen würde, dachte Sally bei sich. Oh nein, eigentlich war sie gezwungen zu antworten. Warum war sie nur so schlecht darin, anderen etwas vorzumachen?

Prescott warf einen kurzen Blick auf ein paar Notizen,

die vor ihm auf dem Tisch lagen. »Miss Merton, hat Mr Malling Mr Butcher ein ›dreckiges Schwein‹ genannt und ihm gesagt, er solle seine ›widerlichen Hände‹ von Ihnen nehmen?« Er betonte jedes einzelne Wort der zitierten Sätze.

Sally zögerte. »Ich glaube, dass er etwas in dieser Richtung gesagt hat, ja. Aber es hatte nicht viel zu bedeuten.«

»Hat er diese Worte benutzt?«

»Ja«, sagte Sally.

»Hat Butcher ihn daraufhin als ›armen Wicht‹ bezeichnet, ›der sich sein Geld damit verdienen muss, dass er da unten Pakete schnürt‹?«

»Ja. Butcher war sehr oft beleidigend seinen Mitmenschen gegenüber, deshalb hat das kaum noch jemand wirklich wahrgenommen.«

»Ich verstehe. Hat Butcher dann die Worte benutzt: ›Sie sollten lieber vorsichtig sein, Fred. Regen Sie sich bloß nicht auf. Wir wissen doch alle, dass Sie eigentlich schon längst in ein Heim gehören‹?«

»Ja«, sagte Sally. »Aber ich habe Ihnen ja schon gesagt, dass er sehr oft beleidigend wurde.«

»Und diese Beleidigungen nahmen derart überhand, dass es den Leuten nicht mehr auffiel? Miss Merton, haben Sie dann zu Butcher so etwas wie das Folgende gesagt: ›Ich denke, Sie sollten jetzt besser gehen. Fred ist mehr wert als fünfzig von Ihrer Sorte. Und er hat im Krieg gekämpft. Ich glaube, Sie dagegen haben sich erfolgreich davor gedrückt‹?«

»Ja«, sagte Sally. »Ich war wütend auf ihn. Aber ich glaube nicht, dass Fred wütend war.«

»Schon möglich, dass er nicht wütend war, Miss Merton. Aber ich denke, Sie sind eine recht ruhige, ausgeglichene

Person und neigen eher nicht dazu, anderen gegenüber harte Worte zu benutzen. Hätten Sie diese Worte auch benutzt, falls Ihnen nicht bewusst gewesen wäre, dass Malling zutiefst verletzt und verstört über das war, was Butcher da gerade zu ihm gesagt hatte?«

»Verletzt und verstört, ja. Aber ich glaube nicht, dass er wütend war.«

»Ich verstehe. Und hat Butcher, als er das Gebäude verließ, Folgendes gesagt: ›Glauben Sie nur ja nicht, dass die Sache damit erledigt ist, und zwar keiner von Ihnen beiden‹?«

»Ja«, antwortete Sally. »Aber er wollte damit nur sein Gesicht wahren. Er hatte gehört, wie Mr John die Treppe herunterkam, und ist deswegen rasch gegangen. Es war kein besonders würdevoller Abgang, und er wollte deshalb versuchen zu retten, was zu retten war. Es hatte nicht das Geringste zu bedeuten.«

»Ich verstehe, Miss Merton.« Er schwieg einen Moment. »Haben Sie jemals davon gehört oder miterlebt, dass Mr Malling und Mr Butcher in irgendeine andere ... Szene verwickelt gewesen wären? Wir brauchen das Wort ›Streit‹ nicht zu benutzen, wenn Ihnen das lieber ist, aber Sie wissen ebenso gut wie ich, was ich damit meine.«

Sally stellte fest, dass sie diesen Prescott auf den Tod nicht ausstehen konnte. »Nein«, sagte sie mit Nachdruck und wahrheitsgemäß – oder jedenfalls fast wahrheitsgemäß. »Das habe ich nicht.« Es hatte natürlich ein oder zwei Auseinandersetzungen gegeben. Meistens, wenn Butcher mal wieder den Kleinen Billy gehänselt hatte und Fred sich mit dem für ihn charakteristischen Großmut für ihn einsetzte. Aber in der Regel war irgendjemand anderes zugegen gewesen, der einschreiten konnte. Es hatte nie auch nur ansatzweise eine Szene wie die von gestern Abend gegeben oder einen heftigen Streit, wie ihn Butcher und Tim letzte Woche in der Teeküche ausgetragen hatten. Sally erinnerte sich mit plötzlicher, unbehaglicher Deutlichkeit daran. Die beiden waren wütend aufgesprungen. Butcher hatte Tim angebrüllt, er würde seine Position als Heldar ausnutzen. Tim war vor Zorn leichenblass geworden. Dabei hatte er fast ein wenig die Würde seines Großonkels ausgestrahlt. Aber gleichzeitig hatte er auch sehr jung und sehr wütend ausgesehen, und Sally war sich ziemlich sicher, dass die beiden sich geprügelt hätten, wenn nicht in diesem Moment Johnny den Raum betreten hätte. Was, wenn Prescott von diesem Vorfall ebenfalls gehört hatte –

Prescott sah sie scharf an. Aber er sagte nichts weiter als: »Ich verstehe«, und sie wünschte grimmig, er würde aufhören, diese Worte zu benutzen.

Aber danach ließ er sie gehen. Als sie den Laden betrat, war Johnny dort und unterhielt sich mit dem Wachtmeister über Cricket.

»Ah!«, sagte Johnny, als er sie kommen sah. »Ich bin gerade heruntergekommen, um Ihnen die Einträge für die *Antiquarische Bücherwelt* zu geben – gesetzt den Fall, wir reichen die diese Woche überhaupt ein.«

»Oh, ja«, sagte Sally und nahm die drei mit Schreibmaschine geschriebenen Karteikarten entgegen, die er ihr hinhielt. Sie war ein wenig überrascht. Normalerweise brachte Liza die Karten immer selbst zu ihr herunter.

»Übrigens«, sagte Johnny. »Professor Harborne – kann es sein, dass der ein wenig seltsam ist?«

»Nein, finde ich nicht«, antwortete Sally, erneut überrascht. »Er ist ein wenig nervös, und ich glaube, er lebt auch äußerst zurückgezogen, aber bisher ist er mir immer recht normal vorgekommen. Warum fragen Sie?«

Johnny grinste, und der Wachtmeister grinste ebenfalls. Johnny erklärte: »Tja, er war gerade hier – er hat mit der Klingel eine Art Morsezeichen-Sturm fabriziert, bis wir uns schließlich gezwungen sahen, ihm die Türe zu öffnen. Sein Verhalten ist uns beiden ein wenig seltsam vorgekommen. Als ich ihm sagte, wir hätten geschlossen, hat er sich furchtbar aufgeregt. Und als ich meine Bemerkung wiederholte, ist er vor der Tür wie ein Wilder auf und ab gesprungen. Er hat gesagt« – hier änderte sich der Tonfall von Johnnys Stimme ein wenig – »er müsse unbedingt Butcher sprechen. Ich wollte den kleinen Kerl ungern noch weiter aufregen, also habe ich ihm gesagt, er könne leider heute niemanden sprechen und ob ich denn eine Nachricht überbringen solle. Er hat das verneint und ist dann wie ein verängstigtes Kaninchen die Charing Cross Road hinuntergeflitzt. Verhält er sich immer so?«

»Er ist immer ein bisschen schreckhaft. Aber so schlimm eigentlich nicht. Vielleicht hat ihn das ›Geschlossen‹-Schild aus der Bahn geworfen.«

»Vielleicht. Worauf hat er sich spezialisiert?«

»Drama der Restaurationszeit.«

»Was?« Johnny lachte laut. Dem verdutzten Wachtmeister erklärte er: »Diese Dramen enthalten mit das schlüpfrigste Zeug, was die englische Literatur zu bieten hat.«

»Und das bei dem Kerl?«, fragte der Wachtmeister.

»Tja, leider muss ich nach diesem unziemlichen Zwischenspiel jetzt wieder zurück an die Arbeit«, sagte Johnny. Er lächelte Sally an und ging wieder nach oben.

Sally machte sich wieder an die *Antiquarische Bücherwelt*-Liste. Ihr fiel das aufgeschlagene Kundenverzeichnis auf, das neben ihrer Schreibmaschine lag. Johnny hatte mit seiner festen, energischen Handschrift Professor Harborne eingetragen. In die Spalte, die normalerweise für das jeweilige Anliegen des Kunden reserviert war, hatte er eingetragen:

(?) Bekloppt.

Sofort ging es ihr ein bisschen besser. Aber als sie wieder aufschaute, sah sie, wie Stanton die Kellertreppe hinunterstieg. Ein oder zwei Minuten später kehrte er mit Fred zurück, und die beiden Männer verschwanden im Büro.

Die Befragung dauerte fast zwanzig Minuten, und als Fred allein wieder herauskam, sah Sally, dass er die Hände ineinander verkrampft hatte und am ganzen Körper zitterte. Sie stand auf und ging rasch den Flur hinunter. Der Wachtmeister konnte gern zuhören, falls er wollte.

»Es ist schon in Ordnung, Fred«, sagte sie sanft, wie am Abend zuvor. »Machen Sie sich deshalb keine Sorgen.«

Er antwortete nicht, sondern sah sie nur mit einem Ausdruck dankbarer Verzweiflung an. Dann drehte er sich um und ging mit unsicheren Schritten die Kellertreppe hinunter.

***

Bald darauf erschien Prescott, bereits im Mantel. Er begab sich nach oben, kam zusammen mit Vater William wieder herunter, und dann gingen beide die Kellertreppe hinunter. Sally bekam plötzlich Angst. Würden sie Fred jetzt verhaften? Die nächsten Minuten waren nahezu unerträglich. Aber endlich kamen sie wieder nach oben, und obwohl Vater William auf seine typisch stille, zurückhaltende Art besorgt aussah, wie übrigens den ganzen Tag über schon, verriet seine Miene keine Anzeichen für eine weitere Tragödie. Sally war unendlich erleichtert. Ihr fiel auf, dass Prescott etwas bei sich trug, das in braunes Papier eingeschlagen war und wie ein Buch aussah. Das musste der Hughes sein, dachte sie plötzlich. Prescott würde die Geschichte über den Zweihundertgeist nachlesen. Und das Buch vielleicht auf Fingerabdrücke überprüfen.

Darauf verließen er und Stanton das Geschäft. Vater William brachte die beiden zur Tür und bat Sally, die Belegschaft zusammenzurufen.

Sie klingelte erneut bei allen durch, und etwa zwei Minuten später waren alle im Laden versammelt. Alf stand zwischen Fred und dem Kleinen Billy, so ruhig und verlässlich wie immer. Freds Gesicht war grau, und seine Hände zitterten immer noch ein wenig. Und der Kleine Billy runzelte nach wie vor verstört die Stirn. Mrs Weldon stand mit nahezu ausdruckslosem Gesicht ein paar Schritte hinter den anderen Schreibkräften.

Vater William sagte ruhig: »Die Polizei ist für heute fertig mit uns. Würden Sie bitte die dringenden Aufgaben abschließen, die Sie noch zu erledigen haben, und dann nach Hause gehen? Miss Merton, wie ich höre, haben ein oder zwei hartnäckige Kunden Ihren Aushang ignoriert. Wenn es Ihnen nichts ausmacht, würde ich Sie bitten, bis fünf Uhr hierzubleiben, für den Fall, dass so etwas noch einmal passiert. Wie sieht es mit den Lieferungen aus, Alf? Gibt es irgendetwas Dringendes?«

»Ich denke nicht. Das kann alles bis morgen früh warten, Mr William.« Alf schaute fast unmerklich zu dem Kleinen Billy hinüber. Mit diesem Blick wollte er Vater William zu verstehen geben, dass der Kleine Billy aufgebracht war und heute besser nicht allein nach Hause geschickt werden sollte und dass er außerdem in seiner Arglosigkeit möglicherweise das ein oder andere ausplaudern könnte.

»Also gut«, sagte Vater William. »Ich würde Sie alle bitten, nicht zu viel über das zu reden, was hier passiert ist. Die Nachricht wird natürlich in der Zeitung erscheinen – gut möglich, dass sie jetzt schon in den Abendnachrichten steht, sodass alle Welt weiß, dass Mr Butcher ermordet wurde. Ihre Freunde werden Sie dazu befragen und möglicherweise werden auch Reporter Ihnen dazu Fragen stellen. Bitte erzählen Sie ihnen nicht mehr als das Allernötigste – und was die Reporter anbelangt, so erzählen Sie denen bitte überhaupt nichts. Es ist sehr unangenehm, im Licht der Öffentlichkeit zu stehen. Es tut mir furchtbar leid, dass Sie in diese Angelegenheit mit hineingezogen wurden. Aber wir sind jetzt auf die ein oder andere Weise alle darin verwickelt und können lediglich versuchen, die Sache auf die bestmögliche Art und Weise für uns und für die Firma hinter uns zu bringen. Das ist alles. Bitte seien Sie morgen früh zur üblichen Zeit wieder hier.«

Er verließ das Ladenlokal und ging wieder zurück in sein Büro – eine stille, würdevolle Gestalt. Auch die Mitarbeiter gingen ruhig ihrer Wege. Sally blieb mit dem Wachtmeister allein zurück.

Sie machte die Liste für die *Antiquarische Bücherwelt* fertig und erledigte dann noch ein paar Kleinigkeiten. Während sie damit beschäftigt war, verließen Betty und Miss Bates den Laden, denen ein wenig später auch Mrs Weldon folgte. Als Sally fertig war, sagte sie zu dem Wachtmeister: »Ich gehe mal eben nach oben, um mir noch etwas Arbeit zu holen. Ich werde nur ein oder zwei Minuten weg sein, aber falls irgendetwas passiert, würden Sie dann bitte die Zehn auf dem Haustelefon wählen? Dann komme ich sofort wieder runter.«

»Kein Problem, Miss«, sagte er freundlich.

Sally ging rasch hoch in Johnnys Büro. Wenn sie im Laden zwischendurch einmal Zeit hatte, widmete sie sich der Aufgabe, einen Katalog von Johnnys ausländischen Inkunabeln zu erstellen, aber in diesem Moment hatte sie noch einen ganz anderen Grund, nach oben zu gehen. Doch Johnny war nicht da. Die Kleine Liza tippte in flottem Tempo auf ihrer Schreibmaschine. Sie hielt inne und sagte: »Hallo, Sally.«

»Hallo, Liza. Weißt du, wo Mr Johnny ist?«

»Er ist unten in Mr Charles' Büro, zusammen mit Vater William und Mr Charles, glaube ich.«

»Oh«, sagte Sally. »Wenn er zurückkommt, würdest du ihm dann bitte ausrichten, dass diese ganze Geschichte Fred schrecklich mitgenommen hat?«

Liza nickte. »Das habe ich auch gesehen, unten im Laden. Das ist alles gar nicht gut für ihn. Aber –« Sie schwieg einen Moment und sah dabei sehr betrübt aus. »Sally, es liegt doch nur daran, oder?«

»Ich bin sicher, dass das der einzige Grund ist«, sagte Sally und war sich erneut des Umstands bewusst, dass sie ein wenig zu überzeugend hatte klingen wollen. »Aber Mr Johnny tut ihm immer sehr gut.«

»Ich weiß. Ich sag's ihm, wenn er wieder nach oben kommt.«

Während sie einen Armvoll der Inkunabeln, mit denen sie gerade beschäftigt war, vom Regal nahm, fragte Sally: »Weißt du vielleicht, was mit Mrs Weldon los ist?«

»Keine Ahnung«, sagte Liza. »Sie hat sich nach ihrem Anfall auf der Damentoilette eingeschlossen – ich bin ihr noch nachgegangen –, und es hat eine geschlagene Viertelstunde gedauert, bis sie wieder rausgekommen ist. Und da habe ich ihr gleich angesehen, dass es keinen Zweck gehabt hätte, ihr Fragen zu stellen. Es war schon schwer genug, sie da rauszubekommen und zu einer Tasse Kaffee zu überreden. Essen wollte sie nichts. Ich wünschte, ich wüsste, was sie hat. Ich hätte nie gedacht, dass sie Butcher mehr hasste als alle anderen. Aber ich glaube auch nicht für eine Sekunde, dass sie irgendetwas mit dem Mord zu tun hat.«

Sie sah Sally an, wobei Sally erkannte, dass Liza so überzeugend wie möglich klingen wollte, genau wie sie selbst gerade eben. Vielleicht war sich Liza dessen ebenfalls bewusst geworden, denn sie sah rasch auf ihre Uhr und sagte: »Es ist halb vier. Lass uns einen Tee trinken, was meinst du? Ich geh nach unten und koche eine Kanne, und dann können wir zwei ihn im Laden trinken, ganz egal, dass da ein Bulle steht. Wahrscheinlich würde der sich auch über eine Tasse freuen. Genau wie die Seniorpartner.«

»Das ist eine gute Idee«, sagte Sally. »Aber lass mich den Tee kochen. Es ist höchst unwahrscheinlich, dass noch irgendwelche Kunden vorbeischauen, die sich nicht abwimmeln lassen wollen. Ich rufe dich an, sobald er fertig ist.«

Sie ging nach unten, legte die Inkunabeln auf ihren Schreibtisch und sagte dem Wachtmeister Bescheid, dass sie hinunter in die Teeküche gehe.

Die Teeküche befand sich an der Vorderseite des Gebäudes, an einem Ende des Kellerflurs, gegenüber von der Versandabteilung, die am anderen Ende lag. Sally hatte den Raum fast erreicht, als sie Gas roch. Der Herd, dachte sie, oder die Gasheizung. Ein Leck. Aber dafür roch es fast zu stark. Sie bekam plötzlich Angst und rannte los. Als sie versuchte, die Tür zur Teeküche zu öffnen, leistete diese einen Moment lang Widerstand. Dann gab sie plötzlich nach, und sofort schlug Sally eine dichte, Übelkeit erregende Gaswolke ins Gesicht. Sie wich unwillkürlich zurück. Als sie erneut einen Schritt nach vorn machte, fiel ihr flüchtig auf, dass die Tür durch einen zusammengerollten Stapel Sackleinen blockiert gewesen war, der links und rechts über die Zarge hinausgeragt hatte. Im nächsten Moment bemerkte sie die Gestalt in dem grauen Kittel, die vor dem Herd der Länge nach auf der Erde lag.

Sie rannte in den kleinen Raum, versuchte dabei, nicht auf Fred zu treten, stolperte, fing sich wieder, fand den Hahn für den Gasofen und drehte ihn zu. Dann merkte sie, dass ihr jeden Moment die Luft ausging, und sie drehte sich zum Fenster um. Doch das befand sich hoch oben über der Spüle – es öffnete sich zu einem dunklen Loch unterhalb eines Gitterrosts –, und obwohl sie die Ringe am Fensterrahmen gerade eben noch erreichen konnte, schaffte sie es nicht, das Fenster hochzuschieben. Du musst auf die Abtropffläche der Spüle klettern, dachte sie. Aber in ihrem Kopf drehte sich bereits alles, und sie wusste, dass sie es nicht schaffen würde. Sie stolperte zur Tür zurück, rang verzweifelt nach Luft und rief: »Alf! Alf!« Aber ihre Stimme war nur noch ein heiseres Krächzen. Sie sog verzweifelt noch ein wenig mehr Luft ein, rannte wieder in die Teeküche zurück, um Fred von dem Ofen wegzuziehen. Aber obwohl er so mager war, fühlte er sich unendlich schwer an, und ihre Arme waren seltsam schwach und schlapp. Nach einem Moment, der ihr wie eine Ewigkeit vorkam, schaffte sie es endlich, seinen Kopf aus dem Ofen zu ziehen, zusammen mit einem der schäbigen Lederkissen, die auf dem Sofa in der Teeküche lagen.

Sie war sich vage bewusst, dass jemand schrie, irgendwo sehr weit weg. Eine Hand packte sie an der Schulter, und Alfs Stimme sagte, ebenfalls von sehr weit her: »Schon gut, Miss, wir holen ihn hier raus. Schaffen Sie es allein?«

Sie trat zur Seite, geriet dabei jedoch erneut ins Stolpern. Da war noch ein zweiter Mann bei Alf, aber sie konnte keinen von beiden klar erkennen. Ihre Gesichter kamen ihr sehr nah und verschwanden dann wieder. Sie tastete nach etwas, an dem sie sich festhalten konnte, und dann fing sie jemand auf, und sie sah Johnnys Gesicht sehr nah an ihrem eigenen. Er sagte etwas, das so klang wie: »Schon gut, mein Schatz, ich halte dich fest« – nur konnte es das unmöglich gewesen sein. Er hob sie hoch und trug sie aus dem Zimmer.

Danach nahm sie alles nur sehr undeutlich und vage wahr, bis sie sich schließlich neben dem offenen Fenster in Vater Williams Büro wiederfand und gierig die frische Luft in ihre Lungen sog. Johnny saß auf der Kante von Vater Williams Schreibtisch, ganz in ihrer Nähe. Sein Gesicht war kreidebleich. »Geht es Ihnen besser, Sally?«, fragte er.

»Es – es geht mir gut«, sagte sie. »Johnny – Fred … ist er …?«

»Ich gehe gleich nachsehen. Versuchen Sie nicht zu sprechen, bis Sie wieder zu Atem gekommen sind.«

»Es geht mir gut«, wiederholte sie und wollte aufstehen. Aber ihre Beine fühlten sich wie Watte an. Johnny nahm sie an den Schultern und drückte sie sanft auf den Stuhl zurück. Es war Vater Williams Stuhl, mit breiten Armlehnen und roten Polstern.

»Bleiben Sie sitzen«, sagte Johnny.

Sie sah sich um und bemerkte, dass sich niemand sonst im Raum befand. »Mr Johnny«, sagte sie. »Sie glauben doch nicht, dass er es getan hat ... weil er Butcher ermordet hat?«

»Nein, das glaube ich nicht«, antwortete Johnny. »Ich glaube, der Mord und die Befragung haben ihn einfach schrecklich mitgenommen – genau, wie Sie es schon zu Liza gesagt hatten. Vielleicht hat er ja auch geglaubt, dass Prescott ihn verdächtigt. Ich könnte mich dafür ohrfeigen, dass ich nicht eher mal nach ihm geschaut habe. Ich hatte das den ganzen Nachmittag vor, aber ich habe es aufgeschoben, weil die ganze Zeit ein Polizist in der Versandabteilung war. Der sollte wahrscheinlich die Hintertür bewachen. Dann habe ich Ihre Nachricht bekommen, die Sie mir durch Liza ausrichten ließen, und ich dachte, wenn Sie sich so schlimme Sorgen machen, dann sollte ich besser irgendeinen Vorwand finden und nach unten gehen und wenigstens nachschauen, wie es ihm geht. Ich war gerade auf der Kellertreppe, als ich das Gas roch und hörte, dass in der Teeküche irgendetwas vor sich ging.«

»Es war nicht Ihre Schuld«, sagte Sally. »Wollen wir nachsehen, wie es ihm geht? Ich kann wieder ganz normal atmen.«

Aber Johnny hatte da andere Vorstellungen. Er rief Liza an und bat sie, nach unten zu kommen und sich um Sally zu kümmern, der es nicht besonders gut gehe, und auch etwas Wasser mitzubringen. Er ignorierte Sallys Proteste und blieb bei ihr, bis Liza eintraf.

Liza und das Wasser waren eine große Hilfe, und sie konnte Liza auch bedenkenlos erzählen, was passiert war. Aber Sally fühlte sich immer noch sehr elend und schlapp, und als sie mit ihrer Erzählung fertig war, warteten die beiden Frauen mehr oder weniger wortlos, bis Johnny zurückkehrte.

»Er wird es schaffen«, berichtete er. »Er wird gerade künstlich beatmet, und sein Puls ist wieder kräftiger. Sie haben einen Krankenwagen gerufen. Er ist ziemlich knapp an der Katastrophe vorbeigeschrammt, aber jetzt brauchen wir uns keine Sorgen mehr zu machen – was wir allein Ihnen zu verdanken haben, Sally. Der arme alte Alf macht sich auch ganz furchtbare Vorwürfe. Fred schien es ein bisschen besser zu gehen – vielleicht hat er sich ja wegen des anwesenden Polizisten zusammengerissen –, und als er verschwand, hat Alf gedacht, er wollte über den Flur irgendwo anders hin. Und als er nicht zurückkam, dachte Alf, er wolle vielleicht einfach nur allein sein. Das kommt wohl öfter vor.« Johnny schwieg einen Moment. »Aber jetzt zu Ihnen, Sally. Vater William sagt, Sie sollen nach Hause gehen, und ich soll Sie in einem Taxi begleiten. Und Liza soll mitkommen, nur für den Fall, dass Sie sich immer noch ein wenig unwohl fühlen, wenn Sie heimkommen. Ist das in Ordnung, Liza? Gut. Miss Mundle wird bis fünf Uhr im Laden bleiben – sie musste den ganzen Tag oben im Büro der Schreibkräfte verbringen.«

Johnny ging auch weiterhin äußerst autoritär vor – wie ein typischer Heldar eben. Er erlaubte es Sally unterwegs nicht, mehr als nur ein paar wenige Worte zu sagen, um ihre Stimme zu schonen, und als sie zu ihrer kleinen Wohnung gelangten, die sich in einem ehemaligen Kutscherhäuschen befand, gebot er Liza, sie zu Bett zu bringen, rief Sallys Hausarzt an und wartete im Wohnzimmer, bis der Arzt eintraf. Dann ordnete er seelenruhig an, dass Liza über Nacht bei ihr bleiben solle, und ging zur nächstgelegenen Apotheke, um das Rezept einzulösen, dass Dr. Paterson ausgestellt hatte, damit sie auch auf jeden Fall einschlafen konnte.

Nach seiner Rückkehr sprach er noch kurz im Wohnzimmer mit Liza und rief dann durch die Tür des Schlafzimmers: »Schlafen Sie gut, Sally, und kommen Sie morgen bloß nicht zur Arbeit. Und machen Sie sich nicht zu viele Sorgen. Gute Nacht.«

Sie hörte, wie er die schmale Stufenleiter hinabstieg und dann leise die Haustür hinter sich schloss.

VIERTES KAPITEL

Am nächsten Morgen hatte Sally mit Liza eine kleine Auseinandersetzung, aber schließlich hatte der Doktor ja nicht kategorisch verboten, dass sie zur Arbeit ging, und so gelangten sie gemeinsam zur üblichen Zeit am Laden an. Die Seniorpartner, Miss Mundle und Alf waren alle sehr freundlich zu Sally und so besorgt um sie, dass es ihr fast peinlich war. Das Gleiche galt für Tim, der seinen Vater dazu gebracht hatte, ihm die Vorkommnisse des gestrigen Nachmittags zu erzählen. Er war immer noch ganz wütend darüber, dass er sich im Geschichtsraum vergraben und daher alles verpasst hatte. Zu Sallys Erleichterung schien kein anderes Mitglied der Belegschaft von der Sache gehört zu haben, nicht einmal der Kleine Billy, der, wie Alf berichtete, nach Hause gegangen war, bevor das alles passiert war. Freds Abwesenheit fand man nicht im Geringsten bemerkenswert, denn er kam öfters für ein oder zwei Tage nicht zur Arbeit, wenn seine Nerven aus irgendeinem Grund überstrapaziert waren. Und in diesen Tagen war das nur allzu verständlich.

Johnny kam ein paar Minuten zu spät. Kaum hatte er sie gesehen, sagte er sofort: »Ich dachte, ich hätte Ihnen gesagt, dass Sie heute zu Hause bleiben sollen, Sally.«

»Ich weiß«, sagte sie. »Aber ich fühle mich vollkommen

gesund, und ganz ehrlich, ich bin lieber hier. Liza hat das verstanden, also machen Sie ihr bitte keine Vorwürfe.«

Er sah sie einen Moment lang an und lächelte dann. »Also gut«, sagte er. »Aber lassen Sie es ruhig angehen.«

Sie waren allein im Laden. Offenbar hatte man es heute nicht für nötig gehalten, einen Polizisten darin zu postieren. Sally fragte: »Haben Sie etwas darüber gehört, wie es Fred geht?«

»Ich habe das Krankenhaus angerufen, bevor ich von zu Hause fortging. Sie haben gesagt, es gehe ihm recht gut – was natürlich alles und nichts heißen kann. Sie haben auch gesagt, dass er noch keinen Besuch haben darf. Ob das nun die Ärzte so angeordnet haben oder die Polizei, weiß ich nicht.« Er schwieg einen Moment. »Wie ich sehe, haben Sie das ›Geschlossen‹-Schild wieder entfernt, lassen aber die Türe zu. Heißt das, dass wir für Kunden geöffnet haben, sofern sie an der Tür klingeln?«

»Ja. Vater William möchte verhindern, dass Reporter in den Laden kommen und ... und ...«

»Auch niemand sonst, der einfach nur sensationslüstern ist. Sehr gut. Der Bericht darüber, was hier vorgefallen ist, stand gestern Abend in der Zeitung, und heute früh auch wieder. Also, wenn Sie irgendwelche Schwierigkeiten haben, Sally, dann rufen Sie mich sofort an.«

In der ersten halben Stunde klingelte lediglich eine einzige Person an der Türe – ein junger Mann mit Mütze und Regenmantel und scharfem Blick. Vater William hatte ihr gesagt, sie solle nach eigenem Gutdünken entscheiden, wen sie den Laden betreten ließ und wen nicht, und so ignorierte sie den jungen Mann. Aber Prescott und Stanton, die gegen zehn Uhr in Erscheinung traten, konnte sie nicht ignorieren.

Die Befragungen begannen aufs Neue, wenn auch in kleinerem Umfang. Als Erstes rief Prescott Sally zu sich herein und ließ sich detailliert von dem Vorfall mit dem Gasofen berichten, während die Kleine Liza für sie den Laden hütete. Als Nächstes sprach er mit Alf, dann mit Johnny, und im Anschluss daran ging er zusammen mit Stanton nach unten in den Keller, wahrscheinlich, um die Teeküche zu begutachten. Als sie damit fertig waren, verließen sie den Laden wieder.

Danach verging der Vormittag nur sehr langsam, und eine Zeitlang passierte überhaupt nichts. Sally gestattete zwei oder drei Kunden, das Geschäft zu betreten, und ignorierte einen weiteren Reporter, der als solcher klar erkennbar gewesen war, sowie mehrere ihr unbekannte Jugendliche, die sich vor den Laden gestellt hatten und durch die Fensterscheibe spähten. Einmal wurde sie von ihrem Urteilsvermögen im Stich gelassen, als sie einen Reporter in den Laden ließ, der so ausgesehen hatte, als könnte er ein Kunde sein, aber sie schaffte es – wenn auch mit einigen Schwierigkeiten –, ihn wieder loszuwerden.

Bald darauf kam Professor Harborne erneut in den Laden, der tatsächlich sehr viel nervöser wirkte als sonst.

»Haben Sie heute auch wieder geschlossen?«, fragte er, nachdem sie auf sein Klingeln hin die Türe geöffnet hatte.

Sally verneinte und ließ ihn ein.

»Ich würde gerne Mr Butcher sprechen, bitte«, sagte er. »Kann ich in sein Büro hochgehen?«

Sally sagte behutsam: »Ich fürchte, das geht nicht, Professor Harborne. Haben Sie denn heute Morgen nicht die Zeitung gelesen?«

»Ich lese nie Zeitung«, antwortete er nur. »Warum?«

Sally brachte ihm die Neuigkeiten so schonend wie möglich bei. Zu ihrer Bestürzung wurde Harborne leichenblass.

»Er ist tot, sagen Sie?«, fragte er mit zitternder Stimme.

»Ja, Professor Harborne, es tut mir schrecklich leid. Möchten Sie sich einen Moment setzen? Ich fürchte, das war ein ziemlicher Schock für Sie.«

»Nein, nein, es geht mir gut – es ist alles in Ordnung. Ich war nur ein wenig krank, das ist alles – eine leichte Grippe. Aber ist er denn wirklich tot?«

»Ich fürchte ja«, sagte Sally. Und weil Harborne schwieg, fuhr sie fort: »Möchten Sie vielleicht Mr Charles sprechen?« Diese Frage schien bei ihm nicht anzukommen, also fügte sie hinzu: »Mr Butcher war sein Assistent, wissen Sie?«

»Nein, nein!«, sagte er erneut. »Nein, nicht nötig. Es ist nicht so wichtig. Vielen Dank. Ich komme ein andermal wieder. Ein andermal ...« Er verstummte und gestikulierte kraftlos mit zitternden Händen. Dann drehte er sich um und rannte fast zur Tür hinaus.

Sally starrte ihm nach. Vielleicht hatte Johnny mit seiner Einschätzung ja recht gehabt.

* * *

Johnny führte sie zum Mittagessen aus. Es war das erste Mal, dass er so etwas tat, aber es waren auch besondere Umstände, sagte sie streng zu sich selbst. Wenn Tim während seiner Ferien in der Buchhandlung arbeitete, vertrat er sie normalerweise während ihrer Mittagspause. Ab und zu hatte auch Butcher diese Aufgabe übernommen. Aber Tim war zusammen mit seinem Vater essen gegangen. Johnny schickte deshalb die Kleine Liza nach unten in den Laden, als diese um ein Uhr aus ihrer Mittagspause zurückkehrte, damit sie Sally vertrat. Dann führte er Sally in einen nahegelegenen Pub mit freundlicher Atmosphäre – nicht in »Die Weintraube« –, wo sie sich in den ersten Stock setzten. Er verlor kein Wort über den Mord oder etwas, das damit in Verbindung stand. Er lud sie auf einen Drink und ein sehr gutes Essen ein und sprach über Bücher, die Londoner Theaterszene und Konzerte. Er war ein interessanter und amüsanter Gesprächspartner, und als sie in den Laden zurückkehrten, fühlte sie sich viel besser.

Die Kleine Liza tippte grimmig auf Sallys Schreibmaschine. Johnny sah sie an und grinste. »Wer hatte denn das Pech, Sie derart aufzubringen, Liza?«, fragte er. »Sie lässt ihre Wut nämlich immer an ihrer Schreibmaschine aus, müssen Sie wissen, Sally.«

Liza hörte auf zu tippen und stützte ihre Ellbogen energisch auf dem Tisch auf. »Ein Mann namens Philip Francis«, sagte sie. »Ich werde ihn nicht als Gentleman bezeichnen, denn das ist er nicht. Ich bin in meinem ganzen Leben noch nie einer so unverschämten Person begegnet. Er wollte wissen, warum man ihn aus dem Laden ausgeschlossen hat. Wollte wissen, warum er nicht mit Mr Butcher reden konnte. Ich nehme an, er ist zu vornehm, um irgendetwas anderes als die *Times* zu lesen. Ich habe ihm gesagt, warum er Butcher nicht sprechen konnte, und er wollte mir das zuerst überhaupt nicht glauben. Er hat mich mehr oder weniger beschuldigt zu lügen. Außerdem fand er es offenbar äußerst rücksichtslos von Butcher, sich umbringen zu lassen, wo er ihn doch unbedingt sprechen wollte. Ich habe ihn gefragt, ob er stattdessen Mr Charles sprechen wolle, und er hat geantwortet: ›Nein, will ich nicht‹, und ist einfach gegangen.« Liza schüttelte den Kopf mit den kurzen Locken und stolzierte wütend zur Eingangstür hinüber, wobei sie Mr Francis so perfekt nachahmte, dass Sally zum ersten Mal seit fast zwei Tagen lachen musste.

Aber der aufheiternde Effekt der Mittagspause hielt nicht lange an. Gegen drei Uhr kam Prescott zurück, diesmal allein. Sally hatte den seltsamen Eindruck, dass sein schmales, finsteres Gesicht noch schärfer geworden war. Er wirkte hart und angespannt, wie ein Hund, der eine Witterung aufgenommen hat. Aber vielleicht lag das auch daran, dass sie plötzlich sehr müde war. Sie wusste, noch bevor er es ihr sagte, dass er sie erneut zu sprechen wünschte.

Doch zunächst bat er Tim in sein Büro, und als er Sally befragte, wusste sie, dass er von Tims Besuch in Mr Charles' Büro erfahren hatte, als Tim vorgestern Abend auf dem Weg nach unten dort haltgemacht hatte. Prescott war so höflich wie immer, aber vollkommen gnadenlos. Er ging mit ihr noch einmal Freds Auseinandersetzung mit Butcher durch, Johnnys Eintreffen, Tims Eintreffen, Johnnys Weggang, Lizas Schrei und den ganzen Rest des Vorfalls mit dem Geist. Er drängte sie, genaue Zeiten zu nennen. Er fragte sie rundweg, ob sie beschwören könne, dass Fred nach unten gegangen und nicht wieder hochgekommen war. Endlich sagte sie verzweifelt: »Aber, Herr Hauptkommissar, warum hätte Fred nach oben gehen sollen, um das Messer zu holen, wenn er Butcher erst sehr viel später töten wollte? Ich weiß nicht, wann Butcher ermordet wurde, aber falls Fred tatsächlich nach oben gegangen wäre, während wir uns unten im Laden aufhielten, dann muss er wieder nach unten gekommen sein, sonst hätte ihn Tim gefunden, als er oben alle Räume durchsuchte. Was wäre damit gewonnen, zweimal nach oben zu gehen, wenn er das Messer doch später hätte holen können, auf dem Weg in Butchers Büro?«

Prescott entgegnete scharf: »Ich behaupte nicht, dass Malling Butcher ermordet hat, Miss Merton. Im Augenblick versuche ich lediglich zu ermitteln, wer Gelegenheit dazu hatte – und zwar die Gelegenheit, sich die Waffe zu besorgen. Um das Motiv für diese Handlung geht es gerade nicht. Falls Mr Timothys Erinnerung ihn nicht trügt, hat jemand etwa zwischen Viertel nach fünf und halb sechs an diesem Abend das Messer aus dem Geschichtsraum entfernt. Seine Erinnerung mag nicht korrekt sein, aber ich muss herausfinden, wer das Messer in diesem Zeitraum hätte an sich nehmen können.«

Danach sprach Prescott mit Johnny, und nachdem dieser das Büro verlassen hatte, kam er in den Laden herüber. Er sah Sally an und sagte: »Sally, tapfere Sally, ich denke, Sie sollten besser nach Hause gehen.«

Er ignorierte ihre Proteste genauso souverän, wie er das gestern getan hatte. Liza kam kurz darauf herunter, da Prescott sie zu sich bestellt hatte, und wurde gebeten, sich um den Laden zu kümmern, sobald ihre Befragung abgeschlossen war.

»Also gut«, sagte Johnny. »Sie trinken jetzt eine Tasse Tee, Sally, und dann gehen Sie nach Hause und ins Bett. Sie sind vollkommen erschöpft.«

Das klang nach einem sehr willkommenen Programm. Aber es sollte ihr nicht gelingen, es umzusetzen. Sally hatte vage mitbekommen, dass Mrs Weldon heute nicht zur Arbeit erschienen war, aber erst als sie zusammen mit Betty und Tim in der Teeküche saß – jenem Raum, in dem Fred alles darangesetzt hatte, sich das Leben zu nehmen –, erfuhr sie, dass es Mrs Weldon nicht gut ging. »Sie klang ganz fürchterlich am Telefon«, sagte Betty. »Aber ich würde sagen, sie macht sich einfach nur viel zu sehr einen Kopf. Ich hab' zuerst gedacht, dass sie vielleicht zu Hause bleibt, weil es ihrem Bruder schlechter geht, aber als ich sie gefragt habe, da hat sie gesagt, es läge nicht an ihm, und er sei sowieso schon während des ganzen letzten Monats im Krankenhaus gewesen. Das hat sie uns nie erzählt. Andererseits erzählt sie uns natürlich nie etwas. Aber so wie sie jetzt darüber geredet hat, klingt es, als ginge es ihm sehr schlecht. Wahrscheinlich ist das der Grund dafür, warum sie sich in den letzten Tagen so seltsam benommen hat.«

Tim sah Sally an, und Sally sah Tim an. Sie bemerkte einen Ausdruck der Erleichterung auf seinem Gesicht, in den sich jedoch auch ein Schatten des Zweifels mischte. Sie selbst war ebenfalls skeptisch. Mrs Weldons Angstzustand wegen ihres Bruders mochte ja durchaus der Grund für ihren nervösen Ausbruch gewesen sein, aber er war keine ausreichende Erklärung für ihre Bemerkung über Butcher.

»Ich nehme an, sie ist ganz allein«, sagte Sally schließlich. Der Gedanke an Mrs Weldon, wie sie allein, krank und unglücklich daheim war, beunruhigte sie zutiefst.

Betty sah ebenfalls besorgt aus. »Ich denke schon«, sagte sie. »Sie scheint nicht besonders viele Freunde zu haben. Ich habe das Gefühl, als sollte ich mal nachsehen, ob bei ihr alles in Ordnung ist, aber Bobs Schiff hat gerade angelegt. Er ist nur für ein paar Tage in der Stadt und kommt mich um fünf hier abholen. Miss Bates geht heute Abend ebenfalls aus. Aber Mrs Weldon ist ja wahrscheinlich sowieso im Krankenhaus, bei ihrem Bruder.«

»Ich gehe sie besuchen«, sagte Sally. »Kennst du ihre Adresse?« Schließlich hatte sie nicht explizit gesagt, dass sie nach Hause gehen würde, also konnte ihr niemand zum Vorwurf machen, dass sie stattdessen etwas anderes unternahm.

* * *

Sie schaffte es sogar noch, bei einem Straßenhändler ein paar Blumen zu kaufen, und stieg dann in einen Bus, der sie in westlicher Richtung nach South Kensington brachte und von dort aus weiter zur Fulham Road. Sie fand das Haus in der Seitenstraße ohne große Schwierigkeiten. Die Eingangstür befand sich neben einem Radiogeschäft und war mit drei kleinen Messingtafeln gekennzeichnet. Auf der untersten stand »Brownlow«. Das war, wie Betty ihr erzählt hatte, der Nachname von Mrs Weldons Bruder. Der Name erinnerte sie an irgendetwas, aber sie hätte unmöglich sagen können, woran. Sie klingelte und wartete. Es tat ihr leid, dass Mrs Weldon, falls sie allein zu Hause war, herunterkommen musste, um ihr zu öffnen, aber vielleicht konnte sie irgendetwas für sie tun, um das wiedergutzumachen.

Es vergingen zwei oder drei Minuten, bis Mrs Weldon die Tür öffnete. Sie trug keinen Morgenmantel, sondern eines ihrer üblichen, billigen, unscheinbaren Kleider. Sally war schockiert über ihr Aussehen. Ihr Gesicht war verhärmt und grau, sie wirkte um Jahre gealtert.

»Hallo, Sally«, sagte sie. »Es ist sehr nett von Ihnen, dass Sie mich besuchen kommen. Bitte, kommen Sie doch herein.«

Sie schien nicht überrascht zu sein, Sally zu sehen, selbst

um diese Uhrzeit, zu der Sally doch eigentlich noch Dienst gehabt hätte. Ihre Stimme war matt und tonlos. Sally konnte sehen, dass sie es hier mit einer Tragödie zu tun hatte, und sie war fast schon entschlossen, Mrs Weldon die Blumen zu geben und wieder zu gehen, doch dann hatte sie den Eindruck, als sei ihr Besuch nicht unbedingt unwillkommen. Mrs Weldons Reaktion war keineswegs eindeutig gewesen. Vielleicht gab es ja dennoch etwas, was sie für sie tun könnte.

Sie bedankte sich und folgte ihr ins Haus. Eigentlich war es vollkommen sinnlos, sich zu erkundigen, wie es ihr ging, aber höfliche Nachfrage erschien ihr besser als Schweigen. Sie registrierte Mrs Weldons nichtssagende Antwort kaum.

Die steile Treppe war schlecht beleuchtet, aber sie konnte dennoch erkennen, dass der Teppich abgenutzt war und die Wände dringend einen neuen Anstrich benötigten. Im ersten Stock gab es einen engen Flur, von dem mehrere Türen abgingen, und ihr wurde klar, dass es sich hier um eines dieser älteren Häuser handelte, in denen man die einzelnen Wohnräume direkt vom Flur oder der Treppe aus betrat, die von sämtlichen Bewohnern benutzt wurden, und in denen daher niemand so etwas wie eine Privatsphäre hatte. Der einzige Vorteil bei solchen Häusern war, dass man für gewöhnlich eine recht niedrige Miete bezahlte.

Mrs Weldon öffnete eine Tür am Ende des Flurs und trat höflich zur Seite, um Sally vorgehen zu lassen. Das, was Sally im Innern sah, erweckte den Eindruck von Armseligkeit und kalter, stickiger Beengtheit. Auf einem Kaminsims aus schwarzem Marmor standen mehrere gerahmte Fotografien. Sie blieb einen Moment auf der Türschwelle stehen und sagte: »Ich habe Ihnen ein paar Blumen mitgebracht. Ich fürchte, sie sind nicht so schön, wie ich es mir gewünscht hätte, aber vielleicht helfen sie ja ein wenig.«

Mrs Weldons raue Hände streckten sich nach den Tulpen aus, die bereits ein wenig die Köpfe hängen ließen. Aber ihre Bewegung wirkte seltsam unkoordiniert. Plötzlich schlug sie die Hände vors Gesicht und brach in Tränen aus.

Sally geleitete sie zu einem der schäbigen Sessel, setzte sich auf die Lehne und legte ihr eine Hand auf die Schulter. Es gab nichts, was sie sonst hätte tun können, außer neben ihr zu sitzen und sie weinen zu lassen. Das würde ihr vielleicht ein wenig helfen. Nach einer Weile gingen die krampfhaften, qualvollen Schluchzer, von denen sie geschüttelt wurde, in ein etwas sanfteres Weinen über. Schließlich hörte sie ganz auf zu weinen, setzte sich auf und rieb sich mit einem tränennassen Taschentuch übers Gesicht. Sally reichte ihr ihr eigenes Taschentuch, und sie schaute auf und sagte: »Danke, Sally. Es tut mir leid, dass ich derart die Fassung verloren habe. Aber als Sie mir diese Blumen gegeben haben – es ist sehr lange her, dass mir jemand Blumen geschenkt hat.« Sie schwieg einen Moment und fuhr dann langsam fort: »Es ist wegen meines Bruders Charlie, müssen Sie wissen. Er ist heute Morgen im Krankenhaus gestorben. Ich war die ganze Nacht dort. Um kurz nach zehn Uhr heute Morgen ist er von uns gegangen.«

»Das tut mir schrecklich leid«, sagte Sally – eine Bemerkung, die ihr vollkommen unzureichend vorkam.

»Für ihn tut es mir nicht leid«, sagte Mrs Weldon. »Er hatte in den letzten beiden Monaten fürchterliche Schmerzen, und das ist jetzt vorbei. Außerdem hatte er nicht mehr viel, für das es sich zu leben lohnte, nachdem er seine Arbeit verloren hatte und keine neue finden konnte. Aber ich werde ihn vermissen. Er war immer hier, wissen Sie, er war jemand, zu dem man heimkehren und um den man sich kümmern konnte. Ich weiß nicht, was ich ohne ihn machen soll.«

Sally brachte ihr Mitgefühl zum Ausdruck, so gut sie konnte. Es war jetzt nicht mehr ganz so schwierig, denn Mrs Weldons Reserviertheit war verschwunden, und das Reden schien ihr Erleichterung zu verschaffen.

»Ich habe Betty heute Morgen gesagt, es sei nicht wegen Charlie, dass ich nicht zur Arbeit gekomen bin«, sagte sie. »Ich musste ihr sagen, dass er im Krankenhaus ist, aber ich wollte nicht sagen, dass er im Sterben liegt. Das war wahrscheinlich albern, aber ich konnte den Gedanken nicht ertragen, dass sie jetzt alle über ihn reden, nach dem, was vorher passiert war. Er war ein guter Mensch und auch ein guter Buchhalter, aber natürlich war es sein Ende, als man ihn bei Heldar's entlassen hat. Ich mache Vater William da gar keine Vorwürfe – das habe ich nie getan. Er hatte keine andere Wahl, als ihn zu entlassen, und es war nett von ihm, dass er mich dort weiterarbeiten ließ. Aber Charlie hatte danach nie wieder eine Chance. Und er hat es auch nur getan, weil Jim – mein Mann – krank war und nicht arbeiten konnte und ich damals daheimbleiben und mich um ihn kümmern musste, und wir nicht genug Geld zum Überleben hatten.« Sie hielt erneut inne. »Sie kennen diese ganze Geschichte gar nicht, oder, Sally?«

Sally schüttelte den Kopf. »Ich wusste, dass es da einen Mr Brownlow gab, bevor Miss Bates kam.« Also von daher kannte sie diesen Namen. »Aber mehr wusste ich nicht. Ich hatte keine Ahnung, dass er Ihr Bruder war.«

»Nein. Die Leute im Laden waren alle sehr nett, ich glaube nicht, dass sie jemals wieder darüber geredet haben. Ich weiß nicht, warum ich wie selbstverständlich davon ausgegangen bin, dass Sie Bescheid wissen. Aber diese Dinge kommen irgendwie immer ans Licht. Die Seniorpartner kennen die Geschichte natürlich, und Alf und Fred auch – die sind Charlie früher immer mal wieder besuchen gekommen. Und die Kleine Liza. Miss Bates war damals natürlich noch nicht dabei – und Betty auch nicht. Butcher wusste selbstverständlich auch Bescheid. Es ist ja alles überhaupt erst wegen Butcher passiert …« Sie atmete mühsam schluchzend ein. Sally fragte sich gerade, was sie sagen sollte, als im Flur eine schrille Klingel ertönte.

»Oh mein Gott«, sagte Mrs Weldon. »Bitte gehen Sie nach unten, Sally. Sagen Sie der Person, wer auch immer es ist, dass es mir nicht gut geht.«

»Natürlich«, sagte Sally. Sie ging rasch nach unten und öffnete die Haustür. Prescott stand davor.

»Guten Abend, Miss Merton«, sagte er. »Man hat mir bei Heldar's gesagt, dass Mrs Weldon heute zu Hause geblieben sei. Geht es ihr gut genug, um mich zu empfangen?«

»Ich fürchte, ihr geht es so schlecht, dass sie niemanden empfangen kann«, antwortete Sally.

»Liegt sie im Bett, Miss Merton?«

»Im Augenblick nicht, aber es geht ihr überhaupt nicht gut. Könnten Sie nicht morgen wiederkommen, Herr Hauptkommissar?«

»Ich fürchte nein«, antwortete er. »Falls es Mrs Weldon gut genug geht, um nicht im Bett liegen zu müssen, muss ich sie heute sprechen, fürchte ich.«

Sally zögerte. Sie wollte ungern Mrs Weldons Bruder erwähnen, da dieser auf irgendeine Weise mit Butcher in Verbindung stand. Aber während sie noch zu entscheiden versuchte, was sie sagen sollte, hörte sie Schritte oben im Flur und dann Mrs Weldons Stimme, die über das Geländer hinweg mit ruhiger Stimme sagte: »Sie sollten den Herrn Kommissar wohl besser heraufbringen, Sally.«

»Vielen Dank, Mrs Weldon«, sagte Prescott und betrat das Haus.

Sally ging ihm schweigend voraus, die Treppe hinauf. Die Tränenspuren auf Mrs Weldons Gesicht waren immer noch deutlich erkennbar. Prescott konnte sie unmöglich übersehen.

Mrs Weldon sagte: »Bitte kommen Sie ins Wohnzimmer, Herr Kommissar. Und Sally, bitte bleiben Sie doch.«

»Mrs Weldon«, sagte Prescott. »Ich muss Sie warnen. Ich möchte mit Ihnen über eine ziemlich persönliche Angelegenheit sprechen – eine Familienangelegenheit.«

»Ich will trotzdem, dass Miss Merton hierbleibt, Herr Kommissar.«

Prescott zögerte einen Moment lang. Schließlich sagte er: »Also gut, Mrs Weldon«, und folgte ihr und Sally in das schäbige Wohnzimmer.

Nachdem sie sich gesetzt hatten, sagte er: »Mrs Weldon, Sie haben einen Bruder – Mr Charles Brownlow.«

Mrs Weldon antwortete sehr leise: »Er ist heute Morgen im Krankenhaus von Fulham gestorben, Herr Kommissar.«

Prescott machte ein bestürztes Gesicht. »Das wusste ich nicht. Es tut mir sehr leid, das zu hören.«

»Könnten Sie unter diesen Umständen nicht bis morgen warten, Herr Kommissar?«, fragte Sally rasch.

»Nein«, sagte Mrs Weldon. »Nein, ich würde das lieber hinter mich bringen.«

»Also gut, Mrs Weldon.« Prescott wirkte immer noch

sehr betreten. »Ich werde mich so kurz wie möglich fassen. Ihr Bruder war zehn Jahre lang bei den Gebrüdern Heldar als Buchhalter angestellt. Ist das richtig?«

»Ja«, antwortete Mrs Weldon.

»Vor zwei Jahren wurde er ohne Arbeitszeugnis entlassen, weil die Firmenkonten nicht in Ordnung waren und man beweisen konnte, dass über einen Zeitraum von zwei oder drei Monaten mehrfach Geldbeträge verschwunden waren.«

»Ja.«

»Die Person, die dafür verantwortlich war, dass diese Diskrepanzen ans Tageslicht kamen, war Mr Butcher, der, als Ihr Bruder einmal nicht da war, aus einem bestimmten Grund Einsicht in die Geschäftsbücher gehalten hat.«

»Ja.«

»Ihrem Bruder ist es danach nicht mehr gelungen, auf seinem Gebiet eine Anstellung zu finden. Im April letzten Jahres fand er dann jedoch eine Stelle als Sekretär bei einem Mr Rosenbaum, der eine kleine Buchhandlung in der Finmark Street 15A betreibt und nicht auf der Vorlage eines Arbeitszeugnisses bestand.«

»Ja.«

»Nachdem Ihr Bruder etwa einen Monat dort gearbeitet hatte, fand Mr Butcher heraus, dass er dort angestellt war, und informierte Mr Rosenbaum über dessen Vorgeschichte. Mr Rosenbaum setzte sich sofort mit Mr William Heldar in Verbindung, der Mr Butchers Aussage bestätigte, woraufhin Ihr Bruder erneut entlassen wurde.«

»Ja.«

Sally gewann den Eindruck, dass Prescott von Mrs Weldons unverblümter Weigerung, irgendeinen Kommentar abzugeben, etwas irritiert war. Er fuhr fort: »Danach verschlechterte sich der Gesundheitszustand Ihres Bruders – oder vielleicht war das ja auch schon vorher der Fall. Im August unterzog er sich im Krankenhaus von Fulham einer Operation, die jedoch keine nachhaltige Wirkung erzielte. Sie haben sich bis vor etwa einem Monat hier in diesem Haus um ihn gekümmert, doch dann wurde er wieder ins Krankenhaus eingewiesen. Er war zu diesem Zeitpunkt bereits sehr krank, nicht wahr?«

»Ja«, sagte Mrs Weldon und gestand sich endlich zu, ihre Aussage ein wenig auszuführen. »Man sagte mir, dass er nicht mehr lange zu leben hat. Das wusste er auch selbst.«

»Hat er schlimm gelitten, Mrs Weldon?«

»Ja. Die meiste Zeit mussten sie ihm eine hohe Dosis Morphium verabreichen.«

»Mrs Weldon, haben Sie Mr Butcher erzählt, dass Ihr Bruder im Sterben lag?«

»Ja«, sagte Mrs Weldon.

»Was hat er daraufhin gesagt?«

»Er hat gesagt, das habe nichts mit ihm zu tun.«

»Waren Sie mit dieser Aussage einverstanden?«

»Nein, das war ich nicht. Wenn er Mr Rosenbaum nicht dazu veranlasst hätte, Charlie zu entlassen, wäre er vielleicht wieder gesund geworden. Aber nachdem er von Rosenbaum entlassen wurde, hat er jeden Lebenswillen verloren und sich aufgegeben. Es war natürlich keine besonders gute Arbeitsstelle, aber er verdiente immerhin seinen Lebensunterhalt damit, und die Arbeit gab ihm ein wenig Hoffnung. Ich mache Mr Butcher wegen des ersten Mals keine Vorwürfe. Es war seine Pflicht, Mr William darauf hinzuweisen, dass etwas mit den Geschäftsbüchern nicht stimmte, auch wenn er Charlie deswegen nicht unbedingt so hätte behandeln müssen, wie er es damals getan hat. Aber er hatte kein Recht, Charlie zum zweiten Mal um seine Arbeitsstelle zu bringen, nachdem er sich wieder auf dem rechten Weg befand.« Ihr Tonfall klang verbittert.

»Wie hat er Ihren Bruder beim ersten Mal denn behandelt?«

»Er hat ihm gesagt, er sei ein dreckiger Dieb – und noch vieles mehr. Das hätte er nicht tun müssen. Die Sache ging ihn nichts mehr an, nachdem er Mr William davon berichtet hatte.«

»Hatten Sie einen Streit mit ihm, nachdem Sie ihm erzählt haben, dass Ihr Bruder im Sterben lag?«

»Ja«, antwortete Mrs Weldon erschöpft. »Ich nehme an, man könnte es als einen Streit bezeichnen. Er wurde unverschämt, und ich hatte meine Zunge nicht im Zaum.«

»Wo und wann hat diese Auseinandersetzung stattgefunden, Mrs Weldon?«

»In der Buchhandlung, vor etwa zwei Wochen. Wir hatten an einem Abend beide Überstunden gemacht. Ich bin ihm im Flur des obersten Stockwerks begegnet und musste einfach etwas sagen. Ich habe es nicht länger ertragen.«

Prescott drängte sie, ihm ein Datum und eine Uhrzeit zu nennen, aber sie konnte sich nicht erinnern.

»Haben Sie danach noch einmal mit ihm gesprochen?«

Zum ersten Mal ließ Mrs Weldons Stimme so etwas wie Nervosität erkennen. »Nein«, sagte sie rasch. Im nächsten Moment war ihre Belebtheit auch schon wieder verschwunden, und ihre Stimme klang erneut tonlos. »Ich habe ihn nicht ermordet, Herr Kommissar.«

Vielleicht erkannte Prescott, dass sie keine Kraft mehr

für weitere Fragen hatte. Jedenfalls ließ er es dabei bewenden und ging.

Sally versuchte Mrs Weldon dazu zu bewegen, ins Bett zu gehen, und bot an, ihr während der Nacht Gesellschaft zu leisten. Aber anscheinend würde Alfs Frau, Mrs Lendicott, kommen und über Nacht bleiben. Sie war eine alte Freundin von Mrs Weldon. Sally merkte schuldbewusst, dass sie unendlich erleichtert war, als Mrs Lendicott, eine beleibte, freundliche und kompetente Person, wenige Minuten später eintraf und sofort sagte, Miss Merton solle besser heimfahren und sich ausruhen.

* * *

Sally fühlte sich müder als jemals zuvor in ihrem Leben. Es war mitten in der Hauptverkehrszeit, und sie musste zwei verschiedene Busse nehmen, um nach Earl's Court zu kommen. Beide Busse waren so überfüllt, dass sie gezwungen war zu stehen und sich dabei an eine Halteschlaufe zu klammern. Als sie ihre Wohnung erreichte, war es fast halb sieben. Sie machte Feuer im Kamin und ließ sich auf einen Stuhl fallen, der danebenstand.

Um halb acht, als sie gerade feststellte, dass ihr immer noch die Energie fehlte, sich etwas zum Abendessen zuzubereiten, klingelte es an der Tür. Sie hatte plötzlich Angst, es könne schon wieder Prescott sein, und war fast geneigt, es einfach klingeln zu lassen. Aber nein, dachte sie dann, Prescott würde ja doch nur wieder zurückkommen. Besser, sie brachte die Angelegenheit sofort hinter sich. Sie stand auf und ging zur Haustür hinunter.

Es war Johnny. Er sagte einigermaßen schroff: »Was

soll das? Sie machen Krankenbesuche, wenn Sie sich selbst kaum auf den Beinen halten können? Liza hat mir erzählt, Sie wären Mrs Weldon besuchen gegangen.«

»Es geht mir gut«, sagte Sally. »Kommen Sie doch rein, Mr Johnny.«

»Ich finde, Sie könnten den Mister außerhalb des Geschäfts ruhig weglassen«, sagte er. »Haben Sie schon etwas zu Abend gegessen?«

»Nein, noch nicht. Ich wollte das gerade tun. Möchten Sie nicht etwas mitessen?«

»Das würde ich mit Freuden tun«, sagte Johnny. »Aber ich werde das Kochen übernehmen.«

Er verhielt sich heute Abend wieder wie ein typischer Heldar. Er nahm die Küche in Besitz, holte ein paar Kissen aus dem Wohnzimmer, legte eines auf einen der Küchenstühle, hieß sie, Platz zu nehmen, und stopfte ihr das andere Kissen in den Rücken. Dann fragte er sie, was er kochen sollte, und machte sich auf ihre Antwort hin sogleich an die Arbeit. Währenddessen redete er die ganze Zeit fröhlich vor sich hin. Er machte ein Omelett und erhitzte Suppe aus einer Dose. Dann deckte er den Tisch im Wohnzimmer und trug das Essen hinüber.

Es war ein sehr gutes Abendessen. Johnny konnte zweifellos kochen – jedenfalls im Rahmen dessen, was ihm aufgetragen worden war. Sally fragte ihn, ob er für sich selbst koche, und er antwortete, dass er das immer tue, wenn er nicht gerade irgendwo essen gehe. Sie wusste, dass er eine Wohnung irgendwo in Bloomsbury hatte. Sie wusste auch, dass er nach dem Tod seiner Eltern von Vater und Mutter William in Wimbledon großgezogen worden war, und fragte sich, ob er dort kochen gelernt hatte.

Sie beendeten ihr Mahl mit Käse und Gebäck, und dann platzierte Johnny sie vor dem Kaminfeuer, während er selbst das Geschirr spülte und Kaffee kochte. Sie saß dort, satt, warm und behaglich, roch den köstlichen Duft des Kaffees und dachte, wie schön es war, wenn man die Dinge aus der Hand genommen bekam und sich ausnahmsweise mal jemand um einen kümmerte. Im nächsten Moment versuchte sie, diesen Gedanken im Keim zu ersticken. Es war ein gefährlicher Gedanke für eine unverheiratete Frau. Aber es gelang ihr nicht, ihn sich aus dem Kopf zu schlagen, und nach einer Weile versuchte sie es auch gar nicht mehr.

Johnny kehrte mit dem Kaffeetablett zurück und stellte es auf den niedrigen Beistelltisch, den er zuvor neben ihrem Stuhl aufgebaut hatte. Sie schenkte den Kaffee ein, und er reichte ihr eine Zigarette. Nachdem er ihr Feuer gegeben hatte, zündete er sich selbst ebenfalls eine an.

»Vielen herzlichen Dank«, sagte Sally. »Das ist alles ungeheuer nett von Ihnen.«

»Es ist mir eine Freude«, sagte er und lächelte sie an. Dann nahm er sich seine Kaffeetasse und setzte sich ihr gegenüber.

»Eigentlich bin ich gekommen«, sagte er, »weil ich gute Neuigkeiten für Sie habe, und ich dachte, Sie würden sie vielleicht gern heute Abend noch hören. Nachdem ich den Laden verlassen hatte, habe ich im Krankenhaus angerufen. Ich wollte das nämlich ungern vom Laden aus tun, für den Fall, dass die Person, die gerade für die Telefonzentrale zuständig ist, mithört. Das Krankenhaus hat gesagt, Fred dürfe heute Abend einen Besucher empfangen, aber auch nur einen einzigen, also bin ich sofort hingegangen. Das war vielleicht etwas selbstsüchtig von mir, aber Fred hat keine

Verwandten, und ich wollte ihn unbedingt sehen. Er kommt allmählich wieder auf die Beine, und was fast noch besser ist: Er steht nicht mehr unter Mordverdacht. Er hat sich einfach nur wie ein absoluter Narr verhalten, der arme Kerl.« Johnny lächelte ein wenig. »Er hat mir die ganze Geschichte erzählt. Er war zwar noch sehr schwach, wollte aber unbedingt alles erklären, also ließ ich ihn reden. Man könnte das Ganze teilweise fast lustig finden, wenn es nicht beinahe ein so tragisches Ende gefunden hätte.

Als er zum ersten Mal von der Polizei verhört wurde, hat er ihnen nichts von seinem Streit mit Butcher erzählt. Er dachte – und das nicht ohne Grund –, dass sie ihn als mögliches Mordmotiv ansehen könnten. Es war der arme, unschuldige Kleine Billy, der ihnen alles erzählt hat. Er hatte mitangehört, wie Fred am frühen Morgen Alf davon erzählt hatte, noch bevor der Mord entdeckt wurde. Und als Prescott den Kleinen Billy fragte, was für eine Art Mensch Butcher gewesen sei, da hat er ihm ordentlich die Meinung gegeigt und die Szene mit Fred als Beispiel für Butchers schlechten Charakter angeführt. Wie Sie vielleicht wissen, hat er ein bemerkenswert gutes auditives Gedächtnis und ist in der Lage, ein kürzeres Gespräch auch noch ein paar Stunden, nachdem er es gehört hat, fast Wort für Wort zu wiederholen. Als würde er damit alles andere ausgleichen.« Johnny seufzte. »Wie auch immer, so war das. Und so ist Fred erneut befragt worden, diesmal zu besagtem Streit vom Nachmittag des Vortages. Er hat alles zugegeben, es erschien ihm zwecklos, es zu leugnen, und außerdem ist er von Natur aus ein ehrlicher Mensch. Aber am Ende dieser zweiten Befragung war er felsenfest davon überzeugt, dass Prescott ihn mit absoluter Sicherheit für den Mörder hielt.

Ich glaube, da irrte er sich, obwohl ich keinen Zweifel daran hege, dass Prescott ihn verdächtigt hat. Aber seit dem Streit mit Butcher war er mit seinen Nerven am Ende und hat die Dinge deshalb für viel schlimmer gehalten, als sie eigentlich waren. Er war sich sicher, dass man ihn verhaften und vor Gericht stellen würde. Er hatte zwar noch genug Verstand, um nicht mit Sicherheit davon auszugehen, dass man ihn auch hängen würde, aber er hatte das Gefühl, auch alles andere auf keinen Fall ertragen zu können. Darüber hinaus war er zu der Überzeugung gelangt, dass Butcher von jemandem aus der Belegschaft ermordet worden sein musste – tatsächlich glaubte er eine Ahnung zu haben, wer es getan hatte –, und er wollte nicht, dass einer seiner Freunde wegen einer Tat leiden musste, die in seinen Augen durchaus entschuldbar und möglicherweise sogar gerechtfertigt war. Er dachte, wenn er sich selbst tötet, dann würde die Polizei nicht weiter nach dem Mörder suchen. Und er dachte außerdem, der arme Fred, dass er ohnehin niemandem von Nutzen und daher kein großer Verlust für die Welt sei. Was natürlich überhaupt nicht stimmt. So durch und durch freundliche und gütige Menschen wie ihn gibt es nicht so oft, als dass man ihn nicht vermissen würde.

Wie auch immer, er versuchte, sich zu töten, und scheiterte. Als er in der Lage war, wieder klar zu denken, kam er zu dem Schluss, dass es, wenn man ihn ohnehin des Mordes anklagen würde, am besten wäre, die Sache zu vereinfachen und das Ganze zu gestehen, um seine Freunde zu schützen. Also hat er, als Prescott ihn heute früh im Krankenhaus besuchen kam, den Mord gestanden.« Johnny musste erneut ein bisschen lächeln.

»Aber damit hat er die ganze Angelegenheit natürlich

mitnichten einfacher gemacht. Er dachte – Gott segne sein großes Herz –, dass das Ganze eigentlich glatt über die Bühne gehen müsste. Seine einzige Sorge war, dass er nicht wusste, um wie viel Uhr Butcher getötet worden war. Alf hatte ihm gesagt, dass Butcher einige Stunden bevor man ihn fand, gestorben sein musste – wahrscheinlich noch am Abend zuvor. Er hatte kein Alibi für diesen Abend, wie Prescott wusste. Seine Hauswirtin war bis halb elf Uhr aus gewesen und hatte ihn tatsächlich an jenem Abend überhaupt nicht zu Gesicht bekommen. Also behauptete er einfach, er sei gar nicht nach Hause gegangen, nachdem er sich im Laden von uns getrennt hatte, sondern habe in der Versandabteilung gewartet und dabei versucht zu entscheiden, ob er Butcher nun töten solle oder nicht. Nach einer Weile – wie lange das gewesen sei, wisse er nicht – habe er sich dann zu der Tat entschlossen, sei nach oben gegangen, habe das Messer geholt – man beachte diese Behauptung! –, habe Butcher getötet und sei dann nach Hause gegangen. Als Prescott ihn aufforderte, doch genauer zu sagen, wie lange er nun in der Versandabteilung gewartet habe, meinte er schließlich, es müsse etwa eine halbe Stunde oder auch eine ganze Stunde gewesen sein. Er hielt es nämlich für unwahrscheinlich, dass irgendjemand von der Belegschaft bis nach halb sieben gewartet hätte, um Butcher zu ermorden, da dieser wahrscheinlich nicht länger im Geschäft geblieben wäre, wenn überhaupt so lange.

Prescott sagte daraufhin: ›Oh, ah‹, oder etwas Ähnliches und erkundigte sich eindringlich nach dem Zeitpunkt, an dem Fred das Messer geholt haben wollte. Fred wurde zu seiner Bestürzung klar, dass er das Messer viel früher hätte geholt haben müssen, und behauptete daraufhin prompt, genau das habe er getan. Er muss sich dann bezüglich des Zeitpunkts in zahlreiche Widersprüche verwickelt haben, denn obwohl er begriffen hatte, dass nur ein Moment gegen halb sechs Uhr in Frage kam, hatte er keine Ahnung, wo alle anderen um diese Uhrzeit gewesen waren, weil er eben in Wahrheit das Haus sofort verlassen hatte, nachdem er sich gegen zwanzig nach fünf von uns getrennt hatte, und in aller Unschuld nach Hause gegangen war.

Prescott ließ die Sache für den Moment auf sich beruhen. Am Nachmittag kam er dann zurück in die Buchhandlung und sprach mit Tim, Liza und mir – und wahrscheinlich auch mit Ihnen – den Zeitraum zwischen Viertel nach fünf und halb sechs durch. Ich gewann während dieses Gesprächs den Eindruck, dass ihn irgendetwas beunruhigte. Er ging daraufhin zu Fred zurück und setzte ihn darüber in Kenntnis, dass zu dem Zeitpunkt, an dem er behauptete, heimlich in den Geschichtsraum hinaufgeschlichen zu sein und das Messer geholt zu haben, die Treppe strengstens von Ihnen und Liza bewacht worden sei, während Tim die einzelnen Räume sorgfältig nach dem Geist abgesucht habe. Das war zwar kein endgültiges Ausschlusskriterium, denn es steht ja nicht unbedingt fest, dass das Messer um diese Uhrzeit verschwunden ist. Aber Prescott hat Fred darüber hinaus mitgeteilt, dass Butcher an diesem Abend frühestens gegen acht Uhr ermordet worden sein konnte. Die Stunde oder halbe Stunde nach zwanzig nach fünf, die Fred angegeben hatte, kam an diesen Zeitpunkt nicht annähernd heran. Ich denke, am Ende war sein gesamtes Geständnis so verworren und unpräzise, dass es einfach nicht der Wahrheit entsprechen konnte. Und deshalb ist er jetzt von allem Verdacht befreit.«

»Oh, da bin ich aber froh«, sagte Sally.

Johnny nickte schweigend. Nach einer Weile sagte er: »Aber irgendetwas bereitet Ihnen immer noch Sorgen, Sally. Könnte das Mrs Weldon sein?«

Sally sah ihn rasch an, und er fragte daraufhin: »Sie wissen über Brownlow Bescheid?«

»Ja«, antwortete sie. »Mrs Weldon hat es mir erzählt.«

»Das war eine hässliche Geschichte. Mrs Weldons gestriger Ausbruch vor dem Mittagessen wurde von einem der Polizisten mitangehört – Tim hat mir erzählt, dass Sie zu diesem Zeitpunkt auch zugegen waren –, und der Polizist hat das dann pflichtgemäß Prescott gemeldet. Prescott hat daraufhin uns – die Partner – gefragt, ob wir einen Grund wüssten, warum sie Butcher so verabscheut hat, und da kam unweigerlich die Brownlow-Geschichte ans Tageslicht. Das Ganze sah nicht besonders gut aus. Butcher hatte seine Pflicht getan, indem er etwas gemeldet hatte, das wie Veruntreuung aussah – und es zweifellos auch war –, aber wir mussten Prescott gegenüber zugeben, dass wir den Eindruck gewonnen hatten, er sei deswegen unnötig gehässig zu Brownlow gewesen. Und Butchers Verhalten, was Rosenbaum anging, wäre auch nicht zwingend notwendig gewesen. Und jetzt stirbt der arme Kerl auch noch an Krebs.«

»Er ist tot«, sagte Sally. »Er ist heute früh gestorben.«

Johnny schwieg einen Moment lang. »Der Arme«, sagte er schließlich. »Aber umso besser für ihn. Vielmehr muss man die arme Mrs Weldon bemitleiden. Hat Prescott bereits bei ihr vorbeigeschaut? Er hat heute Nachmittag nach ihrer Adresse gefragt.«

»Ja«, antwortete Sally und erzählte ihm von Prescotts Verhör. »Ich kann unmöglich sagen, ob sie einen guten Eindruck auf ihn gemacht hat oder nicht. Es schien ihr aber auch nicht besonders wichtig zu sein.«

»Hat sie irgendeine Art von Alibi?«

»Das weiß ich nicht. Johnny … Sie haben gesagt, Fred meint, er hat eine Ahnung, wer es getan haben könnte. Dachte er da vielleicht an sie?«

»Ich bin nicht sicher«, sagte Johnny. »Aber ich habe den Eindruck gewonnen, dass es sich um eine Frau handelt, und Fred war mit Brownlow befreundet. Aber es gibt nicht den geringsten Beweis gegen sie, soweit ich das erkennen kann, also machen Sie sich mal nicht so große Sorgen, Sally.«

Sally machte sich aber dennoch sehr große Sorgen, und sie wusste, dass er es auch tat. Im nächsten Moment fiel ihr noch etwas anderes ein. »Sie haben gesagt, Butcher sei nicht vor acht Uhr gestorben. Ist das medizinisch erwiesen?«

»Ja, aber behalten Sie das für sich. Prescott hat heute Nachmittag Vater William erzählt – vermutlich nachdem er alle zu ihren jeweiligen Alibis befragt hatte –, die Obduktion habe ergeben, dass Butcher mindestens zwei Stunden, aber wahrscheinlich nicht mehr als drei Stunden nach seiner letzten Mahlzeit gestorben sei. Sie und Liza und Tim haben ihn irgendwann zwischen zwanzig und Viertel vor sechs mit seinen Sandwiches in den Laden kommen sehen, und diese Sandwiches hatte er vor seinem Tod definitiv gegessen. Also kann er unmöglich vor acht Uhr ermordet worden sein – oder um ganz genau zu sein, frühestens kurz vor acht Uhr.«

»Das kommt mir merkwürdig vor«, sagte Sally. »Ich meine, ich hätte gedacht, so wie es auch Fred tat, dass – falls es irgendjemand vom Buchladen war – diese Person es nicht riskiert hätte, bis nach halb sieben zu warten. Ich selbst bin nie so spät dort – oder jedenfalls fast nie –, also weiß ich nicht, wie lange Butcher normalerweise blieb, wenn er Überstunden machte. Aber es kommt mir sehr unwahrscheinlich vor, dass er die Angewohnheit hatte, bis acht Uhr abends zu arbeiten. Selbst Miss Mundle bleibt nie sehr viel länger als sechs Uhr im Laden.«

Johnny nickte. »Ja, das ist tatsächlich ziemlich erstaunlich.« Er schwieg und sah sie an. »Aber ich denke, wir sollten es für heute Abend dabei bewenden lassen, Sally, weil ich nämlich jetzt nach Hause gehen sollte. Und Sie gehören ins Bett.«

FÜNFTES KAPITEL

Am nächsten Morgen blieb die Buchhandlung geschlossen, denn an diesem Vormittag fand die gerichtliche Untersuchung zum Tod von Victor James Butcher statt. Die Verhandlung war aufreibend, aber glücklicherweise nur von kurzer Dauer. Johnny hatte gemeint, dass nur die allerwichtigsten Fakten des Falls vorgetragen würden, falls der Untersuchungsrichter für eine solche Vorgehensweise aufgeschlossen war, und wie sich herausstellte, hatte er damit recht gehabt. Abgesehen von den Polizeibeamten und den medizinischen Sachverständigen, waren die einzigen Personen, die in den Zeugenstand gerufen wurden, Mrs B (die das Ganze in vollen Zügen genoss), Sally, Alf und ein erstaunlich respektabel wirkender Onkel von Butcher, der den Toten identifizierte, seinen Neffen jedoch nicht besonders gern gehabt zu haben schien. Die Jury, die von dem Untersuchungsrichter mit fester Hand angeleitet wurde, befand auf Mord durch eine oder mehrere unbekannte Personen, und danach konnten alle wieder gehen.

Der Nachmittag begann recht friedlich. Aber Sally hatte das Gefühl, man dürfe sich keinen falschen Hoffnungen hingeben und davon ausgehen, dass Prescott sie heute verschonen würde. Wie sich herausstellte, war Prescott für den ersten Vorfall, der sich an diesem Nachmittag ereignete, allerdings nur indirekt verantwortlich.

Gegen halb drei Uhr musste sie Johnny holen lassen, damit er sich um einen Kunden kümmerte. Nachdem der Kunde gegangen war, setzte er sich auf ihren Schreibtisch, um mit ihr die gerichtliche Untersuchung zu rekapitulieren, und sie waren immer noch in ihre Unterhaltung vertieft, als Alf in den Laden gerannt kam. Sein eckiges Gesicht wirkte besorgt.

»Was ist los, Alf?«, fragte Johnny.

»Ich habe nach Ihnen gesucht, Mr Johnny, Sir. Es geht um Mrs Weldon. Ich glaube, Miss Merton weiß auch über die Schwierigkeiten Bescheid, in denen sie steckt.«

»Ja. Fahren Sie fort.«

»Also, Sir, meine Frau ist gerade in den Laden gekommen, um es mir zu erzählen. Sie ist letzte Nacht bei Mrs Weldon geblieben, müssen Sie wissen. Der Kommissar war nachmittags da – als Miss Merton ebenfalls in der Wohnung war. Er ist heute vor dem Mittagessen noch einmal gekommen, und es sieht nicht besonders gut aus, Sir.« Alf schwieg einen Moment.

»Anscheinend hat der Kommissar mit Mr Carlington geredet – Sie wissen schon, Sir, der alte Herr, dem das Geschäft hier nebenan gehört – und hat ihn gefragt, ob er am Abend des Mordes irgendjemanden in der Nähe dieses Hauses gesehen habe. Er wohnt nämlich über seinem Geschäft. Also, Mr Carlington hat gesagt, er habe so um kurz vor neun Uhr aus einem der hinteren Fenster geschaut, und da habe er eine Frau die Gasse entlangkommen sehen. Sie sei unmittelbar unter einer Straßenlaterne stehen geblieben und habe zur Rückseite dieses Hauses hier hochgeschaut.

Ich glaube nicht, dass er wusste, wie sie hieß, aber er hat sie als Mitglied unserer Belegschaft erkannt, und von seiner Beschreibung, Sir, kann es wohl keinen Zweifel geben, dass es sich um Mrs Weldon handelte. Nachdem sie hochgeschaut hatte, ist sie zur Hintertür gegangen, und er glaubt, dass sie dort geklingelt hat. Dann habe sie die Hand auf die Tür gelegt und sei ins Haus gegangen. Er fand das etwas überraschend – dass sie zu so später Stunde gekommen ist und dass es so aussah, als sei die Tür nicht abgeschlossen gewesen –, aber weil er wusste, dass sie zu uns gehörte, hat er sich nicht weiter Gedanken darüber gemacht. Er hat sie nicht wieder herauskommen sehen – aber er hat sich auch nicht die Mühe gemacht, nach ihr Ausschau zu halten. Und er hat sich nicht mit seiner Geschichte gemeldet, als er von dem Mord hörte, weil er sie nicht in Schwierigkeiten bringen wollte.«

»Und welche Erklärung hat Mrs Weldon dazu abgegeben?«, fragte Johnny ruhig.

»Sie hat gesagt, Sir, dass es Charlie Brownlow an jenem Abend sehr schlecht ging und dass sie dachten, er könnte noch vor dem Morgen sterben, obwohl er ja, wie Sie wissen, doch noch bis gestern früh durchgehalten hat. Sie ist vom Laden direkt ins Krankenhaus gegangen – man hat sie im Krankenhaus, wann immer sie wollte, zu ihm gelassen. Als sie dort ankam, war er nicht recht bei Bewusstsein, denn sie hatten ihm Morphium gegeben, aber so gegen halb acht ist er dann wieder aufgewacht und hatte das Gefühl, dass ihm nicht mehr viel Zeit blieb. Er wollte Butcher sehen und sich mit ihm versöhnen – wollte ihm sozusagen verzeihen. Charlie ist immer ein sehr religiöser Mensch gewesen, und gegen Ende seines Lebens wurde er es noch

mehr. Er war sehr wütend und verbittert über Butcher gewesen und wollte nicht mit dieser Gewissenslast sterben.«
Alf sah Johnny direkt in die Augen. »Ich kannte Charlie gut, Sir, und ich weiß, dass das zu ihm passt. Ich bin mir ziemlich sicher, dass sie die Wahrheit sagt. Wie auch immer, Sir, sie ist raus zu Butchers Wohnung in Kilburn gefahren – hat sich sogar ein Taxi genommen. Aber als sie dort ankam, war er nicht zu Hause und seine Hauswirtin hatte keine Ahnung, wo er sich aufhielt. Mrs Weldon wusste, dass er oft Überstunden machte – auch wenn sie nicht besonders viel Hoffnung hatte, ihn so spät noch im Laden vorzufinden –, aber sie sagte, sie sei in diesem Augenblick so verzweifelt gewesen, dass sie alles versucht hätte. Sie bat das Taxi, bis zur Mündung der Gasse zu fahren – weiter reichte ihr Geld nicht mehr –, und ist dann in die Gasse hineingegangen, um nachzusehen, ob bei ihm noch Licht brannte. Das Licht war an, also ist sie zur Hintertür gegangen und hat geklingelt. Er hätte die Klingel von seinem Büro aus unmöglich hören können, aber daran hat sie nicht gedacht. Dann hat sie einfach die Hand auf den Türgriff gelegt, wobei sie nie im Leben damit gerechnet hätte, dass sich die Tür öffnen würde, aber als sie an dem Griff drehte, ging die Tür auf. Sie war deswegen ein wenig überrascht, aber viel zu sehr darauf bedacht, Butcher zu sehen, als dass sie sich deswegen Gedanken gemacht hätte. Sie ging direkt nach oben, und als sie sein Büro betrat, brannte das Licht nicht mehr. Als sie es einschaltete, sah sie, dass Butcher tot war – er saß an seinem Schreibtisch, so wie wir ihn dann am nächsten Morgen gefunden haben. Sie bekam natürlich Angst, hat sich auf dem Absatz umgedreht und ist weggerannt, die Treppe hinunter und zur Vordertür hinaus. Naja, wenn

Sie mich fragen, Sir, hat der Mörder sie in der Gasse gesehen – oder vielleicht sogar an der Hintertür –, woraufhin er rasch Butchers Büro verlassen und sich in einem der anderen Zimmer versteckt hat. Aber meine Frau sagt, Mrs Weldon sei in diesem Moment ziemlich durcheinander gewesen und habe ein wenig die Nerven verloren. Anscheinend hat sie behauptet, sie hätte den Geist in Butchers Büro gesehen.«

»Den Geist?«, fragte Johnny scharf.

»Ja, Sir. Ich weiß, dass Liza und Betty dachten, ihn vorher schon gesehen zu haben. Aber ich glaube, da ist mit allen ein wenig die Fantasie durchgegangen.«

»Sehr wahrscheinlich. Hat jemand Mrs Weldons Geschichte bestätigt? Der Taxifahrer, Butchers Hauswirtin – die Leute im Krankenhaus?«

»Ja, Sir. Die Oberschwester hat sie gesehen, als sie kurz nach halb sechs dort ankam, und als sie wieder ging, hat sie einer der anderen Krankenschwestern erzählt, dass sie nach einem Freund von Charlie suchen wollte, den er zu sprechen wünschte. Sie ist gegen halb zehn Uhr wieder zurückgekehrt. Aber ...«

»Sehr richtig«, sagte Johnny. »Das wird Prescott kaum beeindrucken. Sie hätte Butcher töten können, weil er sich weigerte, Brownlow besuchen zu kommen.«

»Ja, Sir. Und der Kommissar hat noch etwas anderes gegen sie in der Hand, auch wenn ich nicht weiß, ob ihr das klar ist. Er hat herausgefunden, dass sie früher einmal als Krankenschwester gearbeitet hat – sie hat es ihm selbst erzählt, als sie mit ihm über Charlies Gesundheitszustand gesprochen hat. Sie hat die Ausbildung zwar nicht abgeschlossen, aber sie hat vor ihrer Heirat einen Teil davon hinter sich gebracht, und zwar in den letzten beiden Jahren des Ersten Weltkriegs. Und das bedeutet, dass sie gewusst haben könnte – nun ja ...«

»Wie man jemanden am besten ersticht«, sagte Johnny. »Ja, Prescott hat einmal eine Bemerkung in dieser Richtung gemacht. Butcher wurde von jemandem getötet, der ganz genau wusste, wie er ihn von hinten erstechen musste, um das Herz zu treffen. Dabei muss ihm die Rückenlehne des Stuhls im Weg gewesen sein, und er war gezwungen, ziemlich weit oben auf der linken Seite zuzustechen, aber er hat in exakt dem richtigen Winkel nach unten in den Körper gestochen.«

»Ja, Sir. Ich konnte selbst sehen, dass da jemand ziemlich geschickt vorgegangen ist. Aber da ist noch etwas. Als Billy und ich am nächsten Morgen hier ankamen, war das Schloss der Hintertür entriegelt worden, sodass man sie einfach aufdrücken konnte. Soweit ich das feststellen konnte, fehlte in der Versandabteilung nichts, aber ich hatte natürlich vor, das zu melden. Doch dann wurde Butcher gefunden, und ich – ich habe es nicht mehr erwähnt, Sir. Es tut mir leid, ich weiß, dass das ein Fehler war.«

»Kein Kommentar«, sagte Johnny. »Das legt den Gedanken nahe, Alf, dass, wer auch immer Butcher ermordet hat, sich mit voller Absicht und im Voraus einen Zugang zum Gebäude schaffen wollte – und danach vergessen hat, das Schloss wieder zu verriegeln.«

»Dann kann Mrs Weldon es auf keinen Fall gewesen sein«, warf Sally ein. »Sie hat den Laden um kurz nach fünf verlassen – und sie kann unmöglich zurück ins Haus gekommen sein, ohne dass jemand sie hereingelassen hätte. Sie und Billy und Fred sind alle erst später gegangen, Alf.

Einer von Ihnen hätte das entriegelte Schloss bemerken müssen.«

»Ja«, sagte Johnny. »Das ist zweifellos ein Punkt zu ihren Gunsten. Ich denke, Sie erzählen Prescott das mit dem Schloss am besten, Alf. Ich rufe ihn jetzt gleich an, und dann kann er herkommen und Sie dazu befragen, wenn er möchte.«

»Ich hoffe, er glaubt mir, Sir. Das sieht bestimmt nicht besonders gut aus, dass ich jetzt erst so plötzlich damit herausrücke.«

Johnny schaute in Alfs grundehrliches Gesicht und lächelte. »Ich denke, er wird Ihnen glauben, Alf«, sagte er dann.

* * *

Der nächste Vorfall war – erstaunlicherweise – von großer und befreiender Komik. Kurz nachdem Johnny und Alf den Laden verlassen hatten, klingelte es an der Tür, und Sally erkannte die rundliche Gestalt von Mr Spitteler. Sie war nicht gerade froh, ihn zu sehen, aber es hätte jemand sehr viel Schlimmeres sein können. Mr Spitteler war jemand, den man in der Branche als ›Läufer‹ bezeichnete: einer jener Mittelsmänner, die kein eigenes Geschäft hatten, aber denen, die eines hatten, oder auch privaten Sammlern Bücher abkauften, von denen sie wussten oder – was viel öfter vorkam – hofften, dass sie sie an jemand anderes weiterverkaufen konnten. Solche ›Läufer‹ gab es in allen nur denkbaren Varianten: ehemalige Soldaten, die keine andere Arbeit finden konnten, hier und da auch gelernte Buchhändler, deren Geschäft bankrott gegangen war, heruntergekommene Mitglieder

der feinen Gesellschaft und Fremde aus aller Herren Länder. Sie waren sachkundig oder auch nicht sachkundig, gewissenhaft oder nicht gewissenhaft, erbärmlich, tragisch, komisch, schmeichlerisch, aggressiv, je nach Charakter. Diese Leute hatten nur wenig gemeinsam, außer wahrscheinlich den Umstand, dass sie sich alle in einem finanziellen Engpass unterschiedlicher Ausprägung befanden und nahezu alle das typische Rangabzeichen ihrer Profession – oder auch Knechtschaft – bei sich trugen: einen Koffer.

Mr Spitteler nahm seinen Hut ab und machte wie üblich vor Sally eine feierliche Verbeugung, die trotz seiner kugelrunden Gestalt nicht im Geringsten plump ausfiel. Sein kahler Kopf wirkte runder und glänzender denn je. Er richtete sich wieder auf und murmelte: »Die Polizei ist hier, Miss?« Sein hässliches Mondgesicht wirkte ein wenig besorgt.

»Im Augenblick nicht, nein«, sagte Sally. »Kommen Sie doch herein, Mr Spitteler.«

Läufer wurden von so angesehenen Firmen wie Heldar's nur sehr selten benutzt, denn man empfand ein solches Geschäftsgebaren im Großen und Ganzen als wenig zufriedenstellend. Und seitdem es die Fälle von Diebstahl seltener Bücher gab, war man vorsichtiger denn je geworden. Aber es gab einige wenige Läufer, die in der Branche wohlbekannt waren und die gelegentlich mit einem Fund aufwarteten, der es wert war, gekauft zu werden. Zu dieser Sorte gehörte Spitteler. Er kam unermüdlich zwei- oder dreimal die Woche zu Heldar's, und hin und wieder gelang ihm ein Coup. Er handelte größtenteils mit englischen Büchern und hatte es bis jetzt immer mit Butcher zu tun gehabt, wobei er sich von Butchers durchgängig unverschämtem Verhalten ihm gegenüber weder abschrecken noch in irgendeiner Form aus der Fassung bringen ließ.

Er schlich – man konnte es nicht anders bezeichnen – in den Laden und sagte mit weiterhin leiser Stimme: »Sie sind oft hier gewesen, ja?«

»Mehrere Male«, antwortete Sally.

Er warf verstohlen einen Blick über seine Schulter. »Es ist nicht gut, die Polizei dazuhaben – nein, nein!«, sagte er. »Die gehen überallhin – stecken ihre Nase überall rein. Und dann stürzen sie sich auf dich – pffft!« Er demonstrierte das Gesagte mit einer Bewegung, die an einen munter durch die Gegend hüpfenden Gummiball erinnerte.

»Sie haben sich sehr rücksichtsvoll verhalten«, entgegnete Sally.

Spitteler verzog das Gesicht zu einem unheilverkündenden Stirnrunzeln. »Genau dann sind sie am gefährlichsten – wenn sie sich am korrektesten verhalten. Hören Sie gut zu, Miss. In Wien, vor dem Krieg, kommt die Geheimpolizei in meine Buchhandlung. Sie verhalten sich äußerst korrekt, und ich denke schon, es ist alles in Ordnung. Aber ich irre mich – Jesses Maria – wie sehr irre ich mich! Sie schauen sich alle meine Papiere an, und ich weiß, dass da nichts Verfängliches dabei ist. Dann gehen sie wieder fort und sagen, sie würden mich nicht weiter belästigen. Aber zwei Tage später kommen sie zurück – mitten in der Nacht. Ich schlafe über meinem Geschäft. Sie sagen, sie haben Beweise dafür gefunden, dass ich an einer Verschwörung gegen das Reich beteiligt bin. Sie verhaften mich – in meinem Schlafanzug – und bringen mich in ein Konzentrationslager. Einfach so ... pfft!« Er machte erneut einen Sprung, als wollte er sich auf jemanden stürzen.

»Und wie sind Sie da rausgekommen?«, fragte Tim neugierig. Er hatte mit seinem Schlüssel die Vordertür geöffnet und stand nun grinsend im Türrahmen. Er war immer höflich zu Spitteler, konnte jedoch nie der Versuchung widerstehen, ihn aufzuziehen.

Spitteler strahlte ihn an. »Ah, der junge Mr Timossie! Sie interessieren sich für Abenteuergeschichten – dramatische Fluchten?«

»Ungemein!«, sagte Tim. »Wie sind Sie entkommen?«

Spitteler zwinkerte ihm zu. »Ah, das ist eine lange Geschichte. Ich hatte mächtige Freunde.«

»Erzählen Sie!«, bat Tim eifrig.

»Ha, die Jugend, die Jugend! Die will immer alles wissen!«

Sally fragte sich, ob Spitteler nicht gerade seinerseits Tim aufzog. Aber dann hielt sie das für unmöglich. Dazu war er viel zu arglos und gutmütig.

Er erzählte die äußerst farbenfrohe Geschichte seiner Flucht, der weder Sally noch Tim auch nur für eine Sekunde Glauben schenkten. Dann seufzte er schwer und sagte: »Aber das liegt alles in der Vergangenheit, und ich bin nun gekommen nach England.« Seine Sprachkünste im Englischen hatten durch die Aufregung, in die ihn seine Erzählung versetzt hatte, ein wenig Schaden genommen. »Aber sogar in England da gibt es Polizei. Da gibt es hässliche Dinge.« Er senkte erneut die Stimme. »Sie haben noch niemanden verhaften, nein? Glauben Sie, die wissen, wer Mr Butcher ermordet hat?«

»Ich habe nicht die leiseste Ahnung«, sagte Tim.

»Glauben die, es war einer von Ihnen?«

Tim verdrehte die Augen. Sein Blick sagte deutlich: »Wer anders als ein Ausländer würde eine so verdammt taktlose

Frage stellen?« Aber laut wiederholte er nur kurz: »Keine Ahnung.«

Spitteler zuckte mit den Schultern. »Nun ja. Die werden Person schon finden. Auch wenn es nicht richtige Person ist.«

Tim entgegnete scharf: »In diesem Land macht die Polizei solche Fehler nicht, Spitteler.«

Doch Spitteler ließ sich nicht davon abbringen, weiter auf seiner Erklärung herumzureiten, die Tim doch eigentlich längst verstanden hatte. »Oh, ich meinte nicht gerade Fehler, Mr Timossie. Die Polizei muss finden irgendjemanden, wenn ein Verbrechen ist geschehen, ob es nun Verschwörung gegen den Staat war oder ganz privater Mord. Es ist ihnen nicht wichtig, wen sie verhaften, solange sie ... äh ... wie nennt ihr das ... haben einen Schuldenbock?«

»Ich glaube, Sie meinen Sündenbock«, entgegnete Tim kühl. »Aber an Ihrer Stelle würde ich solche Sachen lieber nicht überall verbreiten, weil sie einfach nicht wahr sind.«

Spitteler nickte hastig und nervös. »Natürlich, natürlich, Mr Timossie. Ich habe nur Witz gemacht.« Er stotterte fast.

Tim versuchte, weiterhin ein strenges Gesicht zu machen, doch dann fing er an zu lachen. Spitteler sah verwirrt drein.

»Schon gut, schon gut, Mr Spitteler«, sagte Tim und klopfte dem kleinen Mann freundlich auf die Schulter. »Kein Problem.«

»Ich verstehe nicht euch Engländer«, bemerkte Spitteler hilflos. »Erst ihr seid wütend, und dann ihr lacht laut.«

Sally dachte, dass das möglicherweise gar keine so schlechte Zusammenfassung des englischen Naturells war.

»Das ist eine unserer Nationalsportarten«, sagte Tim. »Lassen Sie sich dadurch nicht aus der Fassung bringen.«

Spitteler sah verwirrter aus denn je. »Diese Sportart ist nicht vermerkt in Alkens Liste englischer Nationalsportarten«, sagte er.

Tim ließ sich hilflos prustend auf einen Stuhl fallen. Sally gelang es als Erster, mit dem Lachen aufzuhören. »Bitte seien Sie nachsichtig mit uns, Mr Spitteler«, sagte sie schließlich und wischte sich die Tränen aus den Augen. »Sie wissen ja, wir sind alle verrückt. Also, wen wollten Sie denn nun eigentlich sprechen?«

Spitteler sah sich endlich wieder auf vertrautem Boden, auch wenn er immer noch ein wenig nervös wirkte. »Als Erstes Sie, Miss.« Er verbeugte sich erneut. »Ich komme immer vor allem, um charmante Miss Merton zu sehen.«

»Oh, Sally, Sally!«, rief Tim.« Hüten Sie sich vor der fatalen Faszination dieses Mannes!«

Spitteler warf ihm einen gekränkten Blick zu und fuhr fort: »Als Zweites, Miss, habe ich hier ein sehr seltenes und interessantes Buch.« Sally stellte erleichtert fest, dass Tim sich den Vorwurf verkniff, Spitteler würde immer behaupten, ein solches Buch bei sich zu haben. »Unter weniger melancholische Umstand hätte ich es dem armen Mr Butcher gezeigt. Doch da dies unglücklicherweise ist nicht mehr möglich, dürfte ich wohl haben die Ehre, Mr Timossie, es zu zeigen Ihrem hochehrwürdigen Herrn Großonkel?« Er machte erneut ein gekränktes Gesicht, als Tim wieder in Gelächter ausbrach.

Sally sagte mit etwas unsicherer Stimme: »Ich fürchte, Mr William ist heute Nachmittag nicht hier, und Mr Charles ist beschäftigt. Möchten Sie vielleicht warten?«

Spitteler zog seine riesige, kunstvoll gearbeitete Uhr aus der Tasche, öffnete sie, betrachtete das Zifferblatt und verglich die dort angegebene Zeit mit der Wanduhr. »Leider kann ich das nicht«, sagte er. »Ich habe versprochen, bei Quinling's vorbeizuschauen, und es ist bereits Viertel nach drei. Ich werde Mr Quinling das sehr seltene und interessante Buch zeigen.« Trotz der langjährigen Erfahrung, über die er verfügte, warf er Tim und Sally einen unauffälligen, aber hoffnungsvollen Blick zu. Als er sah, dass sie ungerührt blieben – sie wussten beide nur zu gut, dass er auch ohne neuerliche Aufforderung sofort bereit gewesen wäre zu warten, falls sein Buch tatsächlich selten und interessant gewesen wäre –, zuckte er mit den Schultern und hob seinen Koffer auf. Tim begleitete ihn zur Tür und klopfte ihm zum zweiten Mal auf die Schulter. »Machen Sie sich keine Gedanken, Mr Spitteler«, sagte er. »Es ist alles gut.«

Spitteler sah ihn mit einem recht kläglichen Gesichtsausdruck an. »Wenn Sie das sagen, Mr Timossie«, meinte er dann resigniert. »Guten Tag, Mr Timossie. Guten Tag, Miss.« Er verbeugte sich erneut vor Sally und ging betrübt seiner Wege. Tim schloss die Tür hinter ihm.

»Was für ein merkwürdiger kleiner Kerl«, sagte er. »Ich weiß nie, was an seinem Verhalten echt ist und was mehr oder weniger absichtliche Possenreißerei.«

»Ich denke, auf diese Art versucht er an die Leute heranzukommen«, sagte Sally. »Wenn er dann tatsächlich ein Verkaufsgespräch führt, wird es geradezu peinlich simpel. Aber er hat herausgefunden, dass wir ihn akzeptieren, weil er eine lustige Abwechslung ist. Ich könnte mir vorstellen, dass andere Buchhandlungen ähnlich reagieren.«

»Da werden Sie wohl recht haben«, meinte Tim. »Ich

glaube, er begreift tatsächlich nicht, warum wir ihn lustig finden, aber er folgt dem exzellenten und bewährten Prinzip, dem Kunden zu geben, was diesem gefällt. Ein ziemlich cleverer kleiner Geschäftsmann.«

* * *

Tim kam zur Teestunde wieder nach unten, um Sally im Laden abzulösen. Der Tee wurde bei Heldar's in zwei Schichten eingenommen, wobei in jeder Abteilung immer mindestens eine Person die Stellung hielt. Heute fand Sally in der Teestube nur den Kleinen Billy vor, aber ein oder zwei Minuten später gesellte sich Johnny zu ihnen und tat sein Bestes, sie beide zu unterhalten.

Er und Sally gingen gemeinsam wieder nach oben, und unterwegs sagte er leise: »Prescott kommt irgendwann vor fünf Uhr in den Laden. Er hat gesagt, er hätte sowieso kommen wollen. Aber er hat nicht gesagt, warum.«

Während er noch sprach, erreichten sie das obere Ende der Treppe. Er befand sich auf der schmalen Stiege hinter ihr und streckte den Arm über ihre Schulter aus, um die Pendeltür zu öffnen. Dabei berührte er sie nicht, doch sie war sich plötzlich mit nahezu schmerzlicher Intensität bewusst, wie nah er ihr war.

Sie wollte gerade etwas sagen, um den heiklen Moment zu überspielen, als sie durch die sich öffnende Tür Prescotts Stimme im Laden hörte.

»Also war es ein heftiger Streit, Mr Timothy?«

Tims Stimme klang eisig, und Sally begriff, dass er sehr wütend war. »Das kann ich unmöglich sagen, Herr Hauptkommissar. Ich habe nicht gelauscht.« Er schwieg. Johnny hielt die Tür ein paar Zentimeter geöffnet, während er gleichzeitig seine freie Hand auf Sallys Schulter legte, um ihr damit zu bedeuten, sich nur ja nicht von der Stelle zu bewegen.

Schließlich fuhr Tim fort: »Wenn Sie so großes Interesse an den Personen haben, die sich mit Butcher gestritten haben, was ist denn dann mit mir?«

Es entstand ein weiteres Schweigen. Schließlich sagte Prescott: »Nun, was ist denn mit Ihnen, Mr Timothy?«

»Tja, ich nehme an, es hat Ihnen niemand davon erzählt. Es waren damals mehrere Leute zugegen, aber sie sind anscheinend alle so fehlgeleitet, dass sie die Sache für sich behalten haben. Ich hatte letzte Woche eine Auseinandersetzung mit Butcher, die beinahe in einer Prügelei geendet hätte. Er hat den Kleinen Billy gehänselt – Billy Noggin. Billys geistige Einschränkungen sind für Butcher schon immer ein Grund gewesen, sich über ihn lustig zu machen. Ich habe die Beherrschung verloren und war extrem grob zu ihm, und er hat daraufhin gesagt, ich dächte wohl, da ich ›zur Familie‹ gehöre, könnte ich mir alles erlauben, sogar einen Mord. Ich habe geantwortet, dass ich, falls ich tatsächlich davon überzeugt sei, zweifellos bei ihm damit anfangen würde. Dann teilte er mir mehr oder weniger unverblümt mit, wofür er meine Mutter halte, und ich stand schon im Begriff, ihn niederzuschlagen, als mein Cousin hereinkam und dem Spielchen ein Ende setzte. Na, wie macht sich das als Motiv?«

»Für sich genommen überzeugt es nicht recht, Mr Timothy«, sagte Prescott. »Aber ich wäre ein wenig vorsichtig, wenn ich Sie wäre. Sie haben kein besonders gutes Alibi, und Sie sind Ihrer eigenen Aussage nach zu einem Zeitpunkt draußen an diesem Haus vorbeigekommen, zu dem der Mord hätte begangen werden können. Sie haben einen Schlüssel zur Vordertür, und dieser Schlüssel gehört Ihnen nicht. Darüber hinaus bin ich mir gar nicht so sicher, dass Sie mir auch die Wahrheit darüber erzählt haben, wann genau das Messer aus Ihrem Zimmer verschwunden ist. Und das Messer gehört Ihnen. Vergessen Sie das nicht.«

»Das werde ich nicht vergessen«, sagte Tim. Seine Stimme klang jetzt angespannt.

Prescott kam mit großen Schritten durch den Laden auf sie zu. Es blieb Johnny und Sally keine Zeit, sich zu entfernen, und Johnny ließ auch nicht erkennen, dass er das beabsichtigte. Er schob die Tür weit auf und drängte Sally, weiterzugehen. »Guten Tag, Herr Hauptkommissar«, sagte er.

»Guten Tag«, sagte Prescott ein wenig brüsk. Es fiel ihm offenbar schwer, sein Temperament zu zügeln. »Ich möchte Lendicott sprechen. Ich nehme an, ich finde ihn in der Versandabteilung.«

»Oder in der Teeküche«, sagte Johnny. Er schob Sally in den Laden, und im nächsten Moment schlug die Tür hinter Prescott zu.

»Du dummer, leichtsinniger, kindischer Narr!«, sagte Johnny leise zu Tim. »Setzen Sie sich, Sally.«

Tim war kreidebleich. Er wollte in den Flur gehen, doch Johnny stellte sich ihm in den Weg. »Du bleibst jetzt mal schön hier«, sagte er. »Zu welchem Streit hat er dich befragt? Dem zwischen Butcher und Mrs Weldon?«

»Ja«, antwortete Tim schroff. »Er ist offenbar hergekommen, weil er irgendjemanden finden wollte, der das Ganze mitangehört hat, und hat direkt beim ersten Versuch ins Schwarze getroffen.«

»Ich verstehe.« Johnny wandte sich zu Sally um. »Tim hat Ihnen nicht erzählt, dass er Zeuge des Streits war, der zwischen den beiden vor zwei Wochen im obersten Stockwerk stattgefunden hat. Er hat ihn natürlich direkt mit Mrs Weldons Ausbruch am Tag des Mordes in Verbindung gebracht, aber Tim wollte sich gegenüber Mrs Weldon wie ein Gentleman verhalten. Er hat die Sache niemandem gegenüber erwähnt, bis ich ihm heute Nachmittag von den Verdachtsgründen gegen sie erzählt habe und er im Zuge dessen erfuhr, dass ich bereits über den Streit Bescheid wusste. Er hat an jenem Abend ebenfalls Überstunden gemacht, im Geschichtsraum, auch wenn Mrs Weldon und Butcher das wahrscheinlich nicht wussten.«

»Prescott hat mich vollkommen aus dem Konzept gebracht«, sagte Tim wütend.

»Das ist sein Job«, entgegnete Johnny. »Es war verdammt dumm von dir, dich so provozieren zu lassen. Damit ist Mrs Weldon nicht geholfen, und für dich könnte es sehr unangenehm werden. Prescott ist ein erfahrener Polizist, und selbst wenn du ihn jetzt gegen dich aufgebracht hast, ist er doch klug genug, um zu erkennen, dass du zumindest auf den ersten Blick kein besonders überzeugendes Motiv hast. Aber er wird dich jetzt sehr sorgfältig unter die Lupe nehmen.«

»Umso besser«, sagte Tim störrisch.

»Jetzt hör mir mal zu«, sagte Johnny. »Würdest du so freundlich sein und dir deine gegenwärtige Lage vor Augen halten? Sie ist prekär genug, wie Prescott aufgezeigt hat. Zunächst einmal hast du kein Alibi.«

»Aber warum nicht?«, fragte Sally rasch. »Ich dachte, Sie hätten sich mit Ihrer Freundin getroffen, Tim.«

»Sie hat ihn versetzt«, sagte Johnny. »Ihre Mutter hat in dem Restaurant angerufen, in dem er sich mit ihr treffen wollte, um Bescheid zu geben, dass sie an der Grippe erkrankt ist. Er hat dann dort allein gegessen – in dem griechischen Restaurant in der Forgan Street – und hat es gegen Viertel vor acht verlassen. Die Leute im Restaurant werden sich möglicherweise an ihn erinnern, allein schon wegen der telefonischen Nachricht. Aber danach ist er zum Gaumont am Leicester Square gegangen, und zwar über die Charing Cross Road. Er muss gegen acht Uhr an der Eingangstür dieses Gebäudes hier vorübergekommen sein. Er hat das Gaumont ungefähr um zehn nach acht erreicht, aber bei einem Kino von dieser Größe ist es höchst unwahrscheinlich, dass sich irgendjemand an ihn erinnert, und er sagt, er könne sich nicht an das Geschehen auf der Leinwand erinnern, als er den Kinosaal betrat. Für den Zeitraum zwischen Viertel vor acht bis etwa halb zehn hat er damit so gut wie kein Alibi. Um halb zehn hat er mich aus dem Foyer des Gaumont angerufen, um zu sehen, ob ich zu Hause war, und ist dann zu meiner Wohnung gekommen, um mir die Geistergeschichte zu erzählen.«

Sally sah betreten zu Tim hinüber. »Und was hat es mit diesem Schlüssel auf sich? Mir ist einen Tag nach dem Mord aufgefallen, dass Sie einen in Ihrem Besitz haben.«

»Ja«, sagte Tim. »Ich habe ihn mir am Montag von Vater ausgeliehen – er hat nämlich zwei davon. Ich musste zu Sotheby's und fürchtete, es nicht vor fünf wieder hierher zurückzuschaffen. Und dann habe ich vergessen, ihm den Schlüssel zurückzugeben. Oder besser, ich habe es absichtlich vergessen. Ich fand es praktisch, einen Schlüssel zu haben. Auch möglich, dass ich es praktisch fand, einen

Schlüssel zu haben, damit ich eines Abends zurückkehren und Butcher um die Ecke bringen konnte.«

»Seien Sie nicht albern, Tim«, sagte Sally scharf. »Und außerdem hatte der Mörder gar keinen Schlüssel. Wenn er einen gehabt hätte, dann hätte er nämlich keinen Grund gehabt, das Schloss der Hintertür zu entsperren.«

Tim zuckte mit den Schultern. »Vielleicht war das ja genau die Überlegung. Die Polizei sollte zu eben diesem Schluss kommen. Schließlich war Fred allem Anschein nach die einzige Person, die das Schloss hätte entriegeln können, und wir wissen, dass er das nicht getan hat. Deshalb muss das später gemacht worden sein, von jemandem, der noch einen anderen Zugang zum Haus hat.«

»Das mag stimmen«, sagte Johnny brüsk. »Was nichts daran ändert, dass du dich gerade wie ein Narr verhältst, Tim.«

Sally sah den verletzten Ausdruck in Tims Augen, doch dieser fuhr hartnäckig fort: »Ich nehme nicht an, dass Prescott dem Umstand, dass das Messer mir gehört, allzu viel Bedeutung beimisst, schließlich wusste jeder im Haus, wo es zu finden war. Aber er denkt, ich lüge ihn hinsichtlich des Zeitpunkts an, zu dem es verschwunden ist. In dem Versuch, den Verdacht abzulenken. Möglicherweise auf Fred. Mit meiner Geschichte, dass ich auf dem Weg nach unten in Vaters Büro gegangen bin, um nach Caroline Cranthorpe zu suchen, habe ich ihn genau in diese Richtung gelenkt – oder jedenfalls hätte ich das getan, wenn Fred sich nicht selbst mit diesem fingierten Geständnis entlastet hätte.«

»Nein«, sagte Sally mit Nachdruck. »Als Sie Prescott erzählt haben, wann das Messer verschwunden ist, wussten

Sie noch gar nicht, dass Fred genau zu diesem Zeitpunkt unten im Laden war.«

Tims irritierter Gesichtsausdruck hatte etwas Mitleiderregendes. »Na, dann wollte ich damit vielleicht Liza belasten«, sagte er störrisch. »Und überhaupt: Ich weiß genau, wie man das Messer benutzt. Du hast es mir gezeigt, als du es mir geschenkt hast, Johnny. Du hast mir sogar gezeigt, wie man eine Person von hinten ersticht, während sie auf einem Stuhl sitzt.«

»Wenn du überhaupt noch einen Funken Verstand besitzt, wird Prescott das niemals erfahren.«

Tim zuckte erneut mit den Schultern. »Und natürlich«, sagte er, »könnte ich noch ein viel besseres Motiv haben, von dem Prescott nichts weiß.«

Johnny wollte etwas sagen, aber in diesem Moment betrat Prescott den Laden. Man konnte von seinem Gesicht unmöglich ablesen, wie viel er mitangehört hatte. Doch den Lauscher zu spielen – das ist etwas, das er sicherlich genauso gut beherrscht wie Johnny und ich, dachte Sally.

***

Um kurz vor fünf kam Johnny noch einmal nach unten. Er sagte ohne Umschweife: »Machen Sie sich wegen Tim keine Sorgen. Ich habe die Sache ziemlich aufgebauscht, um ihn zur Vernunft zu bringen. Aber Prescott ist viel zu klug, um ihn ernst zu nehmen.«

»Und ist er zur Vernunft gekommen?«

»Nein, ich fürchte, das ist er noch nicht. Aber ich nehme ihn mit zu mir nach Hause zum Abendessen, und ich denke, dann wird er schon erkennen, was das Beste für ihn ist.

Außerdem würde er nur seine Mutter und Onkel Charles verunsichern, wenn er sich mit seiner gegenwärtigen sonnigen Laune zu Hause präsentieren würde. Morgen geht es ihm bestimmt wieder besser. Er war schon in der Wiege berüchtigt dafür, sich wie ein Esel zu benehmen, aber es hat nie lange gedauert, bis er wieder damit aufgehört hat.«

SECHSTES KAPITEL

Samstags vormittags ging es in der Buchhandlung im Allgemeinen recht ruhig zu. Das galt für diese Woche umso mehr, da sie nach wie vor nur diejenigen Kunden hereinließen, die sich die Mühe machten, an der Tür zu klingeln. Auch Prescott ließ sie in Frieden. Die erste Person, mit der Sally es zu tun bekam, war Tim, der in erstaunlich geläuterter Stimmung eintraf, geduldig hinter seinem Vater hertrottete und sich höflich und mit ernster Miene bei ihr dafür entschuldigte, dass er sie gestern Nachmittag so beunruhigt hatte. Er war so bekümmert und auf so rührende, nahezu kindliche Weise darauf bedacht, alles wieder gutzumachen, dass sie gar nicht wusste, was sie sagen sollte.

Danach blieb sie bis zum Eintreffen von Mr Earl V. Pilton aus Chicago fast gänzlich ungestört. Mr Spitteler hatte ihnen eine Variante präsentiert, wie man als Ausländer zu polizeilichen Untersuchungen steht. Mr Pilton präsentierte ihnen eine andere.

Er befand sich auf einer Rundreise durch Europa und hatte vor sechs Wochen schon einmal bei Heldar's vorbeigeschaut, bevor er nach Paris weitergereist war. Auf den ersten Blick hatte Sally ihn als einen jener reichen Amerikaner abgetan, die über wenig kulturelle Bildung und nicht die geringsten Sammlerkenntnisse verfügten. Einer jener

Leute, denen man von Heldar's erzählt hatte und die dort Bücher kauften, um bei ihrer Heimkehr an Ansehen zu gewinnen. Je teurer das Buch, desto größer anscheinend das Ansehen. Dabei war das Buch selbst kaum von Belang, auch wenn diese Art von Kunden sich im Allgemeinen für Exemplare aus modernen Privatdruckereien interessierten, die aufwendig gestaltet und in feinem Pergament gebunden waren. Oft lief es dabei auf eine Ausgabe des *Decamerone* hinaus – natürlich in englischer Übersetzung. Mr Piltons Akzent, seine Art der Gesprächsführung, seine Erscheinung und seine Kleidung, zu der ein handbemalter, in grellbunten Farben gehaltener Schlips gehörte, hatten Sally dazu verleitet, ihn in obige Kategorie einzuordnen. Deshalb hatte sie auch, als er ein Interesse an englischer Literatur äußerte, automatisch Butcher holen lassen und nicht Mr Charles. Dies war genau die Art von Kunde, mit der es Mr Charles auf keinen Fall zu tun haben wollte. Butcher hatte Mr Pilton anfangs die Exemplare der Privatdruckereien gezeigt, die sie unten im Laden hatten, und war dann vielleicht aufgrund ihrer Unterhaltung zu dem Schluss gekommen, dass dieser Kunde noch sehr viel wohlhabender war, als es seine Kleidung vermuten ließ. Daraufhin war er nach oben gegangen, um einige noch teurere Exemplare zu holen, und Mr Pilton hatte auch überraschend viele Exemplare erworben. Doch dann hatte er – was noch viel überraschender war – nach Höherem gestrebt. Seine Kenntnis der Materie war offenbar begrenzt, mit Irrtümern gespickt und ein wenig verworren, aber er hatte immerhin eine vage Vorstellung von echten antiquarischen Schätzen. Er hatte gefragt, ob Butcher eine Erstausgabe von *Die Pilgerreise von dieser in die kommende Welt* habe, und dabei einen Tonfall benutzt, der ein wenig an den eines wehmütigen Schuljungen erinnerte, der sich nach einer seltenen Briefmarke erkundigt. Sally war einen Moment lang wütend auf Butcher gewesen, als dieser erst laut gelacht und dann erklärt hatte, dass man die existierenden Erstausgaben dieses Werks an den Fingern einer Hand abzählen könne und dann immer noch ein oder zwei Finger übrighätte. Aber schließlich hatte er Pilton dann doch mit nach oben genommen und ihm ganz offenbar ein paar echte Raritäten gezeigt, denn obwohl Pilton die Bücher der Privatpressen im Laden zurückließ, damit man sie ihm nach Chicago schickte, hatte er das Geschäft mit einem winzigen Paket verlassen, das er sorgsam in seinem Arm wiegte und das, wie Butcher erklärte, »eines von Mr Charles' kostbaren Inkunabeln« enthielt. »Fünfundvierzig Pfund, Sally. Natürlich hat das Buch für ihn keine Bedeutung. Das ist nur etwas, mit dem er vor seinen Kumpeln angeben kann, wenn er wieder daheim ist.«

Sally war mit dieser Einschätzung nicht unbedingt einverstanden gewesen, auch wenn sie nicht den Fehler gemacht hatte, Butcher zu widersprechen. Pilton mochte zwar der Typus des reichen, unwissenden Kunden sein, der gern vor seinen Freunden prahlt, dachte sie, doch gab es da etwas, das darüber hinausging: Er hatte die Seele, wenn auch vielleicht nicht den Verstand eines echten Sammlers.

Aber heute kam er nicht sofort auf das Thema Bücher zu sprechen. Kaum hatte Sally die Tür geöffnet, lehnte er sich vor und raunte heiser: »Sagen Sie mal, Schätzchen, haben Sie grad die Bullen im Haus?«

Sally musste sich gewaltig anstrengen, um nicht laut herauszulachen. »Heute nicht«, antwortete sie. »Bitte kommen Sie doch rein, Mr Pilton.«

»Na, herzlichen Dank«, sagte er. »Sind Sie sicher, dass ich niemandem zur Last falle? Sie müssen ja ganz schön was durchgemacht haben.«

»Heute Morgen ist es sehr ruhig«, sagte Sally.

»Na, ich freue mich, das zu hören. Ich habe viel an Heldar's gedacht, seitdem ich von der Sache gehört habe. Ich bin erst letzte Nacht von Oslo nach London geflogen, und das Erste, was ich sah, als ich die Zeitung aufschlug – du liebe Zeit! Mr Victor Butcher, ein Angestellter der Gebrüder Heldar, der bekannten antiquarischen Buchhandlung, wurde am Mittwochmorgen ermordet in seinem Büro aufgefunden. Und Scotland Yard hat dazu noch keine Erklärung abgegeben. Also ist noch niemand verhaftet worden?«

»Nein, Mr Pilton.«

»Glauben Sie, die wissen, wer's getan hat?«

»Ich habe nicht die geringste Ahnung.«

Er warf ihr einen raschen Blick zu. »Du liebe Güte, Kindchen, Sie sehen ja vollkommen fertig aus. Die Kerls von der Mordkommission haben Ihnen offenbar ordentlich zugesetzt.«

Sally war versucht, ihn ein wenig auf den Arm zu nehmen. Doch dann unterdrückte sie den Impuls und sagte sanft: »Nein, Mr Pilton. In diesem Land geht die Polizei sehr freundlich mit den Bürgern um.«

»Ach ja?«, sagte er. »Jetzt hören Sie mal zu, Kindchen, ich sehe doch genau, dass man Sie in die Mangel genommen hat. Mir können Sie nichts vormachen, was die Polizei angeht, o nein, Fräulein!«

Ihr Versuch, die Sache richtigzustellen, war offenbar gescheitert. Sein Mitgefühl war ihr peinlich, auch wenn es rührend war. Und sie fand fast Gefallen an seiner hoffnungsvoll geäußerten Vermutung, Butcher sei von Gangstern ermordet worden, die seltene Bücher hatten klauen wollen und gegen die er seinen kostbaren Lagerbestand heldenhaft verteidigt hatte. Diese Vorstellung wäre ein Trost gewesen, aber da sie sie wahrlich nicht ernst nehmen konnte, blieb ihr wenigstens der Unterhaltungswert.

Endlich gelang es ihr, ihn auf das Thema zu bringen, weswegen er überhaupt hier war, nämlich den Erwerb von weiteren Büchern. Daraufhin erklärte er ihr, er hätte eigentlich »den armen Kerl, der den Löffel abgegeben hat«, wegen ein oder zwei Angelegenheiten sprechen wollen. Sie rief Mr Charles an, obwohl sie ein wenig besorgt war, Mr Charles könne eine ablehnende Haltung gegenüber Pilton einnehmen. Zwar war Mr Charles stets peinlich darauf bedacht, höflich und freundlich zu bleiben, doch Vulgarität war ihm ebenso zuwider wie Bücher nur um des Geldverdienens willen zu verkaufen. Andererseits verfügte er über einen Sinn für Humor und eine lebhafte Phantasie.

Dem darauffolgenden Gespräch lauschte sie voller Interesse und mit wachsendem Vergnügen. Im ersten Moment fasste Mr Charles offenbar eine Abneigung gegen Pilton, doch dann begann er, Spaß an dessen Gegenwart zu haben. Es war durchaus ein wenig von Tim in Mr Charles zu erkennen, und er konnte der Versuchung nicht widerstehen, Pilton in seinen Ansichten über das Vorgehen der Polizei zu bestärken. Pilton sah seinen Verdacht bezüglich der Methoden von Scotland Yard mehr als bestätigt und würde seine diesbezüglichen Vorurteile mit ins heimische Chicago nehmen. Mr Charles fand auch großen Gefallen an Piltons Gangster-Theorie und legte in der Diskussion über Details einen geradezu heiligen Ernst an den Tag.

Aber als sie zum Thema Bücher kamen, änderte sich Mr Charles' Verhalten. Er war nicht länger belustigt und verhielt sich im Gegensatz zu Butcher nicht im Geringsten herablassend. Er nahm Pilton jetzt ernst, erweiterte dessen Kenntnisse, korrigierte ihn und ließ ihn an seinem eigenen genauen und nahezu grenzenlosen einschlägigen Wissen teilhaben. Und bei alledem ging er sehr behutsam vor und hütete sich, Piltons mangelnden Sachverstand offenzulegen. Schließlich nahm er ihn mit nach oben.

Es dauerte fast eine Stunde, bis die beiden Männer wieder nach unten kamen, und Pilton wirkte seltsam betrübt. Er blieb an der Tür stehen und sagte wehmütig: »Also glauben Sie nicht, dass die Möglichkeit besteht, diesen Colet in die Finger zu bekommen?«

Mr Charles schüttelte den Kopf. »Wie ich schon sagte: Ich habe während der letzten fünfzehn Jahre nur ein einziges Exemplar in Händen gehabt.«

»Ich würde zweitausend Dollar dafür bezahlen. Das habe ich auch Mr Butcher gesagt.«

»Falls es jemals auftauchen sollte, müssten Sie bei Weitem nicht so viel dafür bezahlen. Vielleicht die Hälfte. Für ein Exemplar mit einer persönlichen Inschrift ein bisschen mehr. Aber es wird nicht auftauchen.«

»Tja, wenn Sie das sagen, Chef, dann werde ich Ihnen wohl glauben müssen.« Aber er klang ein wenig verwirrt. Hätte er sich in der Branche ausgekannt, dachte Sally, dann hätte er gewusst, dass Mr Charles unbedingt recht hatte, wenn er mit solcher Entschiedenheit über ein seltenes Buch sprach, das in sein Fachgebiet fiel.

Pilton verabschiedete sich sehr herzlich von ihm und verließ den Laden. Aber er sah immer noch verstört aus.

»Ein Colet?«, fragte Tim, der gekommen war, um Sally anlässlich des zweiten Frühstücks abzulösen. »Sollte ich darüber Bescheid wissen, Vater?«

»Das solltest du«, antwortete Mr Charles. »Obwohl du dich glücklich schätzen kannst, wenn du während der nächsten fünfzehn Jahre ein Exemplar davon zu Gesicht bekommst, Tim. Es handelt sich um Sir Roger Colets *Anatomie der Herrschaftsgewalt*. Das Buch erschien 1649, unmittelbar nach der Hinrichtung König Karls des I. Damals wurden weder der Name des Autors noch der Name des Druckers genannt. Der Grund für diese Auslassung lag offenbar darin, dass das Buch als leidenschaftliche Verteidigung der Königstreue gedacht war und dem König ein ergebenes Denkmal setzen wollte. Der Scharfrichter hat damals sämtliche Exemplare verbrennen lassen, bis auf fünf Stück, und das Buch ist nie neu gedruckt worden. Zwei der noch erhaltenen Exemplare haben keinen Einband und drei wurden in dem damals üblichen Schafsleder gebunden. Eins dieser drei gebundenen Exemplare trägt auf der Titelseite eine Inschrift, die auf den Juni 1660 datiert ist und demnach kurz nach der Restauration verfasst wurde. Sie lautet ungefähr wie folgt: ›Dieses Buch wurde von meinem hochverehrten Vater verfasst, Sir Roger Colet, Ritter von Farington in der Grafschaft Oxford, gezeichnet William Colet, Gentleman.‹ Daher wissen wir auch, wer das Buch verfasst hat, oder wir glauben jedenfalls, es zu wissen.«

Sally nickte schweigend. Sie malte sich aus, wie das Buch elf Jahre lang in irgendeiner Ecke eines Landsitzes versteckt lag und man dann diese fromme Inschrift darin eingetragen hatte, sobald den Nachkommen des Verfassers die Zeiten als sicher genug erschienen. »Und wer besitzt dieses Exemplar?«, fragte Tim.

»Lord Culhaven. Ich habe es gesehen, als ich vor zehn Jahren den Auftrag erhielt, den Wert seiner Bibliothek zu schätzen. Das Exemplar, das wir gekauft haben, ist jetzt in den Staaten – in der James Raven Bibliothek. Ein anderes ist ebenfalls in den Staaten, in einer Privatbibliothek eines Herrn namens Harold Cook. Eines ist in Frankreich – beim Duc de Plessis – und das letzte Exemplar befindet sich im British Museum.«

»Der arme alte Pilton«, sagte Tim.

»Ja, der arme alte Pilton. Er hatte es sich aus irgendeinem Grund in seinen Wirrkopf gesetzt, Butcher hätte behauptet, für zweitausend Dollar könne er ihm ein Exemplar verschaffen. Seine Leidenschaft ist sehr rührend, auch wenn sie doch eher von Ignoranz zeugt.« Er schwieg einen Moment. Offenbar war ihm etwas eingefallen. »Er hat zwei Inkunabeln gekauft, Tim. Es sind Folios, deshalb müssen sie ihm mit der Post geschickt werden – denn er selbst fliegt nach Hause. Sie sind noch nicht kollationiert worden. Du kannst eins davon übernehmen, und wenn dann alles in Ordnung ist, dann können sie Montag früh sofort als Erstes verschickt werden. Ich möchte auf jeden Fall verhindern, dass der arme Kerl ihretwegen irgendwelche unnötigen Ängste auszustehen hat.«

Johnny hatte Sally gefragt, ob sie mit ihm mittagessen gehen wolle. Es war kurz nach ein Uhr, und sie wartete gerade auf ihn, als Miss Mundle aus Vater Williams Büro kam und einen mit Schreibmaschine geschriebenen Zettel auf ihren Tisch legte.

»Lincoln's haben gerade angerufen, um zu berichten,

dass ihnen das hier gestohlen wurde«, sagte sie. »Sie haben den Verlust schon am Donnerstag bemerkt, aber sie sind erst jetzt dazu gekommen, uns Bescheid zu geben. Sie meinten, es sei ihnen zu Ohren gekommen, dass wir unsere eigenen Schwierigkeiten hätten, und außerdem wussten sie auch, dass ein solches Buch Vater William oder Mr Charles auf jeden Fall aufgefallen wäre und wir dann sofort etwas unternommen hätten. Es gibt nur noch fünf Exemplare davon, und dieses hier, in dem auch eine persönliche Inschrift steht, ist anscheinend mehr als dreihundert Pfund wert.«

Sally hörte sie kaum. Sie starrte den Zettel an.

»COLET (Sir Roger), *Anatomie der Herrschaftsgewalt*, 1649, kleiner Oktavbd., zeitgenössisches Schafsleder, Inschrift von 1660 auf Titelseite, die den Namen des Autors angibt.«

* * *

Sie erzählte Johnny nicht sofort von dem Colet. Während des Essens saßen noch zwei andere Leute an ihrem Tisch, und außerdem war der Vorfall mit dem Colet zwar äußerst erstaunlich, aber es war dennoch höchst unwahrscheinlich, dass er etwas mit dem Mord zu tun hatte. Nach dem Essen schlug Johnny vor, eine kleine Fahrt aufs Land zu machen, und so gingen sie zu der Garage, in der er immer sein Auto parkte.

Sie fuhren nach Buckinghamshire, ließen das Auto in einem kleinen Seitensträßchen stehen und spazierten durch kahle Buchenwäldchen, die zu dieser Jahreszeit erfreulich menschenleer waren. Nach einer Weile kam Sally auf die Frage zu sprechen, die sie schon eine ganze Weile beschäftigt hatte.

»Ich mache mir nicht wirklich Sorgen um Tim«, sagte sie entschuldigend, »aber es gab da einen Punkt, den Prescott zur Sprache gebracht hat, den ich verwirrend fand. Warum glaubte er, dass Tim hinsichtlich des Zeitpunkts, zu dem das Messer verschwunden ist, gelogen hat? Ich muss zugeben, dass Tims Geschichte äußerst unwahrscheinlich klingt, und es wäre absolut nachvollziehbar, wenn man zu der Überzeugung gelangen würde, dass er sich irren muss. Aber warum sollte er lügen?«

»Ich denke, das liegt daran, dass er Prescott den Eindruck vermittelt hat, als sei er sich so gut wie sicher, dass das Messer zu diesem bestimmten Zeitpunkt verschwunden ist. Er war aber nicht unbedingt bereit, das auch vor Gericht zu beschwören. Aber ich bin davon überzeugt, dass Prescott glaubt, Tim lüge nur, um jemand anderen zu decken – Mrs Weldon zum Beispiel. Sie ist Tims Lieblingsprotegé, und es ist möglich, dass er gehört oder gesehen hat, wie sie an jenem Abend zu einem früheren Zeitpunkt das Haus verlassen hat. Deshalb wusste er, dass sie das Messer unmöglich an sich genommen haben konnte, während er unten im Laden war. Und als er diese Geschichte zum ersten Mal erzählt hat, da wusste er bereits über ihren Streit mit Butcher Bescheid – der tatsächlich sehr heftig war. Aber wie auch immer, Sally, falls Prescott Tim verdächtigt, dann muss er ihm einen bemerkenswert raffinierten Plan unterstellen, bei dem Tim die Polizei glauben machen will, dass er keinen Mord begangen hat, indem er so tut, als hätte er ihn begangen.«

Sally musste lachen. Selbst Prescott würde wahrscheinlich nicht so weit gehen, Tim eines derart raffinierten Plans zu verdächtigen. Dann fragte sie: »Halten Sie es für möglich, dass Tim lügt, um Mrs Weldon zu schützen?«

»Nein, das tue ich nicht. Es ist zwar sehr wohl möglich, dass er sich irrt, aber er hat mir geschworen, dass er die Wahrheit sagt.«

»Falls er sich nicht irrt, wer hat dann das Messer an sich genommen? Die einzige Antwort – jetzt, da Fred aus der Sache raus ist – wäre entweder die Kleine Liza oder der Geist. Und Liza kann man unmöglich verdächtigen.«

»Man könnte sehr wohl, wenn man Prescott heißt. Liza könnte das Messer genommen haben, nachdem Tim den Geschichtsraum verlassen und bevor sie geschrien hat. Ihr Motiv dafür, das Messer ausgerechnet zu diesem Zeitpunkt an sich zu nehmen, wäre ein bisschen dünn, aber ich denke, dasselbe würde auch für jeden anderen gelten. Ich kann nur ein einziges Motiv erkennen, das den Täter dazu veranlasst haben könnte, diesen Zeitpunkt zu wählen: das Messer aus dem Geschichtsraum zu holen, während Butcher gerade nicht da war. Hätte der Mörder das Messer unmittelbar vor dem Mord an Butcher geholt, so hätte Butcher ihn wahrscheinlich im Raum nebenan umhergehen hören, zu einer Zeit, zu der eigentlich niemand mehr im Geschäft sein sollte, und wäre vielleicht argwöhnisch geworden. Aber weil der Mörder ja ohnehin nicht hoffen konnte, Butcher zu töten, ohne dass dieser von seiner Gegenwart wusste, scheint mir diese Vorsichtsmaßnahme nicht unbedingt notwendig zu sein – ein weiterer Grund dafür, dass sich Tim wahrscheinlich irrt. Liza könnte jedoch gesehen haben, wie Butcher auf seinem Weg nach unten an unserem Büro vorbeikam – und Tim auch –, und daraufhin den Plan gefasst haben, das Messer zu holen. Es ist ein wenig zu groß, als dass sie es irgendwo unter ihrer Kleidung hätte verbergen können, aber sie hätte es vorübergehend in unserem Büro oder in dem der Schreibkräfte verstecken können.«

»Und der Geist?«, fragte Sally.

»Falls Liza das Messer an sich genommen hat, war sie wahrscheinlich schrecklich nervös und wurde von Schuldgefühlen geplagt, und da hat sie sich den Geist eingebildet. Es wäre wohl zu weit hergeholt, wenn wir ihr unterstellen, dass sie den Geist erfunden hat, um das Verschwinden des Messers irgendwie zu vertuschen, denn hätte sie den Mund gehalten, wäre niemand auch nur im Traum darauf gekommen, dass das Messer zu diesem Zeitpunkt bereits verschwunden war. Es sei denn, sie hätte Grund zu der Annahme gehabt, dass Tim ohnehin vorhatte, sofort wieder nach oben zu kommen, was sehr unwahrscheinlich ist. Es wäre natürlich vorstellbar, dass der Geist tatsächlich ein Geist war, was ein Mensch mit angeblich übersinnlichen Fähigkeiten wahrscheinlich damit erklären würde, dass nach all dieser Zeit in diesem Haus wieder jemand Mordgedanken hegte. Und es ist natürlich auch denkbar, dass Tim das Messer selbst an sich genommen hat, doch wenn er dies getan hätte, dann hätte er wohl kaum angegeben, dass es zu diesem Zeitpunkt verschwunden war, ganz gleich, wie raffiniert sein Plan gewesen sein mochte.«

»Und was ist mit dem Geist, falls weder Tim noch Liza das Messer an sich genommen haben?«

Johnny zuckte mit den Schultern. »Naja, Sally, ich bin, wenn auch widerstrebend, zu der Überzeugung gelangt, dass der Geist entweder reine Einbildung seitens Liza war oder eben tatsächlich ein Geist. Es ist unwahrscheinlich, dass es irgendein Geist aus Fleisch und Blut nach oben geschafft haben könnte, ohne gesehen zu werden, und es scheint ganz und gar unmöglich, dass diese Person dann Tims Suche entgangen ist.«

Er blieb stehen und zündete sich seine Pfeife an. Sally erwischte sich dabei, wie sie die sicheren, gelassenen Bewegungen seiner Hände beobachtete, und wandte rasch den Blick ab.

»Es gibt da nur noch einen etwas seltsamen Aspekt«, sagte er. »Er kann zwar unmöglich etwas mit dem Messer zu tun haben, aber man sollte ihn vielleicht im Zusammenhang mit dem Geist erwähnen. Ich bin am Donnerstagabend in ›Die Weintraube‹ gegangen, um das Krankenhaus anzurufen und mich nach Fred zu erkundigen, und da habe ich die Gelegenheit genutzt, um Gladys, die Kellnerin, zu fragen, ob Butcher am Dienstagabend dort tatsächlich seine Sandwiches gekauft hat. Natürlich hatte die Polizei sie bereits befragt. Sie sagte, er sei gegen fünf nach halb sechs gekommen – vielleicht auch ein bisschen später – und hätte, mit ihren eigenen anschaulichen Worten ausgedrückt, ›ausgesehen, als würde er vor Selbstzufriedenheit triefen‹. Es tut ihr sehr leid für uns, aber sie mochte Butcher nicht und gibt das auch ganz ehrlich zu. Sie dachte, dass ihm vielleicht gerade ein guter Verkauf gelungen war oder dass er womöglich eine vielversprechende Verabredung getroffen hatte. Er hat seine Sandwiches gekauft, noch rasch etwas getrunken und ist gegen zwanzig vor sechs oder auch ein wenig früher wieder gegangen – was mit dem Zeitpunkt seiner Rückkehr in den Laden übereinstimmt, als Sie und Liza und Tim ihm begegnet sind. Aber warum ist er, nachdem er sich gegen Viertel nach fünf gezwungen sah, den Laden zu verlassen, erst gegen fünf nach halb sechs im Pub aufgetaucht? Er musste zwar bis zur Öffnungszeit warten – also bis halb sechs –, aber warum hat er noch fünf Minuten länger gewartet? Der Pub ist nur zwei Minuten von unserer Eingangstür entfernt. Und wo wir gerade dabei sind – warum ist er eine gute Viertelstunde vor der Öffnungszeit des Pubs aus seinem Büro heruntergekommen, mit der erklärten Absicht, diesen aufzusuchen? Und warum hat er, als er dort ankam, so ausgesehen, als würde er vor Selbstzufriedenheit triefen? Als er den Laden verließ, befand er sich garantiert noch nicht in dieser Stimmung.«

»Mit anderen Worten«, sagte Sally, »Sie neigen trotz all dieser eleganten, eben ausgeführten logischen Schlussfolgerungen zu der Überzeugung, dass Butcher die fehlenden zwanzig Minuten damit verbracht hat, seinen gebrochenen Stolz wiederherzustellen, indem er eine sorgfältig im Voraus geplante Vorstellung als Geist gab.«

Johnny grinste sie an. »Ja, Sie Neunmalkluge«, sagte er. »Ein Geist aus Fleisch und Blut wäre mir immer noch am liebsten. Aber ich muss ehrlich zugeben, dass ich keine Möglichkeit erkennen kann, wie Butcher oder irgendjemand sonst für die zweite Geistererscheinung verantwortlich gewesen sein könnte, selbst wenn Butcher der erste Geist war.«

»Ich frage mich«, sagte Sally, »ob Prescott sich ebenfalls einen Geist aus Fleisch und Blut wünscht. Er hat am Mittwochnachmittag ein Buch mitgenommen, von dem ich glaube, dass es sich um das noch nicht verkaufte Exemplar von Hughes handelt. Es wäre interessant zu wissen, ob er irgendwelche Fingerabdrücke darauf gefunden hat.«

»Er hat gesagt, er wolle die Geschichte mal nachlesen. Es ist möglich, dass er Butchers Fingerabdrücke darauf gefunden hat – die konnte er mit Leichtigkeit identifizieren –,

aber ich glaube nicht, dass er irgendwo sonst Fingerabdrücke gefunden hat, die von Interesse wären, abgesehen vielleicht von den Abdrücken von Mrs Weldon. Falls er nämlich welche gefunden hätte, dann hätte er uns allen die Fingerabdrücke abgenommen, entweder ganz offen oder indem er uns irgendwelche Fotografien reichte, die wir identifizieren sollen, oder so etwas in der Art. Aber soweit ich weiß, hat er keinerlei Abdrücke abgenommen, außer von Mrs B. Wie ich hörte, hat sie deswegen eine kleine Szene gemacht. Der Fingerabdruckexperte hatte offenbar Schwierigkeiten, sie davon zu überzeugen, dass man ihre Abdrücke nur brauchte, um sie von vornherein auszuschließen. Ihre Abdrücke befinden sich natürlich überall in Butchers Büro, genau wie seine eigenen. Ansonsten hat ihn jedoch niemand besucht, es sei denn, es ließ sich absolut nicht verhindern, und ich denke, der Mörder hat Handschuhe getragen oder zumindest alles abgewischt, was er berührt hat. Das ist schließlich eine elementare Vorsichtsmaßnahme.«
Er schwieg einen Moment. »Aber ich muss gestehen, Sally, dass ich Mrs Weldon gern zu ihrem Geist befragen würde. Wir haben jetzt eine dritte Erscheinung, von der behauptet wird, sie sei kurz nach Butchers Ermordung in dessen Büro aufgetaucht. Ich weiß nicht, wie bald ich sie besuchen kann – der arme Brownlow wird ja erst heute Nachmittag beerdigt. Aber würden Sie mitkommen? Ich glaube, es würde ihr leichter fallen, mit Ihnen zu reden.«

»Da bin ich mir nicht sicher. Aber ich komme selbstverständlich mit.«

* * *

Sie gingen schweigend noch eine kleine Strecke weiter. Dann sagte Sally plötzlich: »Wir sind die ganze Zeit davon ausgegangen, dass der Mord von jemandem aus der Buchhandlung begangen worden sein muss. Aber ist das tatsächlich so, Johnny? Sehen Sie es doch mal so: Tim hat gestern gesagt, dass es auf den ersten Blick so aussieht, als wäre Fred die einzige Person, die die Hintertür entriegelt haben kann, und wir wissen, dass er es nicht war. Aber was wäre, wenn Butcher es selber getan hat, weil er einen Besucher erwartete? In seinem Büro kann man weder die vordere noch die hintere Türglocke hören. Das wäre natürlich ein sehr fahrlässiges Verhalten seinerseits gewesen – genauer gesagt geradezu sträflich, wenn man den Wert unserer Lagerbestände bedenkt –, aber ich würde ihm so etwas durchaus zutrauen. Und es würde auch erklären, warum er so spät noch im Laden war.«

»Das ist sicher eine Möglichkeit«, sagte Johnny. »Aber hätte eine Person von außerhalb über die Existenz – ganz zu schweigen den Aufbewahrungsort – des Messers Bescheid gewusst? Es ist vorstellbar, dass Butcher dieser Person davon erzählt hat, oder es könnte auch jemand anderes aus der Firma das getan haben, aber das wäre wirklich ein gewaltiger Zufall. Denkbar ist auch, dass Butcher das Messer mit in sein Büro genommen hat, aber warum sollte er das tun? Es ist sehr unwahrscheinlich, dass er es als Brieföffner benutzen wollte. Sein einziges anderes denkbares Motiv dafür wäre, dass er eine Waffe haben wollte, mit der er sich gegen seinen Besucher verteidigen konnte. Aber falls er seinem Besucher gegenüber Argwohn hegte, hätte er ihm niemals den Rücken zugekehrt, selbst wenn er so dumm gewesen wäre, ihn das Messer ergattern zu lassen.«

»Angenommen, der Mörder kannte das Haus nicht und ist in den Geschichtsraum gegangen statt in Butchers Büro und hat das Messer dort liegen sehen. Falls er den Raum im Dunkeln vorfand, wäre ihm möglicherweise klar geworden, dass er sich geirrt hat, und er hätte den Raum wieder verlassen, ohne das Licht anzumachen. Aber er könnte auch geglaubt haben, Butcher habe nur kurz das Zimmer verlassen, und könnte sich deshalb entschlossen haben, dort auf ihn zu warten.«

»Ja, das ist möglich. Das würde bedeuten, dass der Mord mehr oder weniger ungeplant war, aber das können wir ja ohnehin nicht ausschließen. Butcher hätte aber sicher gehört, wie der Besucher in den Geschichtsraum gegangen ist, und wäre wahrscheinlich zu ihm hinübergegangen oder hätte ihn gerufen. Und darüber hinaus spricht auch Tims Aussage, das Messer sei zwischen Viertel nach fünf und halb sechs verschwunden, dagegen – wie zutreffend diese auch immer sein mag.«

»Da ist aber noch etwas«, sagte Sally. »Ich habe heute Morgen einen Blick in das Kundenverzeichnis geworfen.« (Tatsächlich hatte sie es aufgeschlagen, nachdem sie von dem Diebstahl des Colets gehört hatte, um nachzusehen, ob irgendeine unbekannte Person während der letzten Tage versucht hatte, Heldar's ein Buch zu verkaufen. Sie hätte sich an den Colet erinnert, wenn sie ihn gesehen hätte, aber es war ja denkbar, dass jemand damit hereingekommen war, als sie gerade nicht im Laden war.) »Ich habe um halb fünf am Dienstagnachmittag einen Eintrag gemacht: ›Sonderzustellung durch Boten. Brief für Butcher.‹ Ich hatte dieses Vorkommnis vollkommen vergessen, aber jetzt erinnere ich mich wieder daran. Der Botenjunge wollte mir den

Brief partout nicht geben, er hat gesagt, er müsse ihn dem Adressaten persönlich überbringen, also habe ich Butcher nach unten gerufen. Das mag natürlich eine reine Routineangelegenheit gewesen sein. Butcher hat den Brief nicht im Geschäft geöffnet, also konnte ich nicht beobachten, wie er darauf reagiert hat. Ich frage mich, ob darin möglicherweise eine Verabredung für den Abend getroffen wurde.«

Johnny sah skeptisch aus. »Ich halte es für sehr viel wahrscheinlicher, dass es sich um eine ganz normale Geschäftsangelegenheit handelte. Es wäre zwar ein wenig ungewöhnlich, dass ein Kunde seine Nachricht nur persönlich an Butcher senden wollte, aber es ist durchaus nicht auszuschließen. Angenommen, man hätte die Vereinbarung getroffen, dass der Kunde anruft und nach Butcher fragt – was völlig normal wäre –, und der Kunde hätte dann seine Meinung geändert und sich stattdessen schriftlich gemeldet, dann ist es sehr wohl denkbar, dass er den Brief an Butcher adressiert hat. Außerdem ist es, um zu dem ursprünglich von Ihnen genannten Punkt zurückzukehren, sehr viel wahrscheinlicher, dass Tim recht hat und die Hintertür lediglich entsperrt wurde, um die Polizei irrezuführen, von jemandem, der einen Schlüssel hatte und später zurückgekehrt ist.« Er musste plötzlich lächeln. »Da bleiben nicht mehr besonders viele Personen übrig. Vater William, Onkel Charles und Alf haben ziemlich wasserdichte Alibis. Können Sie noch mit irgendwelchen anderen Alibis aufwarten?«

»Miss Mundle war zusammen mit einer Freundin in der Abendschule. Ich glaube, ihr Aufenthaltsort ist bis gegen neun Uhr verbürgt. Betty und Miss Bates sind beide mit ihrem jeweiligen Freund ausgegangen – aber sie haben ohnehin keinen Schlüssel.«

»Aha. Dann bleiben also noch Tim und ich übrig.«

»Sie haben kein Alibi?«

»Nein. Zwischen halb sieben und halb zehn Uhr abends, als Tim mich angerufen hat, gibt es niemanden, der für mich bürgen könnte.«

»Und welches Motiv könnten Sie gehabt haben?«

»Ich hatte in der Vergangenheit ein oder zwei Auseinandersetzungen mit Butcher. Sein Verhalten Ihnen – und Fred – gegenüber an dem Abend des Mordes könnte das Fass zum Überlaufen gebracht haben. Und als ehemaliger Kommandoführer hätte ich ganz genau gewusst, auf welche Weise ich ihn von hinten erstechen musste. Darüber hinaus hat das Messer ursprünglich mir gehört.«

Sally sah plötzlich vor ihrem geistigen Auge einen nächtlichen Strand in der Fremde und einen deutschen Wachtposten, der mit demselben Messer in den Rücken gestochen wurde, durch das auch Butcher getötet worden war. Aber der tote Deutsche konnte unmöglich ihre Meinung über diesen stattlichen Mann ändern, der da gerade schweigend im Wald neben ihr herging, und sie wusste ohne jeden Zweifel, dass die Erfahrungen, die er auf jenen dunklen, fremdländischen Stränden gewonnen haben mochte, nicht zu der Art von Brutalität geführt hatten, die nötig gewesen wäre, um einen Menschen in Friedenszeiten zu töten. Aber sie hatte mehr Angst um ihn, als sie jemals wegen Fred oder Mrs Weldon oder Tim ausgestanden hatte. Und das aus weit geringerem Anlass.

SIEBTES KAPITEL

Am Sonntagmorgen um kurz nach elf erhielt Sally einen Telefonanruf von Johnny. »Alf hat mich gerade angerufen«, sagte er. »Mrs Weldon ist nach Croydon zu den Lendicotts gefahren, und sie möchte uns so bald wie möglich sprechen. Aus dem, was Alf gesagt hat, habe ich den Eindruck gewonnen, dass sie sich ausreichend von Brownlows Tod erholt hat, um sich darüber klarzuwerden, wie prekär ihre eigene Situation ist. Und sie scheint davon auszugehen, dass wir ihr helfen können. Ich hoffe von ganzem Herzen, dass sie damit recht hat. Könnten Sie heute Nachmittag mit mir hinfahren? Ich könnte Sie gegen halb drei abholen.«

Die Lendicotts wohnten in einer recht hübschen Straße am Stadtrand. Als Johnny langsamer fuhr, um nach den Hausnummern Ausschau zu halten, sah Sally sich einen Moment lang um, und es fiel ihr ein unscheinbarer Mann auf, der an einer Straßenecke stand und Zeitung las. Er warf einen kurzen Blick auf das Auto, als sie vorbeifuhren, und kehrte dann zu seiner Lektüre zurück.

»Johnny«, sagte sie. »Glauben Sie, Prescott lässt das Haus überwachen?«

»Der Mann an der Ecke? Ja. Alf hat gesagt, sie stünden unter Beobachtung. Es tut mir leid, ich hoffe, es macht Ihnen nichts aus.«

»Nein, mir persönlich nicht.«

Alf öffnete ihnen die Tür zu seinem kleinen Haus. »Guten Tag, Miss«, sagte er. »Guten Tag, Sir. Kommen Sie rein. Meine Frau und ich wollten gerade gehen, um mit Billy und seiner Mutter eine Tasse Tee zu trinken.«

Sally erinnerte sich wieder daran, dass der Kleine Billy und seine Mutter in derselben Straße wohnten wie die Lendicotts. Billys Vater und Alf hatten zusammen im Ersten Weltkrieg gekämpft, und seitdem waren die Familien stets Nachbarn geblieben. Alf hatte dem Kleinen Billy auch die Stelle bei Heldar's verschafft.

Johnny fragte leise: »Dieser Kerl an der Ecke beobachtet Billy doch wohl nicht auch, oder?«

»Da wäre ich mir nicht so sicher, Sir. Die beiden wohnen nur ein paar Häuser weiter, um die Ecke herum. Der Kommissar hätte natürlich keinen Grund, Billy beobachten zu lassen. Er hat nichts gegen ihn in der Hand. Aber vielleicht schlägt er ja auf diese Weise zwei Fliegen mit einer Klappe.«

Johnny nickte. Einen Augenblick später kam Mrs Lendicott nach unten, schon in Mantel und Hut. Beides gehörte offenbar zu ihrem Sonntagsstaat. Sie begrüßte die beiden Gäste herzlich. »Sie finden Mrs Weldon in der guten Stube, die Ärmste. Hier herein, Miss Merton. Also, wir sind so in einer Stunde wieder da, und ich hoffe, Sie trinken dann eine Tasse Tee mit uns, bevor Sie gehen.«

Mrs Weldon wartete in dem gemütlichen, mit Möbeln vollgestellten Wohnzimmer auf sie. Sie trug ein schäbiges schwarzes Kleid, und ihr Gesicht war sehr blass. Sie war immer noch von der Tragödie gezeichnet, die sie eben erst durchgemacht hatte, aber Sally konnte erkennen, dass sie darüber hinaus jetzt auch Angst hatte.

Johnny schüttelte ihr die Hand und sagte ein paar mitfühlende Worte zu Brownlows Tod. Dann kam er mit ruhiger Stimme zur Sache und sicherte ihr Hilfe zu. Sie setzten sich vor das Kaminfeuer, und Johnny forderte Mrs Weldon auf, ihre Geschichte zu erzählen, was sie auch bereitwillig tat.

Sie war offenbar nervös und verängstigt, aber sie berichtete alles sehr klar und verständlich, und was sie sagte, stimmte exakt mit Alfs Version überein, bis zu dem Moment, in dem sie Butchers Büro betreten hatte. In diesem Moment wurde ihre Angst noch größer, und sie zögerte. Statt irgendwelche ermutigenden Worte zu sagen, half Johnny ihr mit leicht zu beantwortenden, praktischen Fragen über ihre Angst hinweg.

»War die Zimmertür geschlossen, bevor Sie den Raum betraten?«

»Ja, Mr Johnny.«

»Und wo wir gerade dabei sind – trugen Sie Handschuhe während des gesamten Zeitraums, in dem Sie sich im Raum befanden?«

Mrs Weldon runzelte die Stirn. »Ja, ich glaube nicht, dass ich sie überhaupt erst ausgezogen habe. Sie meinen, deshalb sind keine Fingerabdrücke von mir im Raum? Ich habe mich schon gefragt, warum sie mir nie Fingerabdrücke abnehmen wollten.«

»Da gab es wahrscheinlich keine Spuren, mit denen sie sie hätten abgleichen können. Also, Sie haben die Tür geöffnet, und es brannte kein Licht. Ist das so richtig?«

»Ja. Das kam mir seltsam vor, denn ich hatte das Licht ja eben noch von der Gasse aus brennen sehen. Darum dachte ich, dass Butcher vielleicht gesehen hatte, wie ich an der

Hintertür stand, und dass er aus dem Zimmer geschlüpft ist, weil er mich nicht sprechen wollte. Aber nach einer Minute habe ich ein bisschen mehr sehen können – es fiel ein bisschen Licht von der Straßenlaterne durch das Fenster.« Sie zögerte erneut. »Es klingt albern, ich weiß. Aber ich habe ihn gesehen. Den Geist. Da war eine Gestalt, die neben dem Fenster stand, ganz in Weiß. Ich habe sofort an den Geist gedacht, und dann dachte ich, dass es nicht der Geist war, sondern nur Butcher, der mir einen Streich spielen wollte. Ich habe mich daran erinnert, Sally, dass Sie und Liza dachten, er sei der Geist gewesen, der Betty erschienen ist, und da bin ich sehr wütend geworden. Ich habe gesagt: ›Glauben Sie nur ja nicht, dass Sie damit durchkommen, hier den Geist zu spielen, Mr Butcher. Charlie liegt im Sterben und er möchte Sie sprechen, und Sie kommen jetzt mit, und wenn ich Sie hinter mir herschleifen muss.‹ Oder jedenfalls etwas in dieser Richtung. Die weiße Gestalt hat mir nicht geantwortet, aber sie hat sich vom Fenster entfernt und auch von mir und ist in den Schatten getreten, und da konnte ich sie nicht mehr sehen. Ich habe gesagt: ›Jetzt hören Sie mit diesen kindischen Spielchen auf‹, aber er hat noch immer nicht geantwortet, also habe ich nach dem Lichtschalter getastet. Aber ich konnte mich nicht daran erinnern, wo genau er sich befand, und meine Hand zitterte. Es kam mir wie eine Ewigkeit vor, bis ich ihn endlich gefunden hatte – ich nehme an, es wird wohl eine halbe Minute gewesen sein.«

»Es dürfte wohl ein wenig kürzer gedauert haben«, meinte Johnny. »Die Zeit wird Ihnen sehr viel länger vorgekommen sein, als sie tatsächlich war.«

»Gut möglich. Also, als ich das Licht einschaltete, sah ich

Butcher, wie er über seinem Schreibtisch zusammengesackt war, und ... und ein Messer in seinem Rücken steckte. Ich hatte schon vorher so etwas wie eine dunkle Kontur gesehen, die sich vor dem Fenster abgezeichnet hatte, aber bevor ich das Licht einschaltete, habe ich dem nicht viel Beachtung geschenkt.« Mrs Weldon redete jetzt sehr schnell. »Sein Kopf war auf den Schreibtisch gesunken, und er ... er sah irgendwie überrascht aus –« Ihre Stimme überschlug sich plötzlich fast.

»Schon gut«, sagte Johnny. »Diesen Teil können wir überspringen.«

»Danke, Mr Johnny. Also, ich bekam große Angst, als ich sah, dass er tot war, und da habe ich mich umgedreht und bin nach unten gerannt und habe das Haus durch die Vordertür verlassen. Das war der schnellere Weg, und außerdem hatte ich vergessen, dass die Hintertür offen war. Ich weiß, dass ich der Polizei das alles sofort hätte erzählen müssen, Mr Johnny, aber ich dachte, dass sie dann glauben würden, ich wäre es gewesen.«

»Das lässt sich jetzt nicht mehr ändern«, sagte Johnny sanft. »Können Sie sich erinnern, ob Sie das Licht in Butchers Büro ausgeschaltet und die Tür hinter sich geschlossen haben?«

Sie runzelte erneut die Stirn. »Ich glaube nicht, dass ich das getan habe, aber ich kann mich nicht mit Sicherheit erinnern.«

»Die nächste Frage ist jetzt sehr wichtig: Sie haben den Geist nicht mehr gesehen, nachdem Sie das Licht eingeschaltet hatten?«

»Nein.« Sie schwieg einen Moment. »Ich kann nicht beschwören, dass er nicht da war, wenn Sie das meinen. Ich war so entsetzt darüber, dass Butcher ermordet worden war. Aber es ist ein kleiner Raum, und ich denke, er wäre mir aufgefallen.«

»Es stehen auch nicht besonders viele Möbel darin, nicht wahr?«

»Nein.« Sie wirkte leicht verwirrt. »Glauben Sie, es könnte ein echter Mensch gewesen sein?«

»Ich weiß ganz ehrlich nicht, was ich gerade denke. Hätte jemand an Ihnen vorbeischlüpfen und durch die Tür verschwinden können?«

»Nein. Nein, Mr Johnny, das hätte niemand geschafft. Jedenfalls kein Mensch. Ich habe mich keine Sekunde von der Stelle bewegt, und ich stand mitten im Türrahmen.« Sie sah Johnny an, und ihre Augen wurden plötzlich groß vor Angst. »Wenn es ein echter Mensch war, dann könnte er Butcher ermordet haben. Aber ich denke, es kann unmöglich ein Mensch gewesen sein.«

* * *

Nach der Rückkehr der Lendicotts tranken Sally und Johnny mit ihnen eine Tasse Tee und unterhielten sich eine Weile mit ihnen. Dann verabschiedeten sie sich und gingen. Der Müßiggänger mit der Zeitung war immer noch am selben Ort, und das erinnerte Sally an etwas.

»Was war das mit dem Kleinen Billy?«, fragte sie. »Meinten Sie, dass Prescott die Gelegenheit nutzt, ihn beobachten zu lassen, weil er ein Mitglied unserer Belegschaft ist, oder gibt es da noch mehr?«

»Ja, noch eine Kleinigkeit, fürchte ich. Nachdem Tim dem Kommissar erzählt hat, wie gern Butcher sich die Zeit damit vertrieb, Billy zu hänseln, hat Prescott aufgehorcht und hat Alf und noch ein oder zwei weitere Personen dazu befragt. Man könnte es möglicherweise als Motiv betrachten oder zumindest als zusätzliches Motiv für so gut wie jedes Mitglied der Belegschaft, und es könnte Prescotts Ansicht nach sehr wohl ein Motiv für Billy selbst gewesen sein.«

»Hat er ein Alibi?«

»Ja. Aber nachdem er zusammen mit Alf gegen halb sieben in der Laburnum Road ankam, hängt sein Alibi allein von der Aussage seiner Mutter ab. Billy ist ihr einziger Sohn, und sie ist Witwe, und darüber hinaus ist Billy ein wenig anders als die meisten Menschen und liegt ihr daher umso mehr am Herzen. Wie ich gehört habe, ist sie zudem auch eher der nervöse Typ und hat sich wohl ziemlich aufgeregt, als Prescott sie befragt hat.«

»Aber Billy hat keinen Schlüssel, und Alf oder Fred hätten es doch gewiss bemerkt, wenn er die Hintertür unverschlossen gelassen hätte.«

»Unglücklicherweise musste Alf zugeben, dass Billy das Haus nach ihm verlassen hat, also kann er nicht beschwören, dass Billy das Schloss nicht entsperrt hat. Und Fred war ziemlich aufgebracht, als er ging, weshalb ihm ein solches Detail vielleicht nicht aufgefallen wäre. Aber ich mache mir wegen Billy nicht allzu große Sorgen. Soweit ich weiß, hat es Prescott immer noch auf Mrs Weldon abgesehen.«

»Und wir scheinen keine großen Fortschritte mit dem Geist gemacht zu haben, oder?«

»Nein, haben wir nicht. Ich würde mich gern noch einmal in Butchers Büro umsehen, aber ich fürchte, Mrs Weldon kann der Geist unmöglich entgangen sein, falls er sich immer noch im Raum aufhielt, als sie das Licht einschaltete.

Das Ganze ist eigentlich genauso rätselhaft wie die Erscheinung, die Liza gesehen haben will.«

Er verfiel wieder in ein mutloses Schweigen, und als Sally verzweifelt nach einem anderen Gesprächsthema suchte, fiel ihr wieder der Colet ein.

»Ich denke nicht, dass es einen Zusammenhang mit dem Mord gibt«, sagte sie, nachdem sie ihm die ganze Geschichte erzählt hatte. »Und ich denke auch nicht, dass Butcher in irgendwelche zwielichtigen Geschäfte verwickelt war. Ich nehme an, Pilton hat da etwas vollkommen falsch verstanden, schließlich hat er keine Ahnung von Büchern. Oder vielleicht hat Butcher einfach aufs Geratewohl einen Preis genannt, weil er den tatsächlichen Wert des Buchs nicht kannte. Vielleicht wollte er Pilton auch einfach nur auf den Arm nehmen. Er muss gewusst haben, wie äußerst unwahrscheinlich es war, dass ein Colet auftauchen würde.«

»Das ist die Frage«, sagte Johnny. Er runzelte leicht die Stirn. »Um auf Ihren ersten Punkt zurückzukommen: Was macht dieser Pilton, abgesehen davon, dass er ein Möchtegern-Sammler ist?«

»Er ist irgendeine Art von Geschäftsmann. Einer von denen, die sich mit eigener Kraft hochgearbeitet haben, würde ich sagen. Und er ist ganz offenbar unermesslich reich.«

»Nun, er mag ja von Büchern keine Ahnung haben, aber wenn er ein erfolgreicher Geschäftsmann ist – und davon können wir ausgehen, wenn er sich seinen Reichtum aus eigener Kraft erarbeitet hat –, dann würde ich sehr bezweifeln, dass er einen ihm genannten Preis falsch verstanden hat. Und zweitens war Butcher, trotz all seiner Fehler, ein verdammt guter Geschäftsmann, und auch ein sehr vorsichtiger. Er wusste im Allgemeinen sehr genau, was er für ein Buch verlangen konnte, und falls er es nicht wusste, hat er es herausgefunden, bevor er einen Preis genannt hat. Drittens bezweifle ich sehr stark, dass er Pilton auf den Arm nehmen wollte. Selbst wenn er so gut wie sicher war, dass niemals ein Colet auftauchen würde, ist Pilton doch ein sehr reicher Mann, und auf seine Art – die für die Firma sehr profitabel sein könnte – ein ernsthafter Sammler. Ich kann mir nicht vorstellen, dass Butcher das Risiko eingegangen wäre, ihn gegen sich aufzubringen.«

»Also«, sagte Sally, die es jetzt wagte, ihre Gedanken in Worte zu fassen, »wenn Butcher absichtlich einen Preis genannt hat, von dem er wusste, dass er doppelt so hoch war wie der tatsächliche Wert des Buches – oder jedenfalls absichtlich einen extrem hohen Preis genannt hat, ohne den tatsächlichen Wert zu berücksichtigen ...« Sie verstummte. Selbst jetzt würde das, was sie sagen wollte, unglaubwürdig klingen.

»Wir müssen vorsichtig sein«, sagte Johnny. »Sagen wir mal, er hat entweder gewusst oder vermutet, dass die Firma einen Colet zu dem von ihm genannten, extrem hohen Preis nicht verkaufen konnte, und er hatte den Plan, Pilton auf eigene Faust einen Colet zu diesem Preis zu verkaufen. Er hätte damit sicherlich einen gewaltigen Profit gemacht, ganz gleich, auf welche Weise er an das Buch gekommen wäre. Aber das würde voraussetzen, dass er zumindest eine gewisse Vorstellung davon hatte, wie er in näherer Zukunft an einen Colet kommen könnte. Es ist gut möglich, dass Butcher wusste, dass Lincoln's das Colet-Exemplar mit der Inschrift in seinem Bestand hatte, als er mit Pilton sprach. Sie können das Buch nicht bei einer Auktion erworben haben, denn dann hätten wir alle davon erfahren. Es muss also ein privater Kauf gewesen sein. Aber solche Dinge sprechen sich in der Branche herum, und Butcher hat sich überall herumgetrieben, bei Christie's und Sotheby's und auch in zahlreichen Buchhandlungen. Es ist ebenso möglich, dass Onkel Charles nichts von der Sache wusste, insbesondere, falls Butcher sich dazu entschieden hatte, ihm diese Information vorzuenthalten, denn Onkel Charles kommt heutzutage nicht mehr so viel rum wie früher. Übrigens ist es nicht sehr wahrscheinlich, wenn auch nicht ausgeschlossen, dass Lincoln's das Exemplar mit der Inschrift bereits vor sechs Wochen in ihrem Besitz hatten, als Butcher sich mit Pilton getroffen hat. Sie kaufen ein Buch von solch hohem Wert sicher nicht ohne eine mehr oder weniger verbindliche Kundenbestellung und wollen es sehr wahrscheinlich auch in sehr viel weniger als sechs Wochen nach dem Einkauf weiterverkauft haben. Aber das können wir herausfinden. Wie schon Sherlock Holmes sagte: Es ist ein kapitaler Fehler, eine Theorie aufzustellen, ohne über die nötigen Fakten zu verfügen. Fangen wir doch mit Pilton an. Wissen Sie, wo er abgestiegen ist?«

»Er wohnt im Claridge's. Aber er reist morgen früh per Flugzeug in die Staaten.«

»Ich würde ihn gern treffen, bevor er abreist. Aber ich spreche besser zunächst mit Onkel Charles. Und dann wäre es wahrscheinlich eine gute Idee, sich mit Patrick Lincoln in Verbindung zu setzen – dem Sohn des alten Lincoln. Er ist ein Freund von mir. Falls er Zeit hat – und Sie auch –, schlage ich vor, dass er mit uns zu Abend isst. Könnten Sie das einrichten?«

»Mit dem größten Vergnügen«, sagte Sally.

Sie waren sich darüber einig, dass es am besten wäre, wenn Johnny sich Pilton allein vorknöpfte, also brachte er Sally zu ihrer Wohnung. Dort nahm sie ein Bad, zog sich um und war, wenige Minuten bevor er zurückkehrte, aufbruchsbereit. Er schob sie in ein Taxi.

»Wir treffen Patrick in einem netten, ruhigen Lokal in Soho«, sagte er. »Ich berichte Ihnen die Neuigkeiten unterwegs.«

Sobald sie losgefahren waren, begann er mit seinem Bericht.

»Onkel Charles erinnerte sich recht deutlich an den Vorfall mit Pilton, aber er konnte nicht sehr viel mehr sagen als das, was er bereits Ihnen und Tim erzählt hatte. Er wusste tatsächlich nichts davon, dass Lincoln's den Colet mit der Inschrift erworben hatten. Ich habe Patrick vom Haus meines Onkels aus angerufen und bin dann zum Claridge's gefahren.

Ich hatte großes Glück, Pilton dort anzutreffen. Er lud mich in seine Suite ein, hieß mich so herzlich willkommen, als sei ich sein lang verschollener Bruder, und nötigte mir mehrere Highballs auf. Er ist ein netter Mensch, das haben Sie ja auch schon gesagt, und er hat irgendwie etwas Rührendes an sich. Onkel Charles hat mir sogar noch einen Vorwand für meinen Besuch bei ihm gegeben: Eine der Inkunabeln, die Pilton gestern gekauft hatte, war nämlich schadhaft, wie sich in der Zwischenzeit herausgestellt hat, und mein Onkel fand es besser, dies dem armen Kerl mitzuteilen, bevor er das Land verlässt. Er hat die Nachricht sehr gelassen aufgenommen, und wir haben uns daraufhin über den Colet unterhalten. Er war nur allzu bereit, darüber zu sprechen. Er ist sich absolut sicher über den Preis, den

Butcher genannt hat, und was Geldangelegenheiten angeht, kann man sich hundertprozentig auf seine Aussage verlassen, darauf würde ich schwören. Er meinte zwar, Butcher habe ihm nicht versprochen, dass er ihm das Exemplar mit der Inschrift besorgen könne, aber das beweist noch gar nichts. Falls Butcher einen Einbruch plante, würde er im Voraus natürlich so gut wie nichts darüber verraten, selbst jemandem gegenüber nicht, der so wenig über Bücher und die Branche im Allgemeinen weiß wie Pilton. Pilton ist immer noch ein wenig verwirrt wegen dieser ganzen Sache. Er meinte, er müsse Mr Charles wohl Glauben schenken, aber ich habe den Eindruck gewonnen, dass Butchers Angebot sehr überzeugend klang.

Und das ist alles, was er mir zu berichten hatte. Er war im Begriff, mit einigen Landsleuten essen zu gehen, und wollte mich unbedingt dabeihaben, was sehr nett von ihm war. Aber ich habe ihm erzählt, ich sei verabredet, also ließ er mich wohl oder übel ziehen, nachdem er mich geradezu angefleht hatte, ihn doch einmal in Chicago besuchen zu kommen. Er hat gesagt, er hoffe, meine Verabredung sei attraktiv, und ich …« Johnny sah Sally an, und sie glaubte, ihn im Dunkeln lächeln zu sehen. »Ich habe ihm gesagt, er brauche sich über diesen Punkt nicht die geringsten Sorgen zu machen.«

* * *

Patrick Lincoln war ein hochgewachsener, dunkelhaariger, gelangweilter junger Mann mit einer recht affektierten Sprechweise. Sally erwischte sich dabei, dass sie ihn sofort und sehr zu seinem Nachteil mit Johnny verglich. Aber

Johnny hielt ihn anscheinend für vertrauenswürdig, denn er erzählte ihm die ganze Colet-Geschichte, soweit er und Sally darüber Bescheid wussten, und sie stellte erleichtert fest, dass Patrick daraufhin ein kleines bisschen lebhafter wurde.

»Ja«, sagte er, als Johnny mit seinem Bericht fertig war. »So war das. Tja, dann sollte ich euch wohl diese beklagenswerte Geschichte mit dem Colet mal aus Sicht von Lincoln's erzählen.

Culhaven, einer unserer langjährigen Kunden, hat uns den Colet vor etwa acht Wochen verkauft. Aus dem üblichen Grund – weil das Familienvermögen in sich zusammengeschrumpft ist. Bevor wir das Buch kauften, erhielten wir dafür eine verbindliche Bestellung von einem bereits recht betagten Kunden aus den Staaten, aber just an dem Tag, an dem wir das Buch erwarben, setzte es sich besagter Kunde in den Kopf, das Zeitliche zu segnen. Aus dem ein oder anderen Grund gelang es uns nicht, mit irgendjemandem sonst einen Handel abzuschließen, bis wir letzten Donnerstag gegen vier Uhr ein Telegramm von einem anderen Gentleman aus Amerika erhielten. Daraufhin befahl mein alter Herr, man möge ihm den Colet bringen. Aber als man ihn holen wollte, war er nicht mehr da.

Es gab natürlich eine gewaltige Szene. Ich habe den alten Herrn seit meiner Kindheit des Öfteren erregt gesehen, aber selbst ich war beeindruckt. Für etwa eine halbe Stunde herrschte urzeitliches Chaos, aber nach einer Weile schälten sich aus der Flut widersprüchlicher Aussagen und weinender Verkäuferinnen endlich ein paar Fakten heraus.

Der Colet war selbstverständlich im Tresorraum aufbewahrt worden. Von dort hatte man ihn von Zeit zu Zeit hervorgeholt, um ihn verschiedensten Kunden zu zeigen, entweder möglichen Käufern oder einfach nur alten Freunden, die dieses Wunder gerne bestaunen wollten. Die gesamte Belegschaft wusste natürlich, dass sich das Buch dort befand, und alle haben es zu dem ein oder anderen Zeitpunkt zu Gesicht bekommen. Der alte Herr hat es gegenüber mehreren Personen aus der Branche erwähnt, und dasselbe gilt für mich. Manche Leute hätten vielleicht ein Geheimnis daraus gemacht, dass es sich in ihrem Besitz befand, aber – vielleicht unglücklicherweise – nicht der alte Herr. Tatsächlich gibt es keinen besonderen Grund, warum euer verstorbener Mr Butcher nicht gewusst haben sollte, dass das Buch sich bei uns befand, als er mit dem Gentleman aus Chicago verhandelte.

Wie sich herausstellte, scheint den Colet seit Dienstag niemand mehr gesehen zu haben – das war zwei Tage vor der Entdeckung des Diebstahls. An jenem Tag hatte der alte Mann das Buch um kurz nach zwölf aus dem Tresorraum holen lassen, um es Mr Philip Francis zu zeigen. Sie kennen ihn? Ganz recht. Er hat gesagt, er würde es liebend gerne besitzen, könne es sich aber nicht leisten. Das war natürlich eine niederträchtige Lüge. Wenn er es wirklich hätte haben wollen, dann hätte ihn auch ein finanzieller Bankrott nicht davon abgehalten. Nachdem Francis sich von dem Anblick losgerissen hatte, instruierte der alte Herr das Mädchen, das zu diesem Zeitpunkt im Laden arbeitete – eine gewisse Miss Coates, nicht gerade die hellste Kerze auf dem Leuchter –, dafür zu sorgen, dass das Buch wieder in den Tresorraum zurückgebracht wurde, und ging zum Mittagessen. Das Buch lag zu diesem Zeitpunkt zusammen mit mehreren anderen auf dem Beistelltisch. Miss Coates, wie ihr wissen müsst, war lediglich die Mittagsvertretung. Unser regulärer Verkäufer ist ein junger Mann namens Barnet. Miss Coates hat die Anweisung des alten Herrn nicht sofort ausgeführt, weil sie sehr beschäftigt war. Um diese Zeit kamen mehrere Kunden in den Laden, und sie musste sich um die meisten davon ganz allein kümmern, da sowohl ich als auch der alte Herr mittagessen gegangen waren. Es gab auch zwei oder drei Laufburschen und Botenjungen und ähnliche Leute, die in den Laden kamen. Lasst mich mal überlegen. Die Kunden waren Sir David Morsefield, Mr James Willoughby und zwei weitere Herren, die Miss Coates nicht kannte. Die Laufburschen waren Mr Ferrier – der ehemalige Matrose, der in recht ärmlichen Verhältnissen in Finchley wohnt – und eine weitere, unbekannte Person, bei der es sich wahrscheinlich um Kirschenbaum handelte. Die Botenjungen waren von Mumford's und Quinling's. Dann war da noch der alte Mr Carlington, der seinen Laden nebenan von eurem Laden betreibt, und der früher mal zu unserer Belegschaft gehört hat und daher die Erlaubnis hat, in unseren Räumlichkeiten herumzuspazieren, wann immer ihm gerade danach zumute ist. Unter diesen Umständen war es sicher gerechtfertigt, dass das Mädel den Colet eine Weile im Laden behielt, gesetzt den Fall, sie hatte stets ein Auge darauf, und sie hat mit Tränen in den Augen geschworen, dass sie genau das getan habe. Aber als Barnet um ein Uhr zurückkehrte, hat sie vergessen, ihm zu sagen, dass der Colet sich auf dem Beistelltisch befand. Und von diesem Zeitpunkt an kann sich auch niemand mehr entsinnen, das Buch gesehen zu haben. Noch kann irgendjemand beschwören, dass es sich von diesem Moment an bis Donnerstagnachmittag um vier Uhr nicht weiterhin auf dem Beistelltisch befand, auf den es der alte Herr gelegt hatte. Es ist ein recht kleines Buch – wenn auch nicht klein genug, als dass es einem ins Auge stechen würde, wie ein *Oktodez* oder so etwas Ähnliches. Es wäre leicht zu übersehen gewesen, während es zusammen mit weiteren, in Leder gebundenen Bänden auf dem Tisch lag. Es kann zwischen etwa zwanzig nach zwölf am Dienstag und vier Uhr nachmittags am Donnerstag jederzeit verschwunden sein. Und eine jede der etwa sechzig Personen, die während dieses Zeitraums den Laden betraten, könnte es an sich genommen haben. Immerhin hat weder Miss Coates noch Barnet, als man sie bat, sich daran zu erinnern, wer genau während dieses Zeitraums den Laden betreten hat, euren Mr Butcher namentlich erwähnt, noch sonst irgendjemanden von Heldar's. Falls also euer Mr Butcher für den Diebstahl – äh – verantwortlich war, muss er die Sache am Dienstag durchgezogen haben, denn danach lebte er schließlich nicht mehr, nicht wahr?«

»Wann ist er an diesem Tag zu Mittag essen gegangen, Sally?«, fragte Johnny. »Haben Sie eine Ahnung?«

»Mit ziemlicher Sicherheit gegen ein Uhr – er hat in dieser Hinsicht immer sehr geregelte Zeiten eingehalten. Und er ist auch immer gegen Viertel nach zwei zurückgekehrt. Danach hat er das Haus bis Viertel nach fünf nicht mehr verlassen – es sei denn, er wäre zur Hintertür hinausgegangen.«

»Wir schließen um halb sechs«, sagte Patrick. »Vielleicht hat er es ja in diesem Moment getan. Ich werde mich – natürlich mit der gebotenen Diskretion – erkundigen, ob er am Dienstag bei uns vorbeigeschaut hat oder nicht.«

Bald darauf brach Patrick auf. Er sagte etwas über eine öde Party, zu der er eingeladen sei, wünschte ihnen eine gute Nacht und schlenderte davon. Johnny grinste Sally an. »Lassen Sie sich durch seine Art nicht täuschen«, sagte er. »In Wahrheit ist er enorm an der Sache interessiert, wie er es selbst wahrscheinlich ausdrücken würde, und ich denke, er hat uns nur deshalb allein gelassen, weil ihm klar geworden ist, dass es uns ein wenig peinlich wäre, in Gegenwart anderer über Butchers mögliche kriminelle Aktivitäten zu reden.« Er reichte Sally eine Zigarette und zündete sich selbst auch eine an.

»Ist Ihnen aufgefallen, Sally«, fragte er dann, »dass der Diebstahl, falls er geplant war – also falls der Colet nicht von irgendjemandem gestohlen wurde, der ihn zufällig herumliegen sah –, ziemlich gut durchorganisiert gewesen sein muss? Es ist natürlich sehr gut möglich, dass er eben nicht geplant war. Aber wenn doch, dann von jemandem, der sich in der Branche genauestens auskannte, und der wahrscheinlich auch den Laden gut kannte und seine Pläne dementsprechend ausgerichtet hat. Er wusste, dass ein Buch, das so wertvoll war wie der Colet, normalerweise im Tresorraum aufbewahrt und nur bei verhältnismäßig seltenen Gelegenheiten hervorgeholt wird, um es irgendwelchen Kunden zu zeigen. Er konnte es nicht riskieren, sich die ganze Zeit im Laden herumzudrücken und darauf zu warten, dass man das Buch aus dem Tresorraum holte, selbst wenn er bei den Mitarbeitern der Firma gut bekannt war. Es scheint mir, dass die offensichtlichste Lösung dieses Problems darin gelegen hätte, jemanden zu finden, der das Buch zu sehen wünscht. Ich bezweifle sehr, dass der Dieb das Risiko eingehen würde, selbst dieser Jemand zu sein, also muss man nach einem Komplizen Ausschau halten. Butcher konnte also – auch wenn es durchaus möglich ist, dass er der Dieb war – kaum selbst den Wunsch äußern, das Buch gezeigt zu bekommen, es sei denn, er wäre offiziell als Repräsentant von Heldar's aufgetreten. Zudem konnte er sich kaum als Sammler ausgeben, dazu ist er nicht der Typ. Außerdem hätte ihn wahrscheinlich auch jemand wiedererkannt. Und dann hätte sich Lincoln's in dieser Angelegenheit an Vater William oder Onkel Charles gewandt, und Butcher wäre in Erklärungsnot geraten. Am sichersten und naheliegendsten war es, einen wohlbekannten Sammler und privaten Kunden von Lincoln's zu bitten, er möge den Wunsch äußern, das Buch zu sehen.«

»Sie meinen Philip Francis?«, fragte Sally erstaunt.

»Ich halte das nicht für unmöglich. Wie Sie sich sicher erinnern, ist er am Donnerstag in den Laden gekommen, war sehr unverschämt zu Liza, weil er Butcher nicht sehen konnte, und hat sich geweigert, stattdessen mit Onkel Charles zu sprechen. Nehmen wir einfach mal an, Butcher hätte ihm einen Anteil an dem Erlös des Colets versprochen, und er wäre gekommen, um sich das Geld zu holen. Er würde das Geld zu diesem Zeitpunkt noch nicht erhalten haben, weil Pilton das Buch noch nicht abgeholt hatte, aber Butcher konnte ihm wahrscheinlich nicht im Voraus sagen, wann genau Pilton wieder in den Laden kommen würde, und Francis scheint ein sehr ungeduldiger Mensch zu sein. Und ein fanatischer Sammler. Glauben Sie, er ist fanatisch genug, um sich auf eine solche Sache einzulassen, insbesondere, wenn der versprochene Anteil vielleicht in Form eines seltenen Buches ausgezahlt wird?«

»Nun, es ist durchaus möglich, dass er zu so etwas fähig wäre. Aber ich glaube nicht, dass er es nötig hätte, Johnny. Er ist unermesslich reich.« Sally zögerte. »Aber es stimmt, er ist am Mittwoch in den Laden gekommen. Er wollte Butcher sprechen, mir aber nicht sagen, in welcher Angelegenheit – was ihm nicht ähnlich sieht. Wenn Butcher gerade nicht zur Verfügung stand, hat Francis mir für gewöhnlich eine lange und komplizierte Nachricht für ihn gegeben und blieb so lange neben mir stehen, bis er sicher war, dass ich auch alles Wort für Wort aufgeschrieben hatte. Oder er hat sich zu Mr Charles bringen lassen.«

»Also verstieß es gegen seine Gewohnheit, dass er sich am Donnerstag geweigert hat, Onkel Charles zu sprechen.«

»Ja. Definitiv. Aber da ist noch etwas. Ich möchte ja nicht herummäkeln, aber ich finde, es passt irgendwie nicht ins Bild, dass Butcher selbst der Dieb war. Der Diebstahl müsste doch eigentlich sofort, nachdem Francis den Laden verlassen hatte, begangen worden sein. Denn es war schließlich durchaus denkbar, dass man den Colet unmittelbar nach Francis' Weggang wieder in den Tresorraum zurückgebracht hätte. Möglicherweise sogar sofort nachdem Francis ihn sich angeschaut hatte, in welchem Fall jeder Versuch, das Buch zu stehlen, gescheitert wäre. Falls der Dieb mit dem Laden vertraut war, hätte er den Zeitraum zwischen zwölf und ein Uhr mit voller Absicht gewählt, weil dann die weniger erfahrene Verkäuferin Dienst tat und diese darüber hinaus möglicherweise sehr beschäftigt war. Aber falls der Diebstahl vor ein Uhr stattfand, und Butcher Heldar's nicht vor ein Uhr verlassen hat, konnte er unmöglich der Dieb sein.«

»Ich gebe Ihnen recht«, sagte Johnny. »Aber ich hatte ohnehin die ganze Zeit so ein Gefühl, dass Butcher nichts von alledem selbst unternommen hat. Wie Sie schon neulich abends so richtig bemerkten: Er hat es immer tunlichst vermieden, bei einer Schlacht in vorderster Front zu stehen. Und falls er Francis' Hilfe in Anspruch genommen hat – was ich immer noch für sehr gut möglich halte –, dann könnte er sich auch noch jemand anderen zunutze gemacht haben. Die Person, die am besten dafür geeignet wäre, den Colet zu stehlen, wäre jemand, der nach Herzenslust bei Lincoln's umherspazieren könnte, ohne auch nur den geringsten Verdacht zu erregen, jemand, dem man rückhaltlos vertraute und an dessen Anblick man sich derart gewöhnt hatte, dass man sich, nachdem der Verlust erst einmal entdeckt war, kaum daran erinnern würde, dass er überhaupt da gewesen war. Darüber hinaus wäre man für den Erfolg dieses Diebstahls, wie Sie ja schon richtig sagten, auch sehr darauf angewiesen gewesen, dass einem das Glück hold war. Gut möglich, dass es beim ersten Mal nicht gelang. Der Dieb könnte keine Gelegenheit gehabt haben oder es waren vielleicht auch keine anderen Kunden im Laden, sodass die Gruppe der Verdächtigen gefährlich in sich zusammengeschrumpft wäre. Das könnte übrigens auch erklären, warum Butcher, falls er tatsächlich hinter der ganzen Sache steckte, den Colet erst einmal sechs Wochen bei Lincolns liegen ließ, obwohl das Buch doch jederzeit hätte verkauft werden können. Es war natürlich auch ein großer Glücksfall für die Diebe, dass die Gruppe der Verdächtigen so groß wurde. Sie konnten unmöglich darauf spekulieren, dass Miss Coates vollkommen vergessen würde, Barnet davon zu berichten, dass der Colet auf dem Beistelltisch lag und dass es daher in der Folge niemandem auffallen würde, dass sich das Buch nicht mehr im Laden befand. Aber um zu meinem ursprünglichen Punkt zurückzukehren: Falls ein erster Versuch scheiterte, wäre es sehr nützlich, wenn der Dieb ein paar Tage später erneut in Erscheinung treten konnte, ohne dass dem irgendjemand auch nur die geringste Beachtung schenkte.«

»Carlington?«, fragte Sally.

»Es ist eine ziemlich verrückte Idee, und ich würde nur ungern glauben, dass er etwas damit zu tun hat. Aber er hat einen schwachen Charakter, auch wenn er einigermaßen anständig wirkt, und ich glaube, dass es ihm finanziell sehr schlecht geht. Er hat jahrelang bei Lincoln's gearbeitet, und dann hat er irgendwann während der dreißiger Jahre ein wenig Geld geerbt und seinen eigenen Laden aufgemacht. Er weiß sehr viel über Bücher, ist jedoch kein guter Geschäftsmann. Dann wurde das Haus nebenan – also nicht das auf unserer Seite – von einer Bombe zerstört, und ein Teil seines Lagerbestands erlitt irreparable Schäden. Sein Geschäft hat sich davon nie wieder erholt, und Vater William hat vor ein paar Tagen noch gesagt, er wisse nicht, wie es Carlington überhaupt noch schaffe, über die Runden zu kommen.«

»Oje«, sagte Sally. Johnnys Theorie klang immer überzeugender. »Ja, und falls es beim ersten Mal nicht geklappt hat, konnte Francis ebenfalls noch einmal wiederkommen – jedenfalls ein oder zwei Mal. Wenn er den Eindruck vermittelte, dass er den Kauf des Colets ernsthaft in Erwägung zog, würde niemand Verdacht schöpfen. Johnny – ich habe mich gefragt – könnten Butcher und seine Komplizen vielleicht auch für die Diebstähle der anderen seltenen Bücher verantwortlich gewesen sein? Für jene der letzten zwei oder drei Monate?«

»Das habe ich mich auch gefragt«, sagte Johnny. »Das Problem bei dem Diebstahl seltener Bücher ist, wie Sie sicherlich wissen, dass man sie nur äußerst schwer wieder loswird. Falls ein seltenes Buch gestohlen wird, werden die Buchhandlungen, denen man ein solches Buch am wahrscheinlichsten zum Verkauf anbieten könnte, sofort von dem Diebstahl in Kenntnis gesetzt, und der Dieb geht ohnehin ein großes Risiko ein, wenn er sein Diebesgut einem ehrlichen Antiquar anbietet, der sich auf seinem Gebiet auskennt. Die einzigen seltenen Bücher, mit denen man vielleicht durchkommt – wenn man nicht gerade gewaltiges Glück hat oder ein sehr begabter Lügner ist –, sind Bücher mit Bildtafeln, weil man in diesem Fall die Bücher auseinandernehmen und die Bildtafeln einzeln verkaufen kann – übrigens war bei keinem einzigen der kürzlich erfolgten Diebstähle ein Band mit Bildtafeln betroffen. Nun, wenn nicht alle Diebstähle von Gelegenheitsdieben begangen wurden, die damit auf die ein oder andere Weise durchgekommen sind – was mir immer unwahrscheinlicher vorkommt –, gibt es nur zwei Antworten auf diese Frage. Die erste, durchaus denkbare Antwort wäre, dass es sich bei dem Dieb um einen fanatischen Sammler handelt, der seinen privaten Bestand erweitern will. Die gestohlenen Bücher stammen alle aus verschiedenen Epochen und auch verschiedenen Kategorien. Das Einzige, was sie gemeinsam haben, ist, dass sie alle englischen Ursprungs sind. Normalerweise würden sie also nicht in das Gebiet eines einzigen Sammlers fallen. Aber es könnte sich bei ihm um einen Kleptomanen handeln. In einem solchen Fall wäre es nicht unbedingt wichtig, aus welcher Zeit oder Kategorie sie stammen. Es gab da mal einen wirklich lieben alten Mann namens Jonathan Wilberforce – er ist mittlerweile verstorben –, der sich dezent drei unserer Elzevirs in die Tasche gesteckt und Quinling's um ein paar ungewöhnlich seltene Pamphlete aus dem siebzehnten Jahrhundert erleichtert hat. Es dauerte etwa drei Monate, bis jemand auf den Gedanken kam, dass er der Schuldige sein könnte. Wir ließen ihn die gestohlenen Exemplare behalten – wir hatten ihn alle sehr ins Herz geschlossen –, aber wir haben ihn nie wieder in einem Raum allein gelassen. Aber zurück zum Thema. Die zweite mögliche Antwort auf unser Problem ist, dass der Dieb einen recht ungewöhnlichen Absatzmarkt für die Bücher gefunden hat. Dafür müsste er sich in der Branche aber sehr genau auskennen. Hervorzuheben ist auch der Umstand, dass die kürzlich gestohlenen Bücher alle englische Bücher waren und daher in Butchers Spezialgebiet fielen. Daher könnten sie auch für einige der Kunden von Interesse sein, mit denen er üblicherweise Kontakt hatte.«

»Das stimmt. Aber er würde nur wenige Kunden finden, die so unwissend sind und so wenige Fragen stellen wie Pilton.«

»Sehr wenige. Aber, Sally, ich glaube nicht, dass Unwissenheit eine notwendige Qualifikation für Butchers Absatzmarkt ist. Vielmehr glaube ich, dass er, falls er tatsächlich vorhatte, Diebesgut an Pilton zu verkaufen, ein wenig den Kopf verloren hatte. Vielleicht hatte ihn der Erfolg übermütig werden lassen. Sie haben gesagt, Pilton gehöre zu der Art von Menschen, die vor ihren Freunden gerne ein bisschen angeben. Aber was wäre wohl passiert, wenn er den Colet mit der persönlichen Inschrift bei seinen Freunden herumgezeigt hätte? Früher oder später hätte jemand, der wirklich über Bücher Bescheid weiß, davon gehört, und dann hätte es die gesamte Bücherwelt erfahren, und Lincoln's würde ihn fragen, wo zum Teufel er dieses Buch herhat. Ich könnte mir vorstellen, dass Butcher glaubte, Pilton würde entweder freiwillig den Mund halten, falls er herausfand, dass das Buch gestohlen worden war, oder er könnte ihn irgendwie hinreichend einschüchtern, damit er dichthält. Eine vollkommen falsche Einschätzung, würde ich sagen. Aber Butcher war schon immer ein außerordentlich schlechter Menschenkenner. Wie auch immer, es ist möglich, dass er bei seinen anderen Kunden eine klügere Wahl getroffen hat. Es gibt Sammler – wenn auch nicht besonders viele –, denen es egal ist, auf welche Weise sie an ein Buch gelangen und was sie dafür bezahlen müssen, solange sie es nur in die Finger bekommen.«

»So wie Francis«, sagte Sally. »Johnny, falls Francis wissentlich Diebesgut von Butcher entgegengenommen hat, könnte Butcher ihn damit erpresst und so gezwungen haben, den Diebstahl bei Lincoln's für ihn zu erledigen. Eines der gestohlenen Bücher war Mulberrys *Arkadien* von 1585, das Soper's gestohlen wurde. Gut möglich, dass Francis das unbedingt haben wollte.«

»Und ... mal sehen ... da gab es noch Griers *Leidenschaftliche Geliebte*, die aus Mumford's Beständen verschwunden ist. Dieser Diebstahl geschah Ende letzter Woche. Interessiert sich Francis für Dramen der Restaurationszeit? Nein, bei Gott, das tut er womöglich nicht, aber wir wissen, wer sehr wohl ein Interesse daran hat. Professor Harborne. Ein weiterer Kunde, der sich weigerte, eine Nachricht für Butcher zu hinterlassen, als er ihn sprechen wollte, und der sich sehr seltsam verhalten hat.«

»Ja, und er ist am nächsten Tag wiedergekommen, und als ich ihm sagte, dass Butcher tot sei, dachte ich, er würde in Ohnmacht fallen. Und auch er wollte Mr Charles nicht sprechen.«

»Interessant«, sagte Johnny. »Ich frage mich, ob der Brief, den Butcher per Sonderzustellung erhielt, von Francis oder Harborne stammte. Ich bezweifle zwar, dass Butcher den Professor als Komplizen bei den Diebstählen benutzen würde, dafür wäre der viel zu nervös. Aber gemeinsam mit Francis und Carlington und ein wenig Glück konnte er sehr weit kommen. Carlington wäre natürlich in anderen Buchhandlungen nicht ganz so nützlich, wie er es bei Lincoln's war, andererseits ist er in der Branche wohlbekannt, weshalb man ihm wahrscheinlich nahezu überall Einlass gewähren würde.«

Sally nickte. Dann sagte sie langsam: »Könnte Butcher am Dienstagabend auf Carlington gewartet haben? Darauf, dass er ihm den Colet bringt? Könnten sie sich gestritten haben – vielleicht über Carlingtons Anteil?«

»Schon möglich«, sagte Johnny. »Es wäre nicht besonders riskant für die beiden, sich auf diesem Wege zu treffen. Aber es scheint nicht sehr wahrscheinlich, dass Carlington über das Messer Bescheid wusste, und warum sollten sie bis so spät am Abend damit warten? Spätestens um halb sieben hatte jeder andere Mitarbeiter den Laden verlassen. Erinnern Sie sich an die Aussage von Gladys, der Kellnerin! Nachdem Butcher Heldar's gegen Viertel nach fünf verlassen hatte, ist er gegen halb sechs in der ›Weintraube‹ eingetroffen. Es ist anzunehmen, dass er Heldar's etwa eine Viertelstunde vor der Öffnungszeit des Pubs verlassen wollte, selbst wenn er nicht durch den Streit dazu genötigt worden wäre. Und als er ›Die Weintraube‹ betrat, da sah er, wie Gladys sich ausdrückte, so aus, als würde er vor Selbstzufriedenheit triefen, und sie vermutete, dass ihm ein besonders gutes Geschäft gelungen war. Nehmen wir an, er hätte auf dem Weg zum Pub bei Carlington vorbeigeschaut und bei dieser Gelegenheit den Colet abgeholt? Carlington hat übrigens keine Angestellten im Laden. Das wäre doch tatsächlich ein extrem gutes Geschäft gewesen und vollkommen ausreichend, um seinen geknickten Stolz wieder aufzurichten, denke ich. Und jetzt fragen Sie mich bitte nicht, was ich mittlerweile von dieser Geistergeschichte halte. Diese Frage kann ich unmöglich beantworten. Es sei denn, ich werde ordentlich vorgewarnt!«

ACHTES KAPITEL

Was sich dann am Montagnachmittag ereignete, brannte sich für lange Zeit in Sallys Gedächtnis ein wie ein Albtraum, den man einfach nicht vergessen kann.

Um kurz nach halb zehn trafen Prescott und Stanton im Geschäft ein. Sie wurden von einem weiteren Mann in Zivil begleitet. Die Kommissare gingen in das Büro, in dem Mr Charles und Johnny wie gewöhnlich zusammen mit Vater William die allmorgendliche Korrespondenz durchgingen. Der dritte Mann blieb im Flur stehen. Sally empfand seine Gegenwart als beunruhigend. Seit dem Tag von Freds Selbstmordversuch war Prescott immer allein in den Laden gekommen. Mit einem Gefühl, das an Panik grenzte, fragte sie sich, ob diese Verstärkung bedeutete, dass er jemanden verhaften wollte. Überraschenderweise war Mrs Weldon an diesem Vormittag wieder an ihren Arbeitsplatz zurückgekehrt.

Miss Mundle kam aus dem Büro. Sie warf dem Mann in Zivil einen kurzen Blick zu, schaute dann Sally an und ging schließlich durch die Tür, die zur Kellertreppe führte. Offenbar hatte man sie aus dem Zimmer geschickt.

Die beiden Kommissare hielten sich etwa eine Viertelstunde in dem Büro auf. Dann kamen sie wieder heraus, gefolgt von den Partnern. Vater Williams Schultern waren ein wenig gebeugt. Mr Charles war totenblass. Schließlich war Mrs Weldon jahrelang seine Sekretärin gewesen, dachte Sally. Johnnys Gesicht hatte einen seltsam grimmigen Ausdruck. Er blieb hinter den anderen zurück und sah Sally kurz an, bevor er die Treppe hinaufstieg, als wollte er ihr bedeuten, sich zu wappnen. Der Mann in Zivil folgte der Gruppe nach oben.

Es kam ihr vor, als würden mehrere Stunden vergehen, bevor sie wieder nach unten kamen. Aber es waren in der Zwischenzeit nur zwei Kunden gekommen und wieder gegangen, und laut Uhr waren gerade mal fünfunddreißig Minuten vergangen, als sie die Schritte hörte.

Prescott erschien als Erster, danach Stanton. An Stantons Seite ging Tim. Er trug Handschellen und war so kreidebleich wie zuvor sein Vater. Er sah Sally nicht an. Prescott öffnete die Tür zur Kellertreppe und ging voraus.

Wenig später kam Mr Charles im Mantel die Treppe hinunter. Er ging wie ein alter Mann. Er sah Sally an und sagte freundlich: »Machen Sie nicht so ein Gesicht, Kind. Der Junge ist unschuldig. Das ist alles ein Irrtum. Sie werden ihn bald wieder freilassen.«

»Natürlich ist er unschuldig«, sagte Sally. Ihre Stimme zitterte.

Mr Charles schaffte es tatsächlich, sie anzulächeln. Dann verließ er den Laden, und sie sah, wie er sich nach einem Taxi umschaute. Wahrscheinlich würde er jetzt Tims Mutter berichten, was gerade vorgefallen war.

***

Johnny ging zusammen mit Vater William zurück in dessen Büro, kam jedoch schon bald wieder heraus und betrat den Laden. Zu Sallys Überraschung legte er ihr einen Arm um die Schulter, zog sie fest an sich und ließ sie dann wieder los.

»Sie wollen sicher erfahren, was geschehen ist«, sagte er.
»Ja, bitte.«
»Nun, es scheint so, als wäre, wie wir schon alle vermutet hatten, bis Samstagnachmittag Mrs Weldon Prescotts Lieblingsverdächtige gewesen. Das Einzige, was ihn davon abhielt, sie zu verhaften, war Alfs Aussage über die entriegelte Hintertür. Er schlussfolgerte, so wie wir das auch taten, dass die Tür wahrscheinlich entsperrt worden war, um die Polizei irrezuführen, und zwar von jemandem, der später an diesem Abend mithilfe eines Schlüssels zurückkehren wollte. Er war sich jedoch nicht absolut sicher, dass Mrs Weldon tatsächlich keinen Schlüssel besaß, auch wenn sie ihm das natürlich gesagt hatte. Carlington konnte nicht beschwören, dass sie nur am Türgriff gedreht und dann das Haus betreten hat. Er meinte, sie hätte vorher vielleicht geklingelt, aber sie hätte auch die Tür aufschließen können. Prescott wusste, dass er, wenn es ihm nur gelänge, einen Schlüssel zur Hintertür in ihrem Besitz zu finden, eine lückenlose Anklage gegen sie erheben könnte. Daher hat er, als sie am Samstagnachmittag zu Brownlows Beerdigung ging, ihre Wohnung durchsucht. Und dort fand er tatsächlich einen Schlüssel – in einer Schublade unter einem Stapel Kleider. Aber er erkannte sofort, dass es sich dabei um Tims Schlüssel zur Vordertür handelte – oder besser gesagt, um den Schlüssel, den Tim sich von Onkel Charles ausgeliehen hatte. Als er Tim am Mittwochvormittag gefragt hatte, ob

er einen Schlüssel besäße, hatte Tim ihm den Schlüssel gezeigt. Er hat eine kleine Kerbe im Metall, etwa auf halber Höhe des Schlüsselblatts, die man unmöglich übersehen kann. Er kam zum Laden, hat den Schlüssel an der Vordertür ausprobiert und festgestellt, dass er passte.

Mrs Weldon hatte das Haus jedoch durch die Hintertür betreten und nicht durch die Vordertür. Außerdem hatte Tim diesen Schlüssel am Mittwochvormittag noch in seinem Besitz gehabt, und falls sie ihn sich ausgeborgt oder gestohlen hatte, scheint es höchst unwahrscheinlich, dass sie in der Zwischenzeit eine Gelegenheit gehabt hätte, ihn Tim wieder zurückzugeben. Schließlich waren sämtliche Mitglieder der Belegschaft unter polizeilicher Überwachung im Laden versammelt, bis man sie verhört hatte. Als Prescott dann gestern Abend zu den Lendicotts ging und Mrs Weldon mit dem Fund des Schlüssels konfrontierte, hat ihn ihre Reaktion – wie er sagte – davon überzeugt, dass sie nichts von dessen Gegenwart in ihren Sachen wusste. Er hatte ihr bis dahin Zeit gegeben, damit sie sich von der Beerdigung erholen konnte. Außerdem machte er sich anscheinend keine Sorgen, dass Tim unter den gegebenen Umständen die Flucht ergreifen könnte, und wahrscheinlich wollte er auch noch weitere Informationen über ihn einholen. Wie dem auch immer sei, er gelangte zu der Überzeugung, dass es nur eine Möglichkeit gab: Tim hatte den Schlüssel in Mrs Weldons Wohnung versteckt, um ihr die Sache in die Schuhe zu schieben. Er wollte, dass die Polizei ihn findet und dann glaubt, sie sei die Schuldige. Prescott fand, dass es recht dumm von Tim war, den Schlüssel zur falschen Tür versteckt zu haben, aber Tim besaß natürlich keinen Schlüssel zur Hintertür. Und vielleicht, so dachte

Prescott, war ihm ja auch eine etwas konfuse Version von Mrs Weldons nächtlichem Besuch im Laden zu Ohren gekommen, die ihn zu der Überzeugung hatte gelangen lassen, dass es der Schlüssel zur Vordertür auch tun würde. Prescott meinte, es gebe Anzeichen dafür, dass jemand heimlich das Schloss der Haustür und das in Mrs Weldons Schlafzimmertür aufgebrochen habe, und er wisse ganz genau, wann das passiert sei. Mrs Weldon hat das Haus um zehn nach zwei verlassen, um zur Beerdigung ihres Bruders zu gehen, und der Mann in Zivil, der zu ihrer Beobachtung abgestellt worden war, sei ihr in respektvoller Entfernung in einem Taxi gefolgt. Prescott selbst ist erst gegen halb drei Uhr dort eingetroffen. Tim hat an jenem Tag aus irgendeinem Grund allein im Stadtzentrum zu Mittag gegessen, und zwar ausgerechnet in dem Eckrestaurant in der Coventry Street. Nicht, dass ich etwas gegen Eckrestaurants einzuwenden hätte, aber es gibt natürlich nicht die geringste Hoffnung, dass sich während der Mittagszeit an einem Samstag irgendjemand daran erinnern kann, ihn dort gesehen zu haben. Er ist erst nach zwei Uhr von dort aufgebrochen, aber das wird er nie im Leben beweisen können. Er hat tatsächlich ein unglaubliches Pech mit seinen Alibis.«

»Jemand muss ihm den Schlüssel gestohlen haben«, sagte Sally. »Wann hat er ihn zum letzten Mal gesehen?«

»Soweit er sich erinnern kann, am Freitagnachmittag, als er gegen drei Uhr von Christie's zurückkehrte. Am Samstagvormittag und auch heute Morgen sind er und Onkel Charles wie gewöhnlich zusammen eingetroffen, und da hat Onkel Charles seinen eigenen Schlüssel benutzt. Tim hatte keine Ahnung, dass er seinen Schlüssel verloren hatte, bis Prescott ihm das Ding vor die Nase hielt. Er dachte, er hätte ihn übers Wochenende in der Tasche seines blauen Anzugs gelassen. Falls ihn jemand gestohlen hat, dann muss es wohl jemand von hier gewesen sein, und zwar entweder am Freitagnachmittag oder am Samstagvormittag. Aber Tim meint, er hätte den Schlüssel nicht einfach so herumliegen lassen. Soweit er weiß, befand sich der Schlüssel die ganze Zeit in seiner Hosentasche.«

»Dann muss sich jemand als Taschendieb betätigt haben.«

»Ja, das haben wir auch gesagt. Aber Prescott fand den Vorschlag, es könne sich ein gelernter Taschendieb unter unseren Mitarbeitern befinden, nicht gerade überzeugend, was man ihm vielleicht auch nicht unbedingt zum Vorwurf machen kann.«

»Befanden sich Fingerabdrücke auf dem Schlüssel?«

»Anscheinend nicht. Aber falls Tim ihn tatsächlich dort versteckt hätte, wäre er natürlich klug genug gewesen, den Schlüssel abzuwischen.«

»Könnte er gewusst haben, dass das Ganze diese Wendung nehmen würde, und den Schlüssel dort versteckt haben, um Mrs Weldon zu retten?«

Johnny lächelte schwach. »Das ist in etwa so wahrscheinlich, wie dass er ihn versteckt hat, um sich selbst zu retten. Nein, Sally, ich war dabei, als Prescott ihn damit konfrontiert hat, und ich könnte beschwören, dass er mit dieser Wendung nicht gerechnet hat.«

Nach einem kurzen Moment des Schweigens sagte Sally: »Dann ist Prescott tatsächlich davon überzeugt, dass Tims Verhalten am Freitagnachmittag einem raffinierten Plan folgte, bei dem er der Polizei weismachen wollte, er habe Butcher nicht ermordet, indem er vorgab, ihn ermordet zu haben?«

»Ich fürchte ja. Aber der Plan musste nicht unbedingt ganz so raffiniert sein – Prescott hat nicht den Fehler gemacht, Tim auf eine Stufe mit Machiavelli zu stellen. Falls er alles mitangehört hat, was Tim zu uns gesagt hat, dann muss ihm klar geworden sein, dass es sich hier nicht um Raffinesse handelte, sondern einfach nur um Arglosigkeit. Er denkt wohl, Tim habe ihm nur aus dem Grund ein schwaches Motiv genannt, um seine Aufmerksamkeit von einem sehr viel stärkeren Motiv abzulenken.«

»Aber was soll das sein? Tim hatte doch gar kein stichhaltiges Motiv.«

»Nein«, sagte Johnny. »Wir wissen, dass er keins hatte. Aber ich denke, es gibt etwas, das Sie erfahren sollten, Sally: Tim ist im vergangenen Semester in Oxford in Schwierigkeiten geraten. Es war nichts wirklich Schlimmes, aber auf jeden Fall die Art von Angelegenheit, von der man seiner Familie lieber nichts erzählt, wenn man es irgendwie vermeiden kann. Prescott hat diese Geschichte im Laufe der Ermittlungen herausgefunden, die er zu sämtlichen in den Fall verwickelten Personen angestellt hat. Er hat ebenfalls herausgefunden, dass Butcher unmittelbar nach besagtem Vorfall in Oxford war, um sich dort Sir John Woolcots Bibliothek anzusehen. Dieser Zufall ist Prescott aufgefallen, und er hat Tim heute früh gefragt, ob Butcher zu diesem Zeitpunkt von Tims Schwierigkeiten Kenntnis gewonnen habe. Tim hat auf seine unverbesserlich ehrliche Weise mit Ja geantwortet. Butcher sei ihn im College besuchen gekommen und habe auf nicht besonders intelligente Weise versucht, ihn zu erpressen. Tim hat ihm gesagt: ›Schön, nur zu! Erzählen Sie es meinem Vater, und ich werde ihm dann von dieser kleinen Unterhaltung hier erzählen‹, und dann hat er ihn rausgeschmissen. Butcher hat den Erpressungsversuch nie wiederholt. Aber natürlich glaubt ihm Prescott das nicht.«

* * *

Prescott war taktvoll genug gewesen, Tim durch die Hintertür abzuführen, aber auch wenn die Öffentlichkeit noch nicht von seiner Verhaftung erfahren hatte, so wusste doch die gesamte Belegschaft Bescheid. Während der Mittagspause weinten Betty und Miss Bates oben in der Damentoilette – und offenbar auch nicht zum ersten Mal. Die Augen der Kleinen Liza waren gerötet, aber mittlerweile hatte sie sich in eine waschechte Londoner Wut hineingesteigert. Mrs Weldon schwieg mit versteinerter Miene. Unten im Keller sah es nicht besser aus. Alf wirkte schwer betroffen und der Kleine Billy vollkommen verängstigt. Selbst Miss Mundle war offenbar erschüttert. Sie war es auch, mit der Sally zu Mittag aß, nachdem sie die Einladung der anderen Schreibkräfte erfolgreich abgewehrt hatte. Weil sie sich in einem öffentlichen Raum befanden, konnten sie nicht über die Verhaftung reden, und beide brachten kaum etwas von dem Essen herunter. Auf dem Rückweg blieb Miss Mundle plötzlich vor einer anderen Buchhandlung stehen und sagte leidenschaftlich: »Es ist unmöglich, Sally. Ich habe sie alle gekannt. Den Gründer von Heldar's – den großen alten Mann –, Vater William, Mr Henry, den jungen John und den jungen Dicky, Mr Charles, Johnny – und jetzt Tim. Ich könnte mir allenfalls vorstellen, dass einer von ihnen jemanden in einem Anfall von Wut tötet – dazu wären viele Menschen fähig –, aber selbst das würde ich bezweifeln.

Aber nicht ein Einziger von ihnen wäre zu einer solch bösen Tat fähig – und es dann auch noch einer Frau in die Schuhe schieben zu wollen. Das ist einfach nicht ihre Art.«

Sally wusste, dass sie recht hatte. Aber Prescott würde einem Argument wie diesem gewiss kein Gehör schenken.

Der Nachmittag war qualvoll und ging nur sehr schleppend vorüber. Vater William, erzählte Miss Mundle, habe sich geweigert, das Geschäft zu schließen. »Damit ist diese Geschichte noch nicht vorbei, bei Weitem nicht«, hatte er gesagt. »Es gibt keinen Grund, die Rollläden runterzulassen, als wäre das das Ende.« Wenn Vater William so weitermachen konnte, als wäre nichts geschehen, dann konnten alle anderen das auch. Also kümmerte Sally sich um die Kunden und tat ihr Bestes, sich so zu verhalten, als wäre alles so wie immer.

Johnny hatte am Vormittag gesagt, dass er Prescott nichts von der Butcher-Francis-Carlington-Theorie erzählt habe, weil sie nicht die geringsten Beweise dafür hatten. Aber er war offenbar fest entschlossen, welche zu finden, falls möglich, und Sally blieb noch im Laden, nachdem dieser bereits geschlossen hatte, in der Hoffnung, Johnny hätte ihr vielleicht etwas zu berichten. Er kam kurz vor halb sechs nach unten, aber sehr viel Neues konnte er ihr nicht erzählen. Patrick Lincoln hatte ihm in vorsichtigen Worten am Telefon berichtet, dass er noch einmal mit Barnet und Miss Coates gesprochen habe. Barnet hatte Butcher anscheinend flüchtig gekannt und war sich ziemlich sicher, dass er ihn am Dienstag nicht im Lincoln's gesehen hatte – und auch einigermaßen sicher, dass er ihn in den ein oder zwei Monaten vor seinem Tod nicht zu Gesicht bekommen hatte. Miss Coates schien ihn nicht einmal vom Sehen gekannt zu haben, und nachdem Patrick sie einer geduldigen und diskreten Befragung unterzogen hatte, gelangte er zu der Überzeugung, dass Butcher am Dienstag zwischen zwölf und ein Uhr nicht im Laden gewesen war.

»Und damit sind wir mehr oder weniger wieder am Anfang«, sagte Johnny. »Ich gehe jetzt zur ›Weintraube‹, Sally. Ich möchte Gladys fragen, ob Butcher und Carlington jemals zusammen dort erschienen sind – ich habe Carlington ein- oder zweimal dort gesehen. Ich werde Sie nicht bitten, mich zu begleiten, denn ich habe gehört, dass die Reporter anscheinend Wind davon bekommen haben, dass Butcher dort verkehrt hat. Aber wenn es Ihnen nichts ausmacht, ein wenig zu warten, dann komme ich danach wieder hierher zurück und erzähle Ihnen, was ich dort in Erfahrung gebracht habe, und wir können irgendwo anders noch kurz etwas trinken gehen. Ich wünschte, ich könnte Sie bitten, mit mir zu Abend zu essen, aber ich möchte Vater William heimbringen. Er ist nach Kensington gefahren, um Onkel Charles und meine Tante zu besuchen, und ich werde ihn dort gegen halb sieben abholen.«

Nachdem er den Laden verlassen hatte, ging Sally in Vater Williams Büro, um ein Nachschlagewerk zurückzubringen, das dort seinen Platz hatte. Miss Mundle packte gerade ihre Sachen zusammen. Sie sah aus, als hätte sie geweint. Sally fiel im Augenblick nichts ein, womit sie sie hätte trösten können, aber sie blieb immerhin noch etwas dort und unterhielt sich mit ihr. Nach einer Weile seufzte Miss Mundle und sagte: »Tja, ich sollte wohl jetzt besser nach Hause gehen. Ich räume nur noch das hier fort, und dann bin ich so weit fertig.«

Das Buch, das sie in die Hand nahm, war ein vage vertraut

wirkender Oktavband mit einem roten Stoffeinband. Sally schaute genauer hin und sagte dann: »Ah, der Hughes.«

»Ja, meine Liebe. Dieser schreckliche Mann hatte sich das Buch ausgeliehen. Er hat es heute früh wieder zurückgebracht.«

»Lassen Sie mich das übernehmen«, sagte Sally. »Ich weiß, wo es hingehört.« Sie wollte sich den Hughes nochmal ungestört anschauen, auch wenn sie nicht wusste, was sie darin zu finden hoffte. Es war wahrscheinlich nur einer dieser irrationalen Impulse.

»Das ist sehr nett von Ihnen, meine Liebe«, sagte Miss Mundle. »Ich bin tatsächlich ein wenig müde heute Abend.«

Als Sally in dem staubigen Raum neben der Versandabteilung angelangt war, schlug sie Hughes' Bericht über den Geist der Nummer zweihundert auf und überflog rasch die dazugehörigen Seiten. Doch es gab nichts Ungewöhnliches darin zu entdecken – keine Bleistifteinzeichnungen oder Ähnliches. Gegen jede Vernunft verspürte sie eine große Enttäuschung.

Sie erinnerte sich ziemlich genau, wo das Buch gestanden hatte, oder zumindest genau genug, fand sie. Irgendwo am rechten Ende des obersten Regals, in dem die zeitgenössischen Werke über das Okkulte standen, von denen die meisten in Leinen eingebunden waren. Darüber gab es noch zwei weitere Regale mit älteren Werken zu diesem Thema, die größtenteils in Leder eingebunden waren. Als sie den Hughes an seinen Platz stellte, fiel ihr ein altes Buch auf, etwas kleiner als die anderen Exemplare in diesem Regal und mit einem recht abgenutzten Ledereinband. Auch stand kein Titel auf dem Einband. Kleinformatige alte Bücher machten sie immer neugierig, und sie verspürte jedes Mal den Drang, sie aufzuschlagen. In dieser Hälfte des Raumes war das Licht nicht besonders gut, aber das Material des Einbands war so weich und abgenutzt, dass es sich höchstwahrscheinlich um Schafsleder handelte. Vielleicht rief das unwillkürlich eine Erinnerung in ihr wach. Sie zog das Buch aus dem Regal und schlug die Titelseite auf. Im ersten Moment konnte sie nicht glauben, was sie dort sah.

DIE
ANATOMIE
DER
HERRSCHAFTSGEWALT

AUS DER
FEDER
EINES GENTLEMANS

Unten auf der Seite stand nur das Datum: 1649. Und dazwischen war mit verblasster brauner Tinte und in einer eleganten, ganz offenbar aus dem siebzehnten Jahrhundert stammenden Handschrift folgende Inschrift eingetragen:

Dieses Buch wurde von meinem verehrten Herrn Vater verfasset, den ich in teuerster Erinnerung behalte, Sir Roger Colet, hochwohlgeborener Ritter des Königreichs, aus Farington in der Grafschaft von Oxford.

William Colet, Gentl.
Im Juni 1660

* * *

Sally drehte sich auf dem Absatz um und rannte mit dem Buch in der Hand aus dem Raum, den Flur entlang und die Treppe hinauf. Genau in dem Moment, in dem sie den Laden erreichte, schloss Johnny gerade die Vordertür auf.

»Was ist passiert, Sally?«, fragte er rasch und kam mit großen Schritten zu ihr hinübergelaufen.

Das schnelle Laufen und die Aufregung hatten ihr den Atem verschlagen. Alles, was sie hervorbrachte, war: »Johnny!« Sie hielt ihm das Buch entgegen.

Er schaute auf den Titel und sagte: »Guter Gott! Wo haben Sie das gefunden?«

Sie erzählte es ihm. Er nickte. »Kein schlechtes Versteck: unter lauter anderen Büchern, die in etwa dieselbe Größe und einen ähnlichen Einband haben. In dem Raum ist überdies das Licht trüb, er wird selbst von Mitgliedern der Belegschaft nur selten betreten, und es wird dort kaum jemals abgestaubt. Das Büchlein hätte gut und gern bis zur nächsten Inventur unentdeckt bleiben können, also fast ein ganzes Jahr. Die Inventur dieses Raumes ist erst zu Beginn der letzten Woche gemacht worden.« Er lächelte und zitierte G. K. Chesterton: »Wo versteckt ein weiser Mann einen Kieselstein? Am Strand. Wo versteckt ein weiser Mann ein Blatt? Im Wald.«

Dann wandte er sich wieder praktischeren Dingen zu. »Nun, das ist auf jeden Fall ein Beweis für unsere Theorie, Sally. Es sieht so aus, als habe Butcher es dort selbst versteckt. Er wollte offenbar warten, bis Pilton wieder auftauchte. Es mag zwar in seinem eigenen Büro auch sicher genug aufgehoben gewesen sein, und dort hätte er es immer im Auge gehabt. Aber Onkel Charles oder irgendjemand anderes hätte auf der Suche nach einem Buch in sein

Büro kommen können, während er selbst nicht da war, und es dann zufällig entdecken können. Der Raum mit den Büchern über das Okkulte wird von allen Räumen in diesem Haus am seltensten betreten, und falls der Colet dort zufällig entdeckt worden wäre, hätte es keinerlei Beweise gegeben, die ihn damit in Verbindung hätten bringen können. Er wusste auch, dass dort gerade Inventur gemacht worden war, weil er selbst sie gemacht hatte, und zwar am Dienstag, also am Tag seines Todes.« Johnny schwieg einen Moment, während er das Buch sehr behutsam in seinen großen Händen hielt.

»Die einzige andere Möglichkeit«, fuhr er fort, »wäre, dass der Mörder das Buch dort versteckt hat, wahrscheinlich, nachdem er es in Butchers Büro gefunden hat. Und das wiederum würde nahelegen, dass der Mörder in den Diebstahl verwickelt war, denn ansonsten hätte er keinen Grund dazu, das Buch zu verstecken. Wenn er sich in der Branche auskannte, wusste er, dass jeder Versuch, es zu verkaufen, äußerst gefährlich war – es sei denn, er hätte sich an Butchers Kundenkreis gewandt. Aber auch das wäre ein ziemlich riskantes Unterfangen gewesen. Also hatte er möglicherweise Angst, das Buch in seinem Besitz zu behalten. Am sichersten wäre es natürlich gewesen, es zu zerstören, was wiederum ein sehr überzeugendes Argument gegen die Theorie wäre, dass es der Mörder war, der das Buch versteckt hat. Ich persönlich bezweifle ja, dass sich irgendein echter Buchhändler dazu durchringen könnte, so etwas wie dieses Buch hier zu zerstören. Obwohl, bei jemandem, der sich dazu überwinden kann, ein Menschenleben zu zerstören, sind derartige Zweifel womöglich unangebracht. Er könnte auch im Nachhinein noch Gewissensbisse empfunden haben, falls das Buch das Eigentum seiner früheren Arbeitgeber war. In diesem Fall wäre der Mörder natürlich Carlington. Falls Philip Francis uns nicht ganz unverfroren etwas vorgespielt hat, wusste er nichts von Butchers Tod, bis Liza ihm davon erzählt hat, und ich bin mir sehr sicher, dass er das Buch in seinem Besitz behalten hätte – es würde doch genau in sein Gebiet fallen, nicht wahr? Ich weiß nicht, inwieweit Carlington mit unseren Räumlichkeiten vertraut ist, aber da er sich mit Buchhandlungen im Allgemeinen auskennt, ist es sehr wohl möglich, dass er sich den richtigen Ort für sein Versteck ausgesucht hätte, auch wenn er hinsichtlich der Frage der Inventur ein großes Risiko eingegangen wäre, es sei denn, Butcher hätte ihm zufällig erzählt, dass er damit in diesem Raum bereits fertig war. Er könnte auch gewusst haben, dass wir mit unserer Inventur immer recht pünktlich sind, aber selbst bei uns stehen um diese Zeit des Jahres die Chancen in etwa eins zu eins, dass die Inventur in den jeweiligen Räumen entweder schon gemacht wurde oder jeden Moment gemacht wird. Und dieser Prozedur entkommt kein einziges Buch. Es ist zwar möglich, dass er daran überhaupt nicht gedacht hat, aber ich halte es dennoch für sehr viel wahrscheinlicher, dass Butcher das Buch selbst dort versteckt hat.«

»Das denke ich auch«, sagte Sally. Sie streckte die Hand aus und berührte sanft das abgegriffene Schafsleder.

»Wir bringen es besser nach unten in den Tresorraum. Ich muss Vater William von diesem Fund berichten. Und außerdem denke ich, es ist an der Zeit, dass er von unserer Theorie erfährt. Darüber hinaus wäre es nur recht und billig, dass der alte Herr Lincoln sofort darüber in Kenntnis gesetzt wird, dass wir sein Eigentum sichergestellt haben. Aber man wird ihn davon abhalten müssen, es sofort abzuholen, denn es wird sicherlich als Beweisstück in der polizeilichen Ermittlung benötigt. Gott sei Dank ist es nicht meine Aufgabe, dem alten Herrn entgegenzutreten. Das muss Vater William übernehmen.«

»Ein Beweisstück in der polizeilichen Ermittlung. Natürlich. Und ich habe es überall berührt.«

Johnny grinste. »Das habe ich auch. Das war halt Pech. Aber ich glaube keine Sekunde lang, dass sich irgendwelche anderen Fingerabdrücke darauf befinden, ganz gleich, wer es versteckt hat. Butcher wäre ein solches Risiko sicher nicht eingegangen, und der Mörder erst recht nicht.«

»Johnny, wird das hier Tim helfen?«

»Ich hoffe es«, sagte Johnny ernst. »Jedenfalls letzten Endes. Wir sollten uns wohl noch heute Abend mit Prescott in Verbindung setzen. Aber obwohl dieser Fund nahelegt, dass Butcher für den Diebstahl des Colets verantwortlich war, gibt es noch keine Beweise dafür, dass auch sein Tod damit in Verbindung stand. Wir haben nichts in der Hand, womit wir die Indizien gegen Tim entschärfen könnten, und die sind ziemlich überzeugend. Aber keine Angst, irgendetwas wird garantiert auftauchen.«

»Sie haben von Gladys nichts Neues erfahren können?«

»Nichts, das uns von Nutzen wäre, fürchte ich. Butcher und Carlington kannten sich natürlich. Sie haben anscheinend gelegentlich zusammen etwas getrunken. Ich konnte Gladys keine allzu direkten Fragen stellen, aber ich habe ihr jede nur erdenkliche Gelegenheit zum Tratschen gegeben – etwa, um mir zu erzählen, dass die beiden das ein oder andere Mal eng zusammengesessen und vertraulich geflüstert haben –, doch das tat sie nicht. Sie scheinen sich ganz wie zwei ehrliche Männer verhalten zu haben, die in derselben Branche arbeiten und die zufällig im selben Lokal aufeinandertreffen. Natürlich hätten sie sich auch so verhalten, wenn es sich bei ihnen eben nicht um zwei ehrliche Männer handelte. Aber das bringt uns nicht weiter. Lassen Sie uns dieses Buch in Sicherheit bringen.«

Johnny besaß einen Schlüssel zu der Schublade in Vater Williams Schreibtisch, in der wiederum der Schlüssel zum Tresorraum aufbewahrt wurde. Bei dem Tresorraum handelte es sich um einen mit Stahl verkleideten Verschlag, der von dem kleinen Raum im Keller abging, in dem die Protokolle der Buchauktionen und mehrere andere Nachschlagewerke aufbewahrt wurden. Johnny gab Sally den Colet zurück und öffnete die schwere Tür.

»Legen Sie ihn rein«, sagte er. »Sie haben ihn schließlich gefunden.«

NEUNTES KAPITEL

Um kurz nach halb zehn am nächsten Vormittag wurde eine Konferenz in Vater Williams Büro einberufen. Alle drei Partner nahmen daran teil, auch Mr Charles, der seine Kraft aus einer geheimen Heldar'schen Quelle geschöpft haben musste und auch heute wieder zur Arbeit erschienen war. Der alte Herr Lincoln, der ebenfalls geladen war und sich in einer herrlich grimmigen Verfassung befand, traf zusammen mit Patrick ein, der so gelangweilt wirkte wie eh und je. Als Nächstes trat Prescott in Erscheinung, zusammen mit seinem Fingerabdruckexperten und einem anderen Mann, den Sally noch nie zuvor gesehen hatte.

Schon bald darauf wurde sie ins Büro gerufen und gebeten, einen Bericht über ihren Fund abzugeben. Prescott ließ ein paar wohlgesetzte Worte dazu verlauten, wie ärgerlich es sei, wenn Beweisstücke mehr angefasst würden, als dies absolut notwendig sei, und dann nahm der Experte ihr ihre Fingerabdrücke ab. Daraufhin begab sich die gesamte Gruppe in den Raum mit den Büchern über das Okkulte, wo ihr weitere Fragen gestellt wurden, sowohl von Prescott als auch von dem neuen Polizeibeamten in Zivil, der, wie sie in der Zwischenzeit erfahren hatte, in dem Diebstahl des Colets ermittelt hatte. Er wurde mit »Kommissar Gunning« angesprochen und war ein großer, ruhiger, ausgeglichener

Mann – ein wohltuender Kontrast zu Prescott. Sally wurde zu Philip Francis' Besuch am Mittwoch befragt und zu Professor Harbornes Besuch am Donnerstag. Endlich sagte Prescott, er und Gunning würden jetzt gerne Miss Liza Chancer zu Mr Francis' zweitem Besuch befragen.

Der Fingerabdruckexperte blieb im Okkult-Raum zurück – vermutlich, um zu überprüfen, ob es in dem Bereich, in dem der Colet gestanden hatte, irgendwelche interessanten Abdrücke auf den Regalen gab – und der Rest der Gruppe ging wieder die Treppe hinauf. Nachdem die Kommissare weiter nach oben in Johnnys Büro gegangen waren, räusperte sich der alte Herr Lincoln vernehmlich und hielt zu Sallys Entsetzen eine kurze Rede zu ihren Ehren. Er dankte ihr feierlich für ihre Entdeckung des Colets und setzte sie sodann mit absoluter Diskretion davon in Kenntnis, dass er selbst, obwohl es ihm natürlich durchaus bewusst sei, dass sie in Mr William einen der wertvollsten Schirmherren besitze, die in der Branche zu finden seien, stets mit dem allergrößten Vergnügen alles für sie tun würde, was in seiner Macht stünde. Sally rang sich eine angemessene Antwort ab, hatte aber das Pech, in einem kritischen Augenblick Johnnys Blick aufzufangen. Patrick legte in seiner Reaktion einen gewissen Mangel an Respekt für seinen Erzeuger an den Tag, und in Vater Williams Augen war verstecktes Amüsement zu erkennen. Selbst Mr Charles wirkte leicht belustigt.

Nachdem die Lincolns und auch die Polizei gegangen waren, kam Johnny in den Laden.

»Tja«, sagte er. »Ich fürchte, es ist so, wie ich schon vermutet hatte. Die Polizei gibt zu, dass die Gegenwart des Colets in unserem Geschäft und auch die Geschichte mit

Pilton die Vermutung nahelegen, dass Butcher in den Diebstahl verwickelt war. Sie weisen darauf hin, dass wir keinerlei Beweise gegen Francis und Carlington in der Hand haben, aber sie sind gewillt, den beiden Herren auf den Zahn zu fühlen. Darin liegt natürlich unsere Hoffnung – dass im Laufe dieser Ermittlungen etwas auftauchen wird, durch das eine Verbindung zu dem Mord hergestellt werden kann. Im Augenblick neigt Prescott eher zu der Annahme, dass die Affäre mit dem Colet reiner Zufall ist. Und außerdem ...« Johnny runzelte leicht die Stirn. »Außerdem sind sich der alte Herr Lincoln und Patrick, die Carlington beide gut kennen, entschieden einig, dass er sich zwar eventuell zu einem Diebstahl hätte hinreißen lassen können, zu einem Mord jedoch absolut nicht den Mumm hätte.«

»Und Sie glauben, dass die beiden recht haben könnten?«

»Naja, ich würde vielleicht nicht viel auf die Meinung des alten Herrn Lincoln geben, aber Patrick, auch wenn es Ihnen schwerfallen mag, das zu glauben, ist ein ausgezeichneter Menschenkenner. Und wenn Patrick sich dazu herablässt, eine entschiedene Meinung zu vertreten, ganz egal wozu, dann verdient das auf jeden Fall Beachtung.« Er schwieg einen Moment. »Trotzdem habe ich da so eine vage Idee, was Carlington anbelangt. Ich glaube, wir sollten das jetzt wohl eher nicht besprechen, aber wenn Sie heute Abend sonst nichts vorhaben, könnte ich wieder herunterkommen, sobald der Laden geschlossen ist.«

***

Er kam um Viertel nach fünf nach unten und setzte sich auf eine Ecke von Sallys Schreibtisch.

»Ich habe lange über den Geist nachgedacht«, sagte er. »Und je länger ich darüber nachdenke, desto mehr gelange ich zu der Überzeugung, dass er in irgendeiner Verbindung zu dem Mord steht. Falls Liza und Mrs Weldon sich das nicht beide nur eingebildet haben, was mir nicht besonders wahrscheinlich vorkommt, dann ist er zu dem Zeitpunkt erschienen, zu dem Tims Ansicht nach das Messer verschwunden ist, und er erschien erneut neben Butchers Leichnam. Das mag reiner Zufall sein oder ein übersinnliches Phänomen, aber ich glaube eigentlich eher an eine physische Erscheinung.

Ich habe mich gerade in Butchers Büro umgesehen, und ich gebe Mrs Weldon recht, einen Geist aus Fleisch und Blut konnte sie unmöglich übersehen, sobald das Licht eingeschaltet war. Ganz kann man sich da natürlich nicht sicher sein, wenn man bedenkt, in welch aufgewühltem Zustand sie sich zu jenem Zeitpunkt befand. Der Raum ist, wie sie schon sagte, ziemlich klein, und es stehen nur sehr wenige Möbel darin. Es gibt einen großen Schrank, aber er hat innen Einlegeböden. Das einzig mögliche Versteck war hinter Butchers Schreibtisch, wobei Butchers Körper zusätzlich Deckung gewährt hätte. Aber der Schreibtisch ist nicht massiv wie dieser hier, sondern einer von diesen billigen Bürotischen, der rechts ein paar Schubladen und links gar nichts hat – und der Geist hätte sich zu Butchers Linken aufhalten müssen.

Also habe ich eine weitere Möglichkeit in Betracht gezogen. Sie mag ein wenig weit hergeholt klingen, aber hier ist sie: Wenn man den Raum betritt, befindet sich das Fenster in der rechten Wand – also in der längeren Wand, auch wenn man da nicht unbedingt von Länge sprechen kann. Der Schreibtisch steht im rechten Winkel dazu, aber sehr viel näher zur Tür. Butcher muss also im Bereich des Fensters gesessen haben. Das heißt, der Geist muss, als Mrs Weldon ihn sah, hinter Butcher gestanden haben, wobei er den Schreibtisch zwischen sich und der Tür hatte. Mit anderen Worten, er war weniger als einen Meter von der kürzeren Wand entfernt – also der Grenzmauer, die der Tür gegenüberliegt –, und als er sich von Mrs Weldon entfernte und in den Schatten trat, wie sie erzählt hat, da muss er sich also mehr oder weniger zu dieser Wand hinbewegt haben. Bringt Sie das auf irgendwelche Ideen? Ich rede von der Grenzmauer.«

»Eine Geheimtür?«, fragte Sally. Dann fügte sie hinzu: »Oh! Auf der anderen Seite dieser Grenzmauer befindet sich Carlingtons Laden – oder jedenfalls darunter.«

»Ganz genau. Die beiden oberen Stockwerke gehören jemand anderem. Sie waren früher einmal Büros, aber sie wurden beschädigt, als das Haus auf der anderen Seite von einer Bombe getroffen wurde, und sie sind seitdem nicht wieder instandgesetzt und daher auch von niemandem benutzt worden. Sie haben einen separaten Eingang von der Straße aus. Carlington muss deshalb eine separate Treppe auf der Rückseite seines Geschäfts haben, die in den ersten Stock hinaufführt. Es ist jedoch durchaus möglich, dass es im Innern des Gebäudes eine Verbindungstür gibt. Und das Haus nebenan ist in etwa so alt wie die Nummer zweihundert – es wurde ebenfalls Anfang des achtzehnten Jahrhunderts gebaut und ist daher sehr viel älter als die meisten anderen Häuser in dieser Straße.«

»Ja«, sagte Sally. »Und Butchers Büro befindet sich genau in dem Raum, in dem all diese Leute damals ermordet wurden – als die Nummer zweihundert noch ein Pub war. Es heißt, dass es immer in demselben Raum passiert ist, nicht wahr? Angenommen, es hätte einen Durchgang gegeben, und die Leute im Haus nebenan waren die Komplizen ...«

Johnny nickte. »Das wäre äußerst praktisch gewesen. Falls die Opfer überhaupt einen heimtückischen Angriff befürchteten, dann aus Richtung der Zimmertür. Es würde auch erklären, wie dieser Kerl, wie war nochmal sein Name – der Mann, der zum Geist wurde ...«

»George Swan.«

»Wie dieser George Swan es geschafft hat, zu der Ecke im Flur zu gelangen, bevor der Mörder ihn einholen konnte. Es wäre zwar nicht vollkommen unmöglich, dass er es nach draußen geschafft hätte, falls der Mörder durch die normale Zimmertüre gekommen ist, aber es ist ein schmaler Raum, und es hätte nicht viel Platz zum Ausweichen oder für einen Kampf gegeben. Der Plan ergibt sehr viel mehr Sinn, wenn der Mörder nicht genug Zeit hatte, um Swan den Weg zur Zimmertür zu verstellen. Und danach konnte man den Leichnam durch die Geheimtür aus dem Haus schaffen.«

»Das klingt sehr überzeugend«, sagte Sally. »Und, Johnny, es würde auch erklären, auf welche Weise das Messer verschwunden ist. Lizas Geist hat es an sich genommen, zwischen Viertel nach fünf und halb sechs, genau wie Tim dachte. Und er kam erst zu diesem Zeitpunkt durch die Geheimtür, weil er Butchers Büro nicht durchqueren konnte, solange dieser noch darin saß. Und er konnte wissen, dass Butcher nicht in seinem Büro war, weil Butcher eben erst bei ihm gewesen war, um sich den Colet abzuholen, und ihm bei dieser Gelegenheit erzählt hatte, dass er jetzt in ›Die Weintraube‹ gehe.« Sie hielt inne. »Natürlich nur gesetzt den Fall, die Lincolns irren sich und Carlington hätte doch den Mumm, einen Mord zu begehen.«

»Ja«, sagte Johnny. »Diese These hat Hand und Fuß. Und er hätte auch Mrs Weldons Geist sein können. Falls er sie von Butchers Fenster aus an der Hintertür stehen sah und nicht von seinem eigenen Fenster aus, dann hätte er mehr als genug Zeit gehabt, alles in Szene zu setzen. Wenn er sein Laken – oder was auch immer er benutzt hat – dabeihatte, wäre das sehr leicht gewesen. Und wenn er der Geist war, den Liza ein paar Stunden früher gesehen hatte, dann wäre das sogar sehr wahrscheinlich.«

Sally runzelte die Stirn. »Ja, aber falls er sie an der Hintertür gesehen hat, warum sollte er sich dann überhaupt diese ganze Mühe machen? Er könnte vermutet haben, dass sie in Butchers Büro kommen wollte, falls er gesehen hat, wie sie zu dem beleuchteten Fenster hochgeschaut hat, aber warum ist er dann nicht einfach durch die Geheimtür verschwunden und hat sie hinter sich geschlossen?«

»Ich weiß es nicht«, gab Johnny zu. »An diesen Aspekt hatte ich nicht gedacht.«

»Und da ist noch etwas. Würde Carlington über das Messer Bescheid wissen?«

»Das ist aber doch mein Spruch!«, sagte Johnny. »Aber ich lasse ihn für den Moment gern außer Acht. Und falls wir wirklich eine Geheimtür finden, vergesse ich ihn ganz.«

»Dann gehen wir doch mal nachschauen.«

»Das würde Ihnen nichts ausmachen?«

Sally schüttelte den Kopf.

»Also gut. Kommen Sie. Miss Mundle hat irgendwo eine

riesige Taschenlampe, oder? Gut möglich, dass wir die brauchen werden.«

* * *

Als sie zu besagter Ecke im Flur des Obergeschosses kamen, nahm Johnny Sally mit festem und beruhigendem Griff am Arm, während er die Tür zu Butchers Büro öffnete und das Licht einschaltete. Ihr Blick ging sofort zu dem Schreibtisch hinüber, und sie erinnerte sich nur allzu gut daran, wie Butchers Leichnam vornüber darauf ruhte. Aber weil Johnny neben ihr stand und auch wegen ihres neugewonnenen, regen Interesses an dem Raum, schaffte sie es, die Erinnerung daran in den hintersten Winkel ihres Gedächtnisses zu verbannen.

Das Büro war ihr nicht vertraut. Ähnlich wie alle übrigen weiblichen Angestellten hatte sie es so selten wie nur irgend möglich betreten. Es roch stark nach Staub und Ledereinbänden – fast so stark wie in den Kellerräumen, in denen sich Bücher befanden. Gut möglich, dass Mrs B den Raum nicht mehr hatte reinigen wollen, nachdem sie Butchers Leiche gefunden hatte. Aber der Raum wirkte viel zu ordentlich und trotz seiner geringen Größe – er sah aus, als könne er höchstens neun oder zehn Quadratmeter umfassen – fast leer. Die Papiere, die, wie Sally sich erinnerte, am Mittwochvormittag noch auf dem Schreibtisch gelegen hatten, waren alle verschwunden, und es standen nur noch ein paar Drahtkörbe darauf, zusammen mit Butchers Schreibmaschine, über die man die Abdeckung gebreitet hatte, zwei Tintenfässern und einem großen Blech-Aschenbecher. Alles war von einer dicken Staubschicht überzogen.

Hinter dem Schreibtisch stand ein Bürodrehstuhl, und in der Ecke rechts neben der Tür ein kleiner Tisch mit einem Stuhl davor. Am gegenüberliegenden Ende des Raums war ein uralter Kamin, wie er sich früher in Schlafzimmern befunden hatte, und in dessen Feuerstelle stand ein recht ramponierter elektrischer Heizkörper. Rechts daneben befand sich ein großer Schrank, den man in einem abscheulichen Dunkelbraun gestrichen hatte. Auf dem Kaminsims, der vor langer Zeit einmal weiß gewesen war, standen eine ordentliche Reihe von Heldar's-Katalogen mit den üblichen einfarbigen roten oder grünen Leineneinbänden, ein Stapel Zeitschriften, die Sally als Exemplare der *Antiquarischen Bücherwelt* erkannte, sowie einige wenige Verlagskataloge. Die langgezogene, dem Fenster gegenüberliegende Wand und auch die diesseitige kurze Wand waren mit Bücherregalen vollgestellt, die von dem Linoleumboden bis knapp unter die Zimmerdecke reichten.

»Dann fangen wir mal mit diesem abscheulichen Schrank an«, sagte Johnny. Er hob den altmodischen Riegel an und öffnete die Türen. »Die Einlegeböden sehen eher neu aus, wahrscheinlich hat die Firma sie eingebaut. Aber der Schrankkörper ist ziemlich alt – sehen Sie mal, wie massiv der ist. Er ist – unglücklicherweise – neu angestrichen worden, aber ganz offensichtlich kein modernes Büromöbel. Er könnte gut und gern so alt wie dieses Haus ein. Räumen wir ihn doch mal ein bisschen aus.«

Der Schrank war ziemlich voll. Ein Fach wurde von alten Ausgaben der *Antiquarischen Bücherwelt* eingenommen. In dem anderen standen Bücher, ein wenig Büromaterial, etwas Krimskrams und zwei oder drei Druckschriften, die in braunes Papier eingeschlagen waren. Johnny schaute in eine davon hinein und sagte kurz: »Ein paar Ausgaben von *Das Schürloch*, denke ich. Die gehören nicht zum Firmenbesitz.«

Er zog vorsichtig an den leeren Einlegeböden, aber sie schienen festzusitzen. Dann klopfte er an mehreren Stellen an die Schrankrückwand und sagte schließlich: »Auch hier hinten eine gute, solide Verarbeitung. Nirgendwo eine hohle Stelle, fürchte ich. Gehen Sie doch bitte mal kurz zur Seite, Sally, ja? Ich möchte versuchen, ob ich das Ding von der Stelle bewegt bekomme.«

Er schloss die Türen, zog sein Jackett aus und rollte sich die Hemdsärmel hoch. Dann stemmte er sich lautlos gegen den Schrank. Sally konnte sehen, wie sich unter seinem Hemd die Muskeln an seinen Schultern und in seinem Rücken spannten. Ihr war nicht klar gewesen, über welche Kraft er verfügte. Der Schrank ließ sich dennoch nicht bewegen. Johnny trat der Schweiß auf die Stirn, aber das schwere Möbelstück blieb an seinem Fleck.

Johnny ließ von dem Schrank ab, zog ein Taschentuch aus seinem Jackett und wischte sich damit übers Gesicht. »Tja«, sagte er. »Das hat sich ja dann wohl erledigt. Das verdammte Ding ist an die Wand geschraubt. Aber das macht die Sache nur noch vielversprechender. Falls es eine Geheimtür gibt, dann ist das hier der wahrscheinlichste Ort dafür. Wir müssen nach irgendeiner Art von Kontrollmechanismus suchen. Etwas, das hervorsteht oder einen Hohlraum bildet oder ein loses Stück Holz, alles, was wie ein Knoten aussieht oder eine Schnitzerei oder auch nur eine raue Stelle. Ich knöpfe mir das Innere vor und Sie die Außenwände.«

Es war eine langwierige und streckenweise mühsame Arbeit. Sie suchten sorgfältig jeden Zentimeter des massiven

Holzes ab. Johnny benutzte die Taschenlampe. Der Schrank war hoch, und Sally musste sich auf den Stuhl stellen, um an die letzten paar Zentimeter heranzukommen. »Auch wenn es unwahrscheinlich ist, dass der Mechanismus sich so hoch oben befindet«, sagte Johnny. »Man hat diese Dinger damals zwar gut verborgen, aber auch nicht so, dass man nicht mehr drangekommen wäre.«

Aber sie fanden nichts. Und gleichzeitig kam es ihnen unmöglich vor, dass sie irgendetwas übersehen hatten.

Johnny seufzte. »Wir sollten wohl besser auch die Wand und die Fußbodenleiste und den Kamin untersuchen – auch wenn der Kamin sicher nicht zum ursprünglichen Inventar gehört. Wenn wir dann immer noch nichts finden, lassen wir es für heute gut sein.«

Der Bereich aus Wand und Fußleisten, den es zu untersuchen galt, war nicht besonders groß. Die Entfernung zwischen Schrank und Kamin maß etwa fünfzig Zentimeter und auf der anderen Seite des Schranks waren es etwa fünfzehn Zentimeter. Auf der anderen Seite des Kamins reichten die Regale an der langen Seite des Zimmers nicht ganz bis zur Wand, da dort der Kaminsims in den Raum ragte. Dennoch untersuchten sie die verblichene Blumentapete und die staubigen braunen Holzleisten so sorgfältig, wie sie es bei dem Schrank getan hatten. Johnny arbeitete sich an der Ecke zwischen Grenzwand und Außenwand entlang und folgte der Außenwand und der Fußleiste noch ein kleines Stück in Richtung Fenster, während Sally den Kaminsims freiräumte und sich dort an die Arbeit machte. Sie zogen sogar die Bücher am Ende des Regals neben dem Kamin heraus, fanden einen Staubwedel in Butchers Schreibtischschublade, mit dem sie den Staub eines Jahres oder mehr entfernten, und untersuchten auch dort die an die Ecke angrenzenden Wände und die Ecke selbst. Aber auch hier blieb ihre Suche ergebnislos.

»Das reicht für heute, denke ich«, sagte Johnny. »Wir können es an einem anderen Tag noch einmal versuchen, aber ich bin ziemlich sicher, dass sich der geheime Öffnungsmechanismus, falls es ihn tatsächlich geben sollte, in dem Bereich befinden müsste, den wir bereits untersucht haben.«

Sally stimmte ihm zu. Sie war enttäuscht und ziemlich erschöpft. Johnny fischte sein Zigarettenetui aus seinem Jackett und reichte ihr eine Zigarette, die sie dankbar entgegennahm.

»Wie wäre es, wenn wir im Kettner's zu Abend essen?«, fragte er.

»Das klingt wunderbar. Ich werde mich vorher jedoch einer ziemlich gründlichen Reinigung unterziehen müssen.«

»Das gilt auch für mich. Gott sei Dank haben wir warmes Wasser im Haus, oder jedenfalls ziemlich warmes.«

Aber sie blieben noch ein paar Minuten in dem staubigen Zimmer stehen. Vielleicht widerstrebte es ihnen, den Raum zu verlassen, dachte Sally. Allein die Erwähnung einer Geheimtür ließ einen an einen verborgenen Schatz denken. So etwas schlug einen in seinen Bann, ganz gleich, wie alt man war. Sally starrte immer noch die Grenzmauer und den Schrank und den Kamin an.

»Warum ist der Kamin eigentlich so weit von der Mitte der Wand entfernt?«, fragte sie plötzlich und sprach damit unwillkürlich ihre Gedanken aus.

Johnny zuckte leicht mit den Schultern. »Um Platz zu sparen, nehme ich an. Wenn sie den Kamin genau in die

Mitte der Wand hätten bauen wollen, dann hätten sie diesen fürchterlichen Schrank entfernen müssen.« Er runzelte die Stirn, während er die Wand betrachtete. »Verdammt nochmal, jetzt haben Sie es geschafft, dass ich schon wieder herumrätsele.« Er öffnete eine der Schubladen in Butchers Schreibtisch und holte ein Lineal heraus.

Als Nächstes nahm er ein paar sorgfältige Messungen vor. Schließlich sagte er: »Sehen Sie mal. Dieser Schrank ist im Innern dreißig Zentimeter tief. Die Türen sind zweieinhalb Zentimeter dick und dasselbe gilt für die Rückwand. Also insgesamt etwa fünfunddreißig Zentimeter. Die Entfernung zwischen dem Schrank und dem Rand des Kaminsimses beträgt etwas mehr als fünfundvierzig Zentimeter und zwischen dem Schrank und der Außenwand sind es etwas mehr als fünfzehn. Das bedeutet, dass sich der gesamte Schrank zum Kamin hin um seine Achse drehen könnte, um mehr oder weniger in einem rechten Winkel zu dieser Wand zu enden, wobei dieses Ende hier perfekt in die Lücke zwischen Kamin und seiner gegenwärtigen Position passen würde. Aber es ist natürlich auch möglich, dass das früher nicht gegangen wäre. Vielleicht war ja der ursprüngliche Kamin breiter als dieser hier.«

»Ja«, sagte Sally. »Der Schornstein ist ziemlich breit.«

»Der Schornstein«, sagte Johnny. »Ja, bei Gott, das muss der Originalschornstein sein. Die Backsteine sehen jedenfalls alt genug dafür aus. Und den haben wir nicht untersucht. Wir haben den Kamin nicht besonders ernst genommen, und ich bin davon ausgegangen, dass der Schornstein ein nicht besonders praktisches Versteck für den Mechanismus wäre, wenn ein Feuer im Kamin brennt. Aber in einem kleinen und billigen Hotelzimmer im obersten Stockwerk des Hauses würde man sich möglicherweise gar nicht die Mühe machen, für die Gäste den Kamin anzuzünden. Sehen wir doch mal nach.«

Er nahm erneut die Taschenlampe in die Hand, und sie knieten sich auf die Kaminplatte. Das Licht der Lampe ließ die rußgeschwärzten Backsteine erkennen, aber mehr auch nicht, wie es schien. Johnny strich mit dem Finger darüber. »Hier ist nichts«, sagte er, drehte die Lampe nach oben und verrenkte den Kopf, um hinaufzuschauen. Er untersuchte die rechte Seite des Schornsteins ein kleines Stück nach oben. Dann veränderte sich plötzlich sein Gesichtsausdruck. Im nächsten Moment zog er seine Hand wieder heraus, in der sich nun ein Backstein befand.

»Der saß sehr locker«, sagte er und legte den Stein auf den altmodischen Gitterrost. Dann steckte er die Hand wieder in den Schornstein.

»Da ist eine hohle Stelle«, sagte er. »Dort, wo vorher der Backstein war. Ziemlich klein, aber das hintere Ende ist aus Holz, und –«

Er verstummte. »Da ist etwas, das sich wie ein Knoten anfühlt.«

Seine Stimme klang ruhig, aber Sally hörte den aufgeregten Unterton heraus. Er zog seine Hand erneut hervor und drehte sich zum Schrank um. Sally drehte sich ebenfalls um. Für ein oder zwei Sekunden geschah nichts. Doch dann schwenkte der Schrank langsam von der Wand ab und begann, sich ihnen entgegenzudrehen.

ZEHNTES KAPITEL

Johnny warf einen raschen Blick auf seine Uhr. Dann legte er den Arm um Sally und zog sie auf die Füße und fort von den schwingenden Türen. Der Schrank blieb exakt im rechten Winkel zur Wand stehen. Johnny fing die Türen auf, bevor sie zuknallten, und schloss sie so lautlos wie möglich. Einen Moment lang sahen er und Sally sich schweigend an. Dann sagte er leise: »Das Ganze macht nicht das geringste Geräusch. Die Mechanik muss vor Kurzem noch geölt worden sein. Das erklärt auch, warum Butcher sein unglückliches Schicksal keine Sekunde lang hat kommen sehen. Er könnte allenfalls einen Luftzug gespürt haben, dem er aber keine besondere Bedeutung beigemessen haben wird. Vielleicht war er in irgendetwas vertieft, was Konzentration erforderte. Ich denke, die Tür hat etwa zehn Sekunden gebraucht, um sich vollständig zu öffnen. Das würde passen, falls sie in dem Moment offen stand, als Mrs Weldon ihren Geist sah. Sagen wir mal, der Mörder hat fünf Sekunden gebraucht, um das Zimmer zu verlassen, und weitere zehn Sekunden, um die Geheimtür zu schließen – deren Mechanismus sich bestimmt auch von der anderen Seite betätigen lässt. Selbst wenn der Mörder ein paar Sekunden brauchte, um den Auslöser des Mechanismus auf der anderen Seite zu erreichen, wird die Tür doch geschlossen oder so gut wie geschlossen gewesen sein, als Mrs Weldon das Licht einschaltete.«

Mittlerweile hatten sie den Schrank umrundet. An der Rückwand war eine Art falsche Wand angebracht, die ebenfalls braun gestrichen und sehr staubig war, und dahinter tat sich ein dunkles Loch auf. Oder jedenfalls fast dunkel. Zu ihrer Rechten gab es einen schwachen Lichtschein. Ein Fenster, und dahinter die Laterne in der kleinen Gasse. Sally machte einen Schritt hinein, doch Johnnys Arm hielt sie zurück.

»Vorsicht!«, flüsterte er. »Wir gewinnen nichts, wenn wir die Dinge überhastet angehen. Wir wollen Carlington schließlich nicht warnen, und außerdem ist dieses Haus bombardiert worden – auch wenn ich denke, dass der Großteil des Schadens auf der anderen Seite war. Lassen Sie mich doch mal Ihre Schuhsohlen sehen.«

Sally drehte sich um und hob ihren Fuß. »Ich trage im Laden immer Gummisohlen, das macht nicht so viel Lärm.«

Johnny grinste. »Also gut. Aber wenn Sie mitkommen wollen, dann müssen Sie mir versprechen, dass Sie mich immer vorgehen lassen, um die Lage zu orten, dass Sie hinter mir bleiben, wenn Sie dann selbst losgehen, und dass Sie immer genau das tun, was ich Ihnen sage.«

»Ich verspreche es.«

»Schön. Für den Anfang bleiben Sie erstmal hier stehen.«

Er schaltete die Taschenlampe ein und betrat den hinter dem Schrank liegenden Raum. Sally wusste nicht, ob seine Schuhe Gummisohlen hatten, aber auf jeden Fall bewegte er sich nahezu unhörbar. Er ließ das Licht der Taschenlampe langsam über die Wände gleiten. Als sie sich etwas vorbeugte, sah sie, dass der Raum kleiner war als Butchers

Büro, und auch nahezu quadratisch. Er schien vollkommen leer zu stehen.

Johnny durchquerte den Raum auf leisen Sohlen und schaltete die Taschenlampe aus, als er die gegenüberliegende Tür erreichte. Sie hörte nicht, wie er die Tür öffnete, aber ein paar Sekunden später sah sie das Licht der Taschenlampe in dem Raum, der dahinter lag.

Es vergingen ein oder zwei Minuten, bis Johnny zurückkam, um sie zu holen.

»Kommen Sie«, sagte er. »Gehen Sie, so leise Sie können, und wenn Sie sprechen, dann nicht lauter als ein Flüstern. Am besten sagen Sie gar nichts, wenn es nicht absolut notwendig ist. Und warten Sie oben am Absatz jeder Treppe, bis ich nach unten gegangen bin und Sie dann wieder holen komme.«

»Johnny, das ist doch nicht notwendig.«

»Wenn Sie mitkommen möchten, müssen Sie sich an meine Anweisungen halten«, sagte Johnny.

»Also gut«, sagte sie.

Sie folgte ihm durch den kleinen Raum und in den schmalen Flur hinaus, der zur Vorderseite des Hauses führte. Im Licht der Taschenlampe konnte sie drei Türen auf der rechten Seite erkennen, eine Tür an der gegenüberliegenden Seite und zur Linken eine Balustrade und eine Treppe, deren Stufen im Dunkeln verschwanden.

Am oberen Treppenabsatz legte Johnny seine Hand fest auf ihre Schulter, in einer Weise, die unmissverständlich zu besagen schien: »Hier stehen bleiben!«, und ging allein nach unten, langsam und lautlos, während die Taschenlampe kleine Lichtkegel auf die nackten Holzstufen vor ihm warf. In diesem Moment überfiel sie mit einem Mal die Befürchtung, die Treppe sei beschädigt und würde jeden Moment unter ihm zusammenbrechen. Carlington hatte sie natürlich benutzt, doch Carlington war zwar hochgewachsen, aber doch ein dünner, leichter, schon etwas älterer Herr. Johnny war schwer. Oh Gott, dachte sie, das ist genau das, was einem passiert, wenn man verliebt ist. Und nicht nur, wenn der andere in den Krieg zieht und jeden Moment erschossen oder in die Luft gejagt werden kann. Es passiert auch in Friedenszeiten, es passiert, wenn der andere die Straße überquert und du dabei zusehen musst.

Johnny hatte schließlich den Fuß dieses Treppenlaufs erreicht. Er ging noch ein kleines Stück vorwärts, drehte sich dann um und stieg rasch und leise wieder zu ihr hinauf. Kurz bevor er das obere Ende erreichte, drehte er sich wieder um und ließ das Licht der Taschenlampe auf die Stufen fallen, die vor ihm lagen. Sally folgte ihm lautlos nach unten. Jetzt hatte sie keine Angst mehr um ihn. Solange du nur beim anderen bist, ist alles gut.

Der Treppenabsatz, zu dem sie nun kamen, war ein bisschen breiter als der Flur im oberen Stockwerk, aber auch sehr viel kürzer. Es gab jeweils eine Tür am Ende des Treppenabsatzes und dann noch einen Verschlag unter der Treppe. Geradeaus führte eine breitere Treppe in das darunterliegende Stockwerk.

Johnny berührte erneut ihre Schulter und stieg dann die Treppe hinunter. Sie stellte sich oben an den Treppenabsatz und folgte ihm auch diesmal mit dem Blick. Seine Silhouette zeichnete sich vor dem schwachen Licht des Treppenhausfensters ab. Dann drehte er sich nach rechts, ging an dem Fenster vorbei und verschwand langsam nach unten in die Dunkelheit. Schließlich konnte sie noch nicht einmal mehr den Lichtschein der Taschenlampe sehen. Sally umklammerte das Treppengeländer und zwang sich zu warten.

Dann kehrte der Lichtschein zurück, und er kam rasch zu ihr hinaufgestiegen. »Ganz leise«, flüsterte er. Wieder war der aufgeregte Unterton in seiner Stimme.

Auch von dem Treppenabsatz im ersten Stock gingen drei Türen ab. Zwei der Treppe gegenüber und eine am Ende des Gangs. Johnny zeigte darauf. Drei Türen, die in Carlingtons Wohnung führten. Die Indizien waren vollständig – jedenfalls die Indizien dafür, dass Carlington die Möglichkeit gehabt hatte, das Verbrechen zu begehen. Johnny nahm sie am Arm und schob sie zur Treppe.

Doch dann hörte sie plötzlich ein Geräusch. Es war ganz offenbar das Gemurmel mehrerer Stimmen, und es schien aus einem der Räume hinter den zwei Türen zu kommen, die ihnen gegenüberlagen. Johnny blieb einen Moment lang reglos stehen, ließ Sally los und schaltete die Taschenlampe aus. Im nächsten Moment konnte sie einen Lichtstreifen erkennen – den Umriss einer der beiden Türen, und zwar derjenigen, die näher zur Vorderseite des Hauses gelegen war. Wahrscheinlich Carlingtons Wohnzimmer. Hinter der dritten Tür konnte nur ein winziger Raum liegen. Der Umriss war etwas unregelmäßig, es sah so aus, als habe sich die Tür verzogen oder wäre bei dem Bombeneinschlag beschädigt worden. Der Lichtschein an der ihr näher gelegenen Seite der Tür wurde plötzlich bis fast zum oberen Rand verdeckt. Das musste Johnny sein. Jetzt konnte sie ihn im Licht eines weiteren Treppenhausfensters über den nach unten führenden Stufen auch deutlich erkennen. Sie huschte über den Treppenabsatz an ihm vorbei zur anderen Seite der Tür und legte ihr Ohr an den Türspalt, an einer Stelle, an der er recht breit war.

»Nein, ich kann nicht gerade behaupten, dass ich mich freue, Sie zu sehen«, sagte eine Stimme, die sie nun erstaunlich klar hören konnte. »Ich denke nicht, dass Sie hierherkommen sollten.« Es war die leicht heisere, etwas wehleidige Stimme eines älteren Mannes. Sie erkannte Carlingtons Stimme.

»Es gibt keinen Grund zur Sorge«, sagte eine andere Stimme ein wenig verächtlich. »Ich habe Ihnen doch immer und immer wieder gesagt, dass es vollkommen ungefährlich ist, wenn ich hierherkomme. Außerdem gibt es ohnehin nichts mehr zu befürchten. Haben Sie denn nicht gehört, was passiert ist?« Die Stimme hatte einen ausländischen Akzent. Aber auch wieder nicht so ausländisch, wie er hätte sein sollen, dachte Sally. Doch dann war sie über diesen Gedanken verwirrt. Die Stimme war ihr nicht vertraut, warum also dieser Einwand?

»Nein«, sagte Carlington. »Was denn?«

Der andere Mann lachte kurz und schrill. »Ich hielt es für durchaus möglich, dass Ihnen ein interessanter Vorfall entgangen ist, der sich direkt vor Ihrer Nase abgespielt hat, also bin ich gekommen, um es Ihnen zu erzählen. Schauen Sie sich mal diesen Zeitungsartikel an.«

Sie hörte ein Rascheln, und dann sagte Carlingtons Stimme: »Mein Gott! Der junge Tim!«

»Sehr richtig. Der junge Tim.«

»Aber anhand welcher Beweise hat man –?«

»Das werde ich Ihnen sagen. Die Polizei hat die Weldon trotz Ihrer Aussage nicht verhaftet. Da habe ich beschlossen, dass es an der Zeit war, ihr ein wenig unter die Arme zu greifen. Nicht unbedingt, um die Weldon zu verhaften, aber jemand anderen. Was die Weldon anging, sah ich nämlich ein mögliches Hindernis. Wie Sie sich erinnern werden, mein lieber Carlington, haben wir die Hintertür entriegelt, um der Polizei die Schlussfolgerung nahezulegen, dass es jemand aus der Firma war, jemand, der sich auf diese Weise Zugang verschaffen wollte, weil er keinen Schlüssel hatte. Oder alternativ jemand, der einen Schlüssel hatte, aber den Verdacht auf jemanden lenken wollte, der keinen Schlüssel hatte. Es war nicht wichtig, für welche dieser Alternativen sie sich entscheiden würde. Es passte immer auf irgendein Mitglied der Belegschaft. Auf diese Weise haben wir es der Weldon unbeabsichtigt ermöglicht, das Haus zu betreten. Nachdem sie verschwunden war – höchstwahrscheinlich durch die Vordertür –, bin ich nach unten gegangen und habe festgestellt, dass sie nach Betreten des Hauses die Hintertür nicht abgeschlossen hatte. Es schien mir besser, diesen Zustand nicht zu verändern. Man muss die Tür daher am nächsten Morgen unverschlossen vorgefunden und diesen Umstand mit an Sicherheit grenzender Wahrscheinlichkeit der Polizei gemeldet haben.

Eine Schreibkraft besitzt normalerweise keinen Schlüssel zu dem Geschäft, in dem sie arbeitet, und außerdem benutzen die Sekretärinnen von Heldar's ohnehin immer die Vordertür. Die Weldon musste daher in die Kategorie derjenigen Verdächtigen fallen, die die Hintertür entriegeln würden, um das Haus später betreten zu können. Aber was wäre, wenn es sich herausstellte, dass sie gar keine Gelegenheit dazu gehabt hatte, die Tür zu entsperren – Sie werden sich entsinnen, dass Butcher uns erzählt hat, dass die Sekretärinnen, nachdem er dieser Betty seinen dämlichen Streich gespielt hatte, stets alle gemeinsam und geradezu fluchtartig das Haus verließen, sobald der Laden geschlossen hatte. Das bedeutete also, mein Freund, dass die Weldon nur dann für schuldig befunden werden konnte, wenn sich beweisen ließe, dass sie über einen Schlüssel verfügte – einen nicht genehmigten Schlüssel –, und dass sie daher nun in die Kategorie derjenigen Verdächtigen fiel, die einen Schlüssel hatten und den Verdacht auf jemanden lenken wollten, der keinen Schlüssel hatte. Ich war mir sicher, dass die Polizei nach einem solchen Schlüssel suchen würde, und beschloss daher, dass sie ihn, wenn möglich, auch finden sollte. Das bedeutete natürlich, dass ich mir einen solchen Schlüssel von einem Mitglied der Belegschaft von Heldar's besorgen musste.«

»Mein Gott«, sagte Carlington heiser.

Der andere Mann beachtete diese Unterbrechung nicht. »Ich hatte natürlich gehofft, einen Schlüssel zur Hintertür zu ergattern, aber ich wusste, dass das so gut wie unmöglich war. Ich hielt es für unwahrscheinlich, dass außer Alfred Lendicott und vielleicht noch Mr William Heldar irgendjemand einen Schlüssel zur Hintertür besaß. Vielleicht außerdem der Botenjunge, aber ich bin nicht davon ausgegangen, dass sie diesem Einfaltspinsel derart viel Vertrauen schenken. Mir fiel kein Vorwand ein, unter dem ich die Versandabteilung hätte besuchen können, und außerdem trägt Lendicott einen Arbeitskittel. Und Mr William erklärt sich nicht allzu oft bereit, mich zu sehen.« Einen Moment lang war eine seltsam bittere Note in der Stimme zu hören. »Am Freitag zur Mittagszeit habe ich ein paar der billigeren Restaurants in dieser Gegend besucht, in der Hoffnung, dort vielleicht dem guten alten Lendicott oder dem Einfaltspinsel zu begegnen, aber ich hatte kein Glück. Und als ich den Laden erreichte, da war es ganz so, wie ich erwartet hatte. Ich blieb so lange wie möglich dort, aber Lendicott tauchte nicht auf, und man sagte mir, Mr William sei für den Nachmittag ausgegangen. Also griff ich auf meinen zweiten Plan zurück. Falls die Polizei einen Schlüssel zur Vordertür im Besitz der Weldon fände, würde man schlussfolgern, dass ihr dieser Schlüssel in einem plumpen Versuch, den Verdacht auf sie zu lenken, von jemandem von Heldar's untergeschoben worden war. Dann würde jeder, der einen Schlüssel verloren hatte, selbst unter schweren Verdacht geraten.

Bald nach meiner Ankunft kam der junge Tim von der Straße herein, wobei er die Tür mit einem Schlüssel aufschloss. Ich hatte mir die Tasche gemerkt, in die er ihn steckte, und als ich ging, begleitete er mich zur Tür und klopfte mir auf die Schulter. Für einen Experten wie mich war es ein Kinderspiel, ihn um seinen Schlüssel zu erleichtern – sein Mantel stand offen. Und ich stellte fest, dass mir das Ganze vielleicht besser gelungen war, als ich erhofft hatte. Dieser Schlüssel hatte nämlich ein unverwechselbares Merkmal – eine kleine Kerbe im Metall, etwa auf halber Höhe des Schlüsselblatts. Es ist durchaus möglich, dass ihn daraufhin jemand identifiziert hat.

Ich bin zur Wohnung der Weldon gegangen. Der Name ihres Bruders – jener, der wegen Veruntreuung bei Heldar's entlassen wurde – steht im Telefonbuch. Aber sie war ganz offenbar zu Hause, denn es stand einer dieser Beamten in Zivil in der Nähe. Ich bin immer mal wieder dorthin zurückgekehrt, habe sie jedoch erst am Samstagnachmittag ausgehen sehen, anlässlich der Beerdigung ihres Bruders.

Der Beamte in Zivil ist daraufhin ebenfalls verschwunden, wenn auch sicherlich nur zeitweise. Ich hatte jedoch genügend Zeit, um mich in die Wohnung zu schleichen und den Schlüssel an einem Ort zu verstecken, an dem ihn die Polizei ohne große Schwierigkeiten finden würde. Ich habe natürlich darauf geachtet, dass ich beim Aufbrechen des Schlosses so deutliche Spuren hinterließ, dass es sich nur um das Werk eines Amateurs handeln konnte. Es ist zwar durchaus möglich, dass die Polizei die Wohnung bereits durchsucht hatte. Aber mittlerweile denke ich das nicht mehr. Ich glaube, dass sie den jungen Tim wegen des Schlüssels verhaftet haben.«

»Sie haben den Verdacht absichtlich auf den jungen Tim gelenkt?«, fragte Carlington. »Auf einen unschuldigen Jungen –« Er fuhr fort, sich zu empören, während Sally angestrengt nachdachte. Wer war am Freitagnachmittag in den Laden gekommen, kurz bevor Tim von Christie's zurückgekehrt war? Wer war für eine Weile geblieben und hatte sich nach Vater William erkundigt – und wurde von diesem nicht gerade oft empfangen? Wen hatte Tim zur Tür begleitet und auf die Schulter geklopft? Sie hatte mit ziemlicher Gewissheit alles gesehen und gehört und konnte sich doch nicht erinnern. Das Kundenverzeichnis, dachte sie. Sein Name würde im Kundenverzeichnis stehen. Und dann schoss ihr ganz plötzlich ein Bild durch den Kopf, und sie wusste es. Aber das war unfassbar. Alles passte, aber es konnte unmöglich wahr sein. Entweder träumte sie oder ihre Erinnerung ließ sie im Stich.

Der andere Mann unterbrach Carlingtons Protestrede. Sie merkte, dass sie ein wenig zitterte. »Sie sollten lieber aufpassen, wie Sie mit mir reden. Vergessen Sie nicht, mein lieber Carlington, dass Sie in der Sache genauso tief drinstecken wie ich. Francis und Harborne sind längst nicht so stark beteiligt. Francis war Komplize bei mehreren Diebstählen – genau wie Sie selbst – und hat Diebesgut entgegengenommen. Harborne hat lediglich Diebesgut entgegengenommen, ähnlich wie noch zwei oder drei andere Herren, die mittlerweile wohlbehalten in ihre Heimatländer zurückgekehrt sind. Aber Sie – Sie haben *Arkadien* und den Colet gestohlen und haben sich auch bei mehreren anderen Gelegenheiten mit der Absicht zu stehlen in den Räumen der Buchhandlungen herumgetrieben, auch wenn es Ihnen da nicht gelungen ist.«

»Ich wollte den Colet ja gar nicht stehlen«, sagte Carlington mit geradezu tragischer Naivität. »Das habe ich Butcher auch gesagt. Ich habe ihm gesagt, ich würde nicht meine frühere Firma bestehlen, und ich habe auch fünf Wochen durchgehalten, bis er –«

»Bis er Sie so lange tyrannisiert hat, dass Sie es doch getan haben. Ich weiß. Mich hat er nicht drangsaliert. Ich wusste, dass es viel zu gefährlich wäre, den Colet an einen Mann wie Pilton zu verkaufen. Butcher war ein Narr. Das war einer der Gründe, warum er sterben musste – bevor er den Colet an Pilton verkaufen konnte. Sein Leichtsinn hätte uns früher oder später alle um Kopf und Kragen gebracht, er war viel zu selbstsicher geworden. Aber Sie – Sie, mein Freund – sind so tief in seinen Mord verwickelt, wie ich es bin.«

»Das ist nicht wahr!«, kreischte Carlington. »Sie haben mir verschwiegen, dass Sie das tun würden. Sie haben mir verschwiegen, dass Sie nach oben gehen würden, um das Messer zu holen, während ich ihm den Colet gab – ich wusste nicht einmal etwas von der Existenz dieses Messers. Sie haben nur gesagt, es sei noch nicht an der Zeit, dass wir ihn uns wegen unseres Anteils vorknöpfen, also würden Sie oben warten. Sie haben mir von Anfang an etwas vorgespielt. Sie haben so getan, als hätten Sie Mitgefühl mit mir wegen des Colets, Sie haben gesagt, wir würden immer alle Risiken eingehen, während er sich den Löwenanteil des Geldes unter den Nagel reißt, Sie haben gesagt, wir müssten für unsere Rechte eintreten. Sie wollten mir nicht einmal sagen, wie Sie es geschafft haben, dass er bis acht Uhr im Büro bleibt. Und als wir dann hochgegangen sind, haben Sie nur gesagt, Sie hätten einen Plan, wie wir ihn uns vorknöpfen können. Sie haben mir gesagt, ich solle die Geheimtür öffnen und warten, bis Sie mich rufen. Ich habe das Messer in Ihrer Hand erst gesehen, als Sie durch die Tür gingen. Ich wusste nicht, dass er tot war, bis Sie mich gerufen haben.«

»Glauben Sie denn, die Polizei würde auch nur ein Wort davon glauben? Und selbst wenn es so wäre, so haben Sie sich doch eindeutig der Beihilfe schuldig gemacht. Sie haben den Colet versteckt. Sie haben Ihre und die Fingerabdrücke von Butcher von dem Hughes abgewischt, damit niemand auf den Gedanken kommt, dass er Ihnen das Buch gezeigt hat, zu der Zeit, als er den Geist gespielt hat. Sie wussten, wo das Buch zu finden war – Sie kennen die Räumlichkeiten von Heldar's sehr viel besser als ich. Sie haben die Hintertür entriegelt. Das haben Sie alles getan, bevor Sie schließlich so nervös wurden, dass ich Sie nach unten schicken musste, während ich nach Butchers Geld gesucht habe. Erinnern Sie sich noch an Butchers Geld, mein lieber Carlington? Vor einer Woche waren Sie noch ein gewöhnlicher Dieb, der von Butcher bezahlt wurde und dabei höchstens zehn Prozent Provision bekam, während Ihr Risiko, entdeckt und ins Gefängnis geworfen zu werden, mit jedem Tag wuchs. Jetzt aber sind Sie in Sicherheit – jedenfalls mehr oder weniger – und ich biete Ihnen die Summe von zweihundert Pfund an. Das mag keine gewaltige Summe sein, aber für einen Mann in Ihrer Lage bestimmt sehr willkommen. Sie haben das Geld bisher abgelehnt, weil Sie Angst hatten. Aber warum sollten Sie es jetzt noch ablehnen? Es ist alles in kleinen Scheinen, es gibt also keine Fünfpfundscheine, die man nachverfolgen könnte. Dazu war Butcher klug genug, der arme Narr. Und jetzt, da es dem jungen Tim an den Kragen –«

»Stopp!«, rief Carlington. »Ich nehme keinen einzigen Penny davon an.«

Der andere Mann lachte erneut. »Der junge Tim bereitet Ihnen Kopfschmerzen, nicht wahr?«

»Ja«, sagte Carlington langsam. »Der junge Tim bereitet mir Kopfschmerzen.« Und zum ersten Mal schwang etwas Achtunggebietendes in seiner Stimme mit.

Dem anderen Mann schien das jedoch gar nicht aufzufallen. Er redete unbeirrt weiter.

»Mir bereitet er jedenfalls keine Kopfschmerzen, das kann ich Ihnen versichern. Ganz im Gegenteil. Ich bin froh, dass es gerade ihn erwischt hat. Er hat mich stets ausgelacht und verachtet. Wie alle Engländer, die mich verachten, weil ich ein Ausländer bin.«

»Man verachtet Sie nicht«, widersprach Carlington. »Ich bin sicher, dass man über Sie lacht, aber was erwarten Sie denn auch anderes, wenn Sie den Idioten spielen, wenn es Ihren Interessen dient?«

»Es wäre ohnehin ganz dasselbe. Die Engländer verachten mich, weil ich ein Ausländer und weil ich ein kleiner, hässlicher Mann bin. Ich – der ich zehnmal klüger bin als jeder Einzelne von ihnen. Sie sind dumm und bigott – und so engstirnig, dass für sie ein Mensch, der kein Engländer ist, auf einer Stufe mit den Tieren steht. Vielleicht ist er ihnen gerade mal so viel wert wie ein Haustier, aber nur, wenn sie ihn amüsant finden.« Der Akzent war jetzt stärker zu hören. Je größer die Wut des Mannes wurde, desto mehr ließ sich in seiner glatten, gestelzten Sprechweise eine wohlvertraute Eloquenz erkennen. »Und der junge Tim ist schlimmer als sie alle zusammen. Wissen Sie, was er gesagt hat, nachdem er mir sein Militärmesser gezeigt hatte? Als er glaubte, ich sei außer Hörweite, hat er zu seinem ehrenwerten Herrn Vater gesagt: ›Ich glaube, der arme, kleine Fatzke glaubt, ich würde das Messer für seinen ursprünglichen Zweck benutzen, nämlich um Deutschen damit Angst einzujagen.‹ Er hält sich selbst für furchtbar lustig. Er glaubt, ich sei ein solcher verdammter Narr, dass ich seine Witze nicht verstehe.«

»Sie sind ein Narr«, sagte Carlington scharf. »Er ist ein Kind mit einem unreifen Sinn für Humor, der besser zu einem Schuljungen passen –«

»Oh nein. Das ist der englische Sinn für Humor. Ich bin ein Fatzke – ein Nichts – in seinen Augen! Eine Skurrilität, die es nicht einmal wert ist, dass man ihretwegen Wut empfindet.« Die blumige Ausdrucksweise wäre eigentlich belustigend gewesen, doch stattdessen hatte sie etwas äußerst Beklemmendes. »Warum glauben Sie wohl, habe ich Butcher nicht mit meinem eigenen Messer erstochen? Ich habe ihn mit dem britischen Militärmesser erstochen, weil ich hoffte, dass sie den jungen Mr Timossie dafür hängen würden.«

Es entstand ein Schweigen. Dann sagte Carlington mit zitternder Stimme: »Bei Gott! Mir reicht es! Ich will verdammt sein, wenn ich zulasse, dass Tim gehängt wird. Ich rufe die Polizei an und sage ihnen die Wahrheit. Die können dann mit mir machen, was sie wollen. Ich bin diese ganze Geschichte ohnehin leid!«

Wieder entstand ein Schweigen. Dann knarzte eine Diele, und Carlingtons Stimme sagte: »Bleiben Sie, wo Sie sind! Wagen Sie es nur ja nicht, Hand an mich zu legen!« Dieses Mal zeugte die Schärfe in seiner Stimme von Angst. Dann stieß er einen Schrei aus – einen Schrei, der plötzlich erstickt wurde.

Johnny sagte plötzlich: »Aus dem Weg, Sally!«, und machte einen Schritt rückwärts. Während Sally sich von der Tür entfernte, bemerkte sie, dass er sie einen Spaltbreit geöffnet hatte, doch irgendetwas dahinter war im Weg. Dann warf er sich dagegen. Es gab ein abruptes Krachen, als wäre die Tür auf ein Hindernis gestoßen, und dann ein gewaltiges Scheppern. Jetzt öffnete sich die Tür weit genug, um Johnny durchzulassen. Als Sally ihm folgte, sah sie ihn über ein hohes, schmales Bücherregal springen, das nach vorn gefallen war, und mit ihm alle Bücher, die darauf gestanden hatten.

Spitteler hatte bereits die Tür auf der anderen Seite des Raumes erreicht. Aber er drehte sich noch einmal um, und Sally dachte einen verwirrenden Moment lang, dass der Mann doch nicht Spitteler war. Das verzerrte Gesicht hatte nichts Vertrautes. Es war das Gesicht eines Tieres. Plötzlich hatte sie unwillkürlich eine entsetzliche Angst um Johnny, der reglos in der Mitte des Raumes stand und offenbar auf einen Angriff wartete. Im nächsten Moment flog Spitteler über Johnnys Schulter und landete bäuchlings auf dem Boden. Es geschah alles so rasch, dass sie gar nicht mitbekam, wie es sich zugetragen hatte. Dort blieb Spitteler röchelnd liegen. Er bekam kaum noch Luft.

Johnny sah Sally an und warf dann einen Blick hinter sich. »Kümmern Sie sich um Carlington, Sally«, sagte er. »Lockern Sie ihm den Kragen.«

Carlington lag der Länge nach auf einem Sessel neben dem Kamin. Sein verhärmtes Gesicht war purpurrot angelaufen, und er keuchte und tastete kraftlos nach seiner Kehle. Sally lockerte ihm den Kragen, während Johnny Spitteler bewachte. Dann öffnete sie auf Johnnys Anweisung hin ein Fenster, um ein wenig Luft hereinzulassen, löste die altmodischen roten Vorhangkordeln aus ihren Messinghaken und brachte sie ihm. Im Zimmer passte alles zueinander: Voluminöse, ausgefranste rote Ripsvorhänge, schwere, schäbige viktorianische Möbel und ein abgewetzter türkischer Teppich, auf dem Johnny kniete und Spitteler festhielt.

Als sie mit zwei Gläsern voll Wasser aus dem schäbigen kleinen Raum an der Vorderseite des Hauses zurückkehrte, der gleichzeitig als Küche und Bad diente, waren Spitteler mit den Vorhangkordeln bereits säuberlich die Hände hinter dem Rücken gefesselt worden. Sie gab Johnny eines der Gläser und schaffte es, Carlington dazu zu bewegen, einen kleinen Schluck Wasser aus dem anderen zu trinken.

»Sally«, sagte Johnny. »Gehen Sie doch bitte zurück in die Nummer zweihundert und rufen Sie Scotland Yard an. Lassen Sie sich mit jemandem verbinden, der über den Butcher-Mord Bescheid weiß, und erzählen Sie dieser Person, was passiert ist. Die Polizei sollte wohl besser direkt hierherkommen. Nummer zweihundertzwei. Und wenn Sie das erledigt haben, brauchen Sie nicht wieder hierher zurückzukehren, wenn Sie nicht möchten. Gehen Sie nach Hause oder warten Sie in der Nummer zweihundert. Hier ist die Taschenlampe.«

»Ich würde lieber wieder zurückkommen«, sagte Sally. Sie nahm die Taschenlampe und ging rasch die Treppe hinauf, den Flur entlang und durch die Geheimtür. Es war ein seltsames Gefühl, sich wieder auf vertrautem Boden zu befinden. Sie rief Scotland Yard von der Telefonzentrale im Büro der Schreibkräfte an und wurde sofort zu Prescott durchgestellt, der Überstunden zu machen schien. Er hörte sich ihren Bericht kommentarlos an und sagte, er käme sofort.

Johnny stand auf, als sie in Carlingtons Wohnzimmer zurückkehrte. Er hatte sich einen der Esstischstühle mit den schweren, geschnitzten Rückenlehnen aus Mahagoni genommen und ihn an einen Platz gestellt, von dem aus er sowohl Spitteler als auch Carlington im Auge behalten konnte.

»Alles in Ordnung?«, fragte er.

»Ja. Prescott war dran. Sie sind auf dem Weg.«

»Gut. Ob Sie Mr Carlington noch etwas zu trinken geben könnten?«

Carlington war dieses Mal in der Lage, das Glas selbst an den Mund zu führen, auch wenn seine dünne Hand dabei zitterte. Die Quetschungen an seinem hageren Hals nahmen allmählich eine purpurrote Farbe an. »Danke, Miss Sally«, sagte er. Seine Stimme klang sehr heiser und schwach. Er trank das Glas aus und sagte dann mit jener altmodischen Höflichkeit, die ihr von früheren Begegnungen mit ihm vertraut war: »Möchten Sie sich nicht setzen, Miss Sally? Beziehungsweise ... falls es Ihnen nichts ausmacht, sich in meinem Haus hinzusetzen. Bitte verzeihen Sie, dass ich mich nicht erhebe.«

»Natürlich, Mr Carlington«, sagte sie. »Vielen Dank.« Sie setzte sich ihm gegenüber in einen plüschigen und mit Fransen verzierten Sessel. Es war eine seltsame Situation, in der sie sich gerade befanden, dachte sie. Aber sie konnte dennoch keine große Abneigung gegen Carlington empfinden. Er tat ihr vielmehr leid. Spitteler war natürlich etwas anderes, aber als sie auf den kleinen, pummeligen Mann mit seinem kugelrunden kahlen Kopf herabschaute, konnte sie es noch immer nicht glauben, dass er Butcher tatsächlich ermordet hatte. Jemanden, der einen sonst immer zum Lachen gebracht hatte, mit so etwas Ernstem wie einem Mord in Verbindung zu bringen, erforderte radikales Umdenken. Und das war ihr noch immer nicht ganz gelungen. Die Enthüllung war zu plötzlich gekommen. Selbst ein weiterer Blick auf sein Gesicht, als er seinen Kopf ein wenig drehte, machte es nicht leichter, diese Tatsache zu akzeptieren, denn was sie dort sah, schien noch immer in keiner Verbindung zu dem Spitteler zu stehen, den sie kannte. In diesem Moment konnte sie die mittelalterliche Vorstellung, dass Menschen von Dämonen besessen waren, recht gut nachvollziehen. Sie verspürte den Drang, gegen den Schock und die Verwirrung anzukämpfen, indem sie den lustigen Spitteler und Spitteler, den Mörder, gedanklich miteinander verknüpfte. Ein sehr cleverer kleiner Mann, aber auch einer, der seine Grenzen hatte. Er hatte den britischen Humor bis ins Kleinste analysiert, doch es war ihm nicht ansatzweise gelungen, ihn auch zu verstehen. Er war ein brillanter Schauspieler, doch er neigte dazu, die Theatralik zu übertreiben, auch wenn seine kruden Methoden für Tim und sie selbst zu subtil gewesen waren. Er war in der Lage, außergewöhnlich raffinierte Pläne auszuhecken – vielleicht hatte er diese verschnörkelte Denkweise ja einer lebenslangen Erfahrung im Ränkeschmieden zu verdanken. Seine Erzählungen von Konzentrationslagern und Geheimpolizisten und der Umstand, dass er ein eigenes Messer besaß – all das zeugte von den lichtscheuen Machenschaften der europäischen Politik. Sie wusste nicht, welche Staatsangehörigkeit er hatte. Einmal hatte er mit melodramatischer Melancholie zu ihr gesagt, er besitze keine. Vielleicht ähnelte er ja einem streunenden Hund, einer Art Promenadenmischung. Ein Mann ohne Wurzeln. Gut möglich, dass all das für seine gewaltige Ichbezogenheit verantwortlich war, die ihn gegenüber so vielem so blind gemacht und den ungestillten Hass hervorgerufen hatte, von dem sein Gesicht jetzt erfüllt war. Vielleicht waren diese Dinge ja sehr viel mehr für Butchers Mord verantwortlich als irgendein Bedürfnis nach Sicherheit und Reichtum.

Bald darauf klingelte es. Sie stieg die schmale Treppe mit den nackten Holzstufen zu Carlingtons Geschäft hinunter und ließ die Polizei ins Haus.

Kaum hatten die Beamten das schäbige kleine Wohnzimmer betreten, übernahmen sie auch schon das Kommando. Prescott stellte zahlreiche Fragen, auf die Johnny kurz und knapp antwortete. Carlington gestand formell, Beihilfe zum Mord an Victor Butcher geleistet zu haben, und fügte dann mit erschöpfter, tonloser Stimme hinzu, der Mord sei von Spitteler begangen worden. Spitteler sagte gar nichts. Schließlich wurde die offizielle Anklage erhoben, und die beiden Männer wurden abgeführt. Von Spittelers Gesicht einmal abgesehen, spielte sich alles sehr undramatisch und sachlich ab. Danach stieg Prescott mit Johnny und Sally die Treppe bis zum obersten Stockwerk hinauf, wo Johnny ihm die Geheimtür zeigte und kurz erklärte, wie es ihnen gelungen war, sie zu finden.

Nachdem Prescott – der jeden Versuch, ihn zur Tür zu geleiten, abgewehrt hatte – wieder gegangen war, sagte Johnny sanft: »Kommen Sie. Ich rufe jetzt erst noch rasch Onkel Charles an, und dann gehen wir endlich etwas essen. Und trinken.«

Er ergatterte ein Taxi, brachte sie dann jedoch nicht zu Kettner's, sondern zu einem kleinen, ruhigen Restaurant in derselben Gegend, wo er darauf bestand, einen Champagner mit ihr zu trinken. Dann brachte er sie in einem weiteren Taxi nach Hause. Unterwegs schwieg er, aber er tastete in der Dunkelheit nach ihrer Hand und hielt sie in einem warmen, festen Griff, bis das Taxi in ihre Gasse einbog.

ELFTES KAPITEL

Nachdem Sally den Vormittag des nächsten Tages größtenteils damit verbracht hatte, ein erneutes, erschöpfendes Verhör durch Prescott über sich ergehen zu lassen, und den Nachmittag damit, die Presse daran zu hindern, das Geschäft zu betreten, lud Johnny sie abends ein weiteres Mal zum Essen ein. Tim hatte in den Schoß seiner Familie zurückkehren dürfen, und Sallys vorherrschendes Gefühl war das einer gewaltigen Erleichterung. Aber es gab recht viele Dinge, über die sie noch nicht Bescheid wusste, und sie war froh, als Johnny nach dem Essen vorschlug, zurück in ihre Wohnung zu gehen, damit sie sich dort in Ruhe unterhalten konnten.

Johnny zündete das Feuer im Kamin an und machte es sich mit seiner Pfeife gemütlich, als sei das kleine Wohnzimmer ihm bereits lieb und vertraut geworden.

»Also«, sagte er, »dann können wir diese Geschichte jetzt genauso gut auch endgültig abschließen. Ich habe Ihnen ja heute Nachmittag erzählt, dass Carlington mich gebeten hat, ihn im Gefängniskrankenhaus zu besuchen. Er hat keinerlei Verwandtschaft, also hat man meinen Besuch genehmigt. Er hatte natürlich bereits mit der Polizei gesprochen, aber er schien unbedingt auch noch mit jemand anderem sprechen zu wollen. Seiner Kehle ging es nicht besonders gut, aber er bestand darauf, mir die ganze Geschichte zu erzählen.«

Johnny lehnte sich zurück und nahm einen Zug aus seiner Pfeife. Dann erzählte er Sally zunächst, wie es sich mit den Diebstählen zugetragen hatte. Es war alles größtenteils so verlaufen, wie er schon vermutet hatte, aber er hatte noch einige Details zu berichten, die sie beide aus beruflichen Gründen sehr interessierten.

»Es lässt sich wohl mit Fug und Recht behaupten«, schloss er seinen Bericht, »dass die Polizei nach der Aufklärung der Diebstähle auch den Mörder recht bald entdeckt hätte. Carlington hätte einem Verhör auf keinen Fall standgehalten. Aber sie haben ihn gestern nicht befragen können. Er war nämlich den größten Teil des Tages unterwegs, hat anderer Leute Läden besucht und ist erst kurz vor Spittelers Ankunft heimgekehrt. Er sei rastlos und nervös gewesen, sagte er, und hätte nicht stillsitzen können. Die Polizei hat Francis und Harborne befragt, aber Francis hat zunächst versucht, sich durch dreistes Leugnen aus der Affäre zu ziehen, und Harborne wusste nichts über die Diebstähle, abgesehen davon, dass er von Butcher Diebesgut entgegengenommen hatte. Sowohl er als auch Francis befinden sich jetzt in Polizeigewahrsam, und die Polizei hat einige der gestohlenen Bücher sicherstellen können. Von Francis haben sie sich *Arkadien* zurückgeholt, Lindesays *Kunst der Falknerei*, die Heriot's gehörte, sowie die Erstausgabe von Cromer aus dem Besitz von Quinling's, und von Harborne Massinghams *Jungfer im Grünen* und Sharpes *Die verzweifelte Maid*. Griers *Leidenschaftliche Geliebte* ist anscheinend wie geplant an Butcher übergeben worden, ist jedoch nie bei Harborne angekommen, und weil die Polizei das Buch in Butchers

Wohnung nicht finden konnte, ist es wahrscheinlich noch irgendwo in unserem Laden. Prescott hat gesagt, er wolle eine polizeiliche Durchsuchung veranlassen, aber Vater William tat die Polizei so leid, dass er gesagt hat, wir würden das Buch selbst suchen. Er will Tim damit beauftragen. Die übrigen drei Bücher sind alle ins Ausland gegangen, und ich befürchte sehr, dass man sie nie wiedersehen wird. Butcher hatte wirklich eine erstaunlich lange Glückssträhne. Als er merkte, wie weit ein fanatischer Sammler gehen würde, hat er seine Preise entsprechend angehoben, und gegen Francis hatte er nach dem ersten Verkauf genug in der Hand, um ihn zu erpressen. Nach Auszahlung aller Provisionen hat er insgesamt fast neunhundert Pfund verdient. Aber er hätte nicht sehr viel länger damit weitermachen können, selbst wenn Spitteler dem Ganzen nicht ein Ende gesetzt hätte. Pilton hätte ihn zu Fall gebracht – ihn und seine Komplizen – genau wie Spitteler es geahnt hatte. Und jetzt zu dem Mord, Sally. Sie sind über das Ganze eigentlich schon ziemlich gut im Bilde, denke ich. Wäre es leichter, wenn Sie Fragen stellen, und ich beantworte sie?«

»Mir ist immer noch nicht ganz klar, wie das mit dem Geist verlaufen ist. Warum ist Spitteler nicht durch die Geheimtür verschwunden, bevor Mrs Weldon nach oben kam?«

»Weil er nichts von ihrem Eintreffen wusste. Nachdem Carlington die Fingerabdrücke von dem Hughes abgewischt und den Colet versteckt hatte, waren seine Nerven in einem ziemlich üblen Zustand, und weil Spitteler der Geduldsfaden riss, schickte er Carlington in seine eigene Wohnung zurück, während er selbst weiter nach Butchers Geld suchte. Butcher hat seinen Komplizen nie erzählt, wo er es aufbewahrte, aber er hat bei mehreren Gelegenheiten die Bemerkung fallen lassen, dass er seinen unrechtmäßigen Gewinn niemals einer Bank anvertrauen würde, und auch, dass seine Hauswirtin ein äußerst neugieriges Individuum sei. Deshalb war Spitteler davon überzeugt, dass sich das Geld in seinem Büro befand. Er war ebenso davon überzeugt, dass er jedes Versteck, das Butcher sich hätte ausdenken können, innerhalb von Minuten entdecken würde. Er wiegte sich dermaßen in Sicherheit, dass er Carlington auftrug, die Hintertür zu entsperren, während er unten war. Das war natürlich ziemlich dumm von ihm, denn es wäre ja durchaus möglich gewesen, dass ein Polizist das Licht in Butchers Büro sah und daraufhin versuchen würde, das Haus zu betreten. Er war eben sehr von sich und seiner Intelligenz überzeugt.

Carlington war derweil nur noch ein einziges Nervenbündel und lief unablässig in seiner Wohnung hin und her. Gegen kurz vor neun verspürte er das Bedürfnis nach frischer Luft und öffnete sein Schlafzimmerfenster, und da sah er Mrs Weldon eintreffen, genau wie er es Prescott gegenüber ausgesagt hatte. In dieser Hinsicht hat er die Wahrheit gesagt – Spitteler hatte ihn so lange drangsaliert, bis er sich bereit erklärte, der Polizei den Vorfall zu erzählen –, außer darüber, wie seine eigene Reaktion aussah und dass er weiterhin mit ausgeschaltetem Licht am Fenster stehen geblieben ist, um zu sehen, ob sie wieder herauskommt. Er hatte große Angst, denn er dachte, falls sie zu Butchers Büro hinaufginge – schließlich hatte sie zu dem erleuchteten Fenster hinaufgeschaut –, würde Spitteler sie wahrscheinlich ebenfalls ermorden.

In der Zwischenzeit hatte Spitteler das Geld gefunden,

auch wenn er sehr viel länger dafür brauchte, als er erwartet hatte. Irgendwann entdeckte er dann unter dem kleinen Tisch in der Ecke zwischen dem Fenster und der Tür einen Streifen Linoleum, der anhand einiger schwacher Beschädigungsspuren erkennen ließ, dass sich in letzter Zeit jemand daran zu schaffen gemacht hatte. Unter dem Bodenbelag bemerkte er eine lose Diele, und unter dieser Diele lag ordentlich verstaut Butchers Schatz. Spitteler fand ihn wahrscheinlich, unmittelbar bevor Mrs Weldon unten in der Gasse auftauchte. Jedenfalls war er viel zu beschäftigt, um aus dem Fenster zu schauen, und er merkte erst, dass sie auf dem Weg zu ihm war, als er Schritte auf dem Treppenabsatz hörte. Er hatte bereits alles wieder aufgeräumt und wollte gerade gehen, aber er wusste, dass er zwar genug Zeit haben würde, um durch die Geheimtür zu verschwinden, aber nicht genug Zeit, um sie wieder hinter sich zu schließen. Der Auslöser des Mechanismus befand sich wie bei uns auf Carlingtons Seite ebenfalls im Schornstein. Die Kamine stehen Rücken an Rücken zueinander. Butcher war übrigens davon überzeugt, dass Spitteler und Carlington gar nicht wussten, wie das Ding funktionierte. Er selbst hatte den Mechanismus vor etwa vier Monaten entdeckt – vielleicht zufällig, aber das werden wir nie erfahren – und benutzte ihn, um hinüber zu Carlington zu gehen und mit ihm über ihre Geschäfte zu reden. Spitteler hatte den Mechanismus auf Carlingtons Seite dann nach einer intensiven Suche ebenfalls gefunden.

Aber um zur eigentlichen Geschichte zurückzukehren: Es befand sich offenbar ein Laken in Butchers Büro. Carlington hatte es Butcher ursprünglich und sehr widerstrebend geliehen, damit Butcher vor Betty den Geist spielen konnte. Butcher hatte es in dem kleinen Raum hinter der Geheimtür aufbewahrt, um den so gut gelungenen Streich irgendwann noch einmal wiederholen zu können. Spitteler hat das Laken dann benutzt, als er das Messer holen ging, und hat dabei Liza einen Höllenschreck eingejagt. Er hatte Carlington gezwungen, sich das Laken umzuwerfen, bevor dieser nach unten in den Keller ging, nur für den Fall, dass sich noch irgendjemand im Haus befinden sollte. Daher lag es zu diesem Zeitpunkt immer noch in Butchers Büro. Spitteler schaltete das Licht aus, huschte zum Fenster hinüber und warf sich das Laken über. Das ging alles sehr rasch vonstatten, aber Männer wie er haben gelernt, äußerst schnell zu denken und zu handeln. Er wollte, dass die Person ihn sah und Angst bekam, damit sie nicht sofort den Lichtschalter fand. Damit ging er ein gewaltiges Risiko ein, aber dieses Risiko stand der Gewissheit gegenüber, dass sie ansonsten die offenstehende Geheimtür gesehen hätte. Falls der Plan nicht geglückt wäre, hätte Mrs Weldon wohl nicht mehr lange genug gelebt, um jemandem von der Tür zu erzählen, fürchte ich. Sobald er wusste, dass sie ihn gesehen hatte, huschte er durch die Tür und betätigte den Schließmechanismus. Als dann das Licht in Butchers Büro anging, war die Tür so gut wie geschlossen. Er beobachtete aus dem Fenster des dahinterliegenden Raumes die Gasse, um zu sehen, ob sie das Haus durch die Hintertür verließ – es war ja gut möglich, dass sie zur nächsten Polizeistation rannte, und er wollte gewarnt sein. Nach ein paar Minuten war er sich jedoch ziemlich sicher, dass sie durch die Vordertür hinausgegangen sein musste, aber er wartete trotzdem, bis feststand, dass sie die Polizei nicht verständigt hatte. Dann kehrte er in unser Haus zurück, schlich in den Keller hinunter und überprüfte, ob sie die Hintertür unversperrt gelassen hatte. Danach schloss er die normale Tür zu Butchers Büro, die sie offen gelassen hatte, und schaltete das Licht aus, das sie hatte brennen lassen, denn jegliche Hinweise darauf, sie könnte sich in Panik befunden haben, hätten zu ihren Gunsten gesprochen. Ein kaltblütiger, böser kleiner Mann, dieser Spitteler. Ich denke, das beantwortet Ihre erste Frage. Was noch?«

»Der Colet. Warum hat Spitteler Carlington nicht gezwungen, ihn zu zerstören?«

»Er hat es versucht. Die beiden haben das Buch auf Butchers Schreibtisch gefunden, und Spitteler wusste, dass es zu gefährlich wäre, es zu behalten oder zu versuchen, es zu verkaufen. Aber in diesem Moment stieß er auf ein Problem, mit dem er kaum hätte rechnen können, denn es handelte sich um ein Verhalten, das ihm so fremd war, dass er es nicht zu begreifen vermochte. Diese schwache Kreatur namens Carlington weigerte sich nämlich nicht nur klipp und klar, den Colet zu zerstören oder auch nur zuzulassen, dass er zerstört wurde, er erhielt diese Weigerung sogar einem Mann gegenüber aufrecht, der ein Messer in der Hand hielt und keinerlei Skrupel hatte, dieses auch zu benutzen. Carlington ist eben ein echter Buchliebhaber. Er sagte, er würde den Colet unter den anderen Büchern im Okkult-Raum verstecken, er müsse ohnehin dorthin, um seine Fingerabdrücke vom Hughes abzuwischen. Butcher hatte ihm, als er den Colet abholte, erzählt, dass er an diesem Tag dort Inventur gemacht hatte, also würde man den Colet frühestens in einem Jahr finden. Carlington hat mir auch erzählt, dass er wusste, dass das Buch an Lincoln's zurückgegeben werden würde, sobald man es entdeckte. Schließlich gab

Spitteler nach – er wollte sich wohl nicht unbedingt direkt den nächsten Mord aufhalsen, nehme ich an, und eine andere Wahl hatte er nicht. Also ließ er dem alten Mann seinen Willen.«

Nach einem kurzen Moment des Schweigens sagte Sally: »Noch eine Frage. Warum arbeitete Butcher so spät noch?«

Johnny lächelte. »Das lag an der von Ihnen erwähnten Sonderzustellung. Tut mir leid, dass ich die Sache so schnell abgetan habe. Spitteler hat den Brief geschickt und es so aussehen lassen, als käme er von Philip Francis. Der Brief war mit Schreibmaschine geschrieben und trug keine Unterschrift – selbst wenn Spitteler ein Urkundenfälscher wäre, und bei ihm ist alles möglich, so hatte er doch höchstwahrscheinlich keine Vorlage für Francis' Handschrift zu seiner Verfügung. Aber das war auch nicht wichtig, denn Butcher hätte nie erwartet, dass Francis sich so unverhohlen auf dem Papier zu erkennen geben würde. Es sei jedoch ganz unverwechselbar ein Brief von Francis gewesen, behauptet Carlington. Jeder einzelne Satz habe von Francis' Identität gezeugt. Darin beschwerte er sich über seinen Anteil und über die Preise, die Butcher für sein Diebesgut verlangte, er polterte und schwadronierte ein wenig herum und verkündete dann, er käme um Viertel nach acht an diesem Abend ins Geschäft, und wenn Butcher wisse, was gut für ihn sei, dann würde er ihn durch die Hintertür ins Haus lassen. Der Brief war ganz offenbar sehr geschickt abgestimmt – er klang bedrohlich genug, um sicherzustellen, dass Butcher ihn auch ernst nahm, aber nicht so bedrohlich, dass er ihn vollkommen abgeschreckt hätte. Es war natürlich denkbar, dass Butcher den Laden verlassen hätte, erst um kurz vor Viertel nach acht wieder zurückgekehrt und dann sofort zur Hintertür gegangen wäre. Aber auch dann hätte Spitteler ihn irgendwo im Haus ermorden können. Der Grund dafür, dass er sich einen so späten Zeitpunkt für den Mord aussuchte, war natürlich, dass er die Geschichte mit der unversperrten Hintertür ins Spiel bringen und damit nahelegen wollte, dass einer von uns nach Ladenschluss zurückgekehrt war. Außerdem wusste Spitteler, dass einige von uns manchmal Überstunden machten, und er konnte sich nicht sicher sein, bis wann diese Überstunden dauerten. Er wollte keinesfalls riskieren, bei seinem Tun gestört zu werden. Übrigens hatte er sich verkleidet, bevor er in das Büro für Sonderzustellungen ging, und darüber hinaus hatte er zuvor noch sichergestellt, dass Francis sich nicht in der Stadt befand. Zu diesem Zweck hat er einfach aus einer öffentlichen Telefonzelle in Francis' Haus in der Nähe von Guildford angerufen, darum gebeten, mit Francis zu sprechen, und ohne ein Wort aufgehängt, sobald er dessen Stimme hörte. Wenn Francis sich um vier Uhr nachmittags noch jenseits von Guildford und damit recht weit von London entfernt aufhielt, dann war es ausgeschlossen, dass er vor Ladenschluss zufällig bei Butcher vorbeischaute und damit den ganzen Plan zum Scheitern brachte. Noch etwas?«

»Was passiert jetzt mit Carlington?«, fragte Sally.

»Nun, meine Liebe, ich bin mir ziemlich sicher, dass sie ihn nicht hängen werden. Er könnte sogar relativ glimpflich davonkommen, wenn sie sein Alter berücksichtigen und auch die wackere Gegenwehr, zu der er sich am Schluss durchgerungen hat. Aber für eine Weile wird er sicherlich ins Gefängnis müssen.«

»Er ist ein älterer Herr.«

»Er ist zweiundsechzig. Gut möglich, dass es daher unbeabsichtigt eine lebenslängliche Haftstrafe wird. Das ist traurig, weil er kein schlechter Mensch ist, sondern bedauerlicherweise nur einen schwachen Charakter hat. Jedenfalls in mancher Hinsicht. Spitteler wird jedoch zweifellos gehängt werden – und das zu Recht. Es war ein absolut skrupelloser und kaltblütiger Mord, und es scheint mit ziemlicher Gewissheit festzustehen, dass es nicht sein einziger war. Er hat Carlington nach dem Mord erzählt, er habe Erfahrung damit, Leute von hinten zu erstechen, was auch durch Prescotts Bemerkung über die Wunde bestätigt wird. Er scheint eine üble Karriere hinter sich zu haben, die einem Roman von Eric Ambler entsprungen sein könnte. Aber seine Camouflage war wirklich beeindruckend. Carlington sagt, es sei ihm schnell klar geworden, dass er es hier mit einem ziemlich gerissenen kleinen Mann zu tun hatte, und Butcher ist das ebenfalls nicht entgangen. Aber ich glaube dennoch nicht, dass Butcher auch nur die geringste Ahnung hatte, worauf er sich einließ, als er Spitteler in seine Dienste nahm, damit dieser für eine zehnprozentige Provision seltene Bücher für ihn stahl.«

Johnny schwieg und sah Sally an.

»Es war ein furchtbarer Schock für Sie, Sally, nicht wahr? Dieser kleine Clown, der plötzlich zum wilden Tier wurde. Es tut mir so schrecklich leid. Ich hätte Sie nie mit nach unten genommen, wenn ich gewusst hätte, dass Carlington gerade Besuch von seinem Komplizen hatte. Aber als ich zum ersten Mal nach unten ging, da war Spitteler noch nicht da.«

»Ich bin froh, dass ich dabei war«, sagte Sally. »Ich wäre ohnehin nach unten gekommen, sobald Sie angefangen hätten, alles kurz und klein zu schlagen.«

Johnny grinste. »Ja, ich fürchte, das wären Sie wohl.«

Dann verstummte er wieder und rutschte ein wenig unruhig auf seinem Stuhl hin und her. Sally fragte sich mit einem leisen Schuldgefühl, ob er sich vielleicht langweilte und gerade nach einem Vorwand suchte, um sich verabschieden zu können. Schließlich war die Geschichte jetzt vorbei. Sie würden zu ihrem normalen Leben zurückkehren, wenn auch ohne die Streitereien, die Butcher immer verursacht hatte. Sie wünschte, ihr normales Leben käme ihr nicht plötzlich so leer und bedeutungslos vor.

Dann meinte Johnny, und es klang fast so, als suchte er nur nach etwas, was er sagen könnte: »Oh, und übrigens könnte es Sie noch interessieren, dass Alf und seine Frau, Gott segne die beiden, einen Plan für Mrs Weldon gefasst haben. Wenn sie erst einmal über ihre schlimmste Trauer hinweg ist, wird ihr größtes Problem natürlich ihre Einsamkeit sein. Alfs Frau hat eine schon etwas ältere, aber immer noch recht rüstige Cousine, die im Frühjahr nach einer langen und ehrenvollen Karriere als Köchin und Haushälterin in den Ruhestand gehen wird und die dann nicht allein leben möchte. Die beiden, Alf und seine Frau, denken, es wäre gut möglich, dass sie bereit wäre, sich mit Mrs Weldon die Wohnung zu teilen.«

»Das klingt nach einer sehr guten Idee«, sagte Sally. »Ich bin mir sicher, dass ihr das helfen wird. Es ist sicherlich ein großer Unterschied, wenn man jemanden hat, der einem Gesellschaft leistet.«

Johnny sah sie eindringlich an, und sie wünschte sich verzweifelt, sie hätte eine andere Antwort gefunden. Aber sie fürchtete, dass sie die Sache nur noch schlimmer machen würde, wenn sie jetzt versuchen sollte, ihre Worte ein wenig zu relativieren. Sie war immer noch mit dem Versuch beschäftigt, ein anderes Gesprächsthema zu finden, als Johnny aufstand, als sei er zu einer Entscheidung gelangt, neben ihr stehen blieb und zu ihr herabschaute. Er kam ihr sogar noch größer vor als sonst, und er hatte die Stirn gerunzelt, was er immer tat, wenn er sich Sorgen machte oder angestrengt nachdachte.

»In gewisser Weise«, sagte er langsam, »macht diese Bemerkung mir das, was ich zu sagen habe, leichter. Aber eigentlich macht es keinen Unterschied, denn ich würde nur eine Antwort wollen, die du mir auch geben würdest, wenn du nicht einsam wärst. Etwas anderes würdest du gewiss auch selbst nicht wollen. Ich bitte dich, mich zu heiraten, weil ich hoffnungslos in dich verliebt bin, aber ich will nicht, dass du mich heiratest, wenn du nicht auch in mich verliebt bist. Ich habe dich das schon lange fragen wollen. Aber ich war mir ganz und gar nicht sicher, ob du überhaupt gefragt werden wolltest. Und ich bin auch jetzt alles andere als sicher. Es kam mir nicht so vor, als seist du unglücklich, aber du schienst immer recht unnahbar und schienst auch nicht viel auszugehen. Ich dachte, dass es da während des Krieges vielleicht jemanden in deinem Leben gegeben hat. Also habe ich gewartet und gehofft, dass wir uns besser kennenlernen. Und jetzt, während der letzten Woche, warst du nicht mehr ganz so unnahbar. Ich nehme an, das liegt größtenteils daran, dass wir zusammen einen Mord aufgeklärt haben. Aber gestern Abend, als alles vorbei war, da wusste ich, dass ich nicht mehr länger warten kann. Ich kann unmöglich einfach so weitermachen wie immer, jedenfalls nicht, ohne herauszufinden, was du für mich empfindest. Wenn du Zeit brauchst, um darüber nachzudenken, oder das Gefühl hast, dass du dich vielleicht ein wenig später in mich verlieben könntest, werde ich versuchen, mich weiterhin in Geduld zu üben. Und wenn es ganz und gar ausgeschlossen ist, dann muss ich das Ganze eben als Erfahrung verbuchen. Also, Sally, was sagst du?«

»Ich bin in dich verliebt«, sagte Sally. »Das bin ich schon seit langem. Deswegen war ich auch so unnahbar, ich hatte Angst, du könntest es merken. Es gab tatsächlich jemanden während des Kriegs. Aber das ist lange her, und ... und ...«

»Es hat auf die gegenwärtige Situation keinen Einfluss mehr?«

»Nein.«

Das Stirnrunzeln war aus Johnnys Gesicht verschwunden. Er nahm ihre Hände und zog sie aus ihrem Stuhl hoch.

»Du, mein geliebtes Herz«, sagte er mit tiefer Stimme, und klang dabei endlich nicht mehr ganz so ruhig und gelassen wie sonst.

LESEPROBE

HENRIETTA HAMILTON

MORD AUF WESTWATER MANOR

EIN FALL FÜR SALLY UND JOHNNY

Aus dem Englischen
von Dorothee Merkel

erscheint im März 2025
ISBN 978-3-608-96616-9

KLETT-COTTA

»Meine Erfahrung, Watson, hat mich gelehrt, dass sich selbst in den abscheulichsten Gassen Londons kein schlimmerer Sündenpfuhl findet als auf dem heiteren, lieblichen Lande.«

Sir Arthur Conan Doyle, *Die Blutbuchen*

PROLOG

Sally Heldar schaute auf die Uhr. Es war fünf Minuten vor sechs. Johnny würde jeden Moment nach Hause kommen. Nach einem Tag wie heute würde er den Laden bestimmt so früh wie möglich verlassen. In ihrer gemeinsamen Wohnung war es den ganzen Tag lang schon sehr heiß gewesen, aber in seinem engen Büro im zweiten Stock, von dem man auf den Verkehr der Charing Cross Road hinausschaute, musste die Hitze nahezu unerträglich sein. Wie schön wäre es doch gewesen, wenn sie aufs Land hätten hinausfahren können, aber nachdem sie bereits im März und April einen Monat auf Hochzeitsreise gewesen waren, konnte Johnny vor Herbstbeginn unmöglich noch einmal wegfahren.

Sie ging in die Küche und öffnete den Kühlschrank. Johnny würde heute Abend bestimmt ein Bier trinken wollen, und sie selbst konnte durchaus auch eins gebrauchen. Sie nahm zwei Flaschen und zwei Gläser, ging zurück ins Wohnzimmer und stellte das Tablett auf den Tisch aus Palisanderholz, den Onkel Charles Heldar ihnen zur Hochzeit geschenkt hatte. Kurz darauf hörte sie Johnnys Schlüssel in der Wohnungstür.

Johnny war sehr groß, mit breiten Schultern, dichten braunen Haaren und ausgeprägten Gesichtszügen. Sally hatte sich eigentlich nie gefragt, ob er nun gut aussah oder nicht, und soweit sie das beurteilen konnte, tat das auch sonst niemand. Es gab etwas in seinen Augen, das solche Erwägungen sofort vergessen ließ: Sie strahlten Autorität, Humor und Güte aus, und wenn man genauer hinsah, konnte man darin die Anzeichen für zahlreiche weitere wertvolle Eigenschaften erkennen. Jeder, der Johnny begegnete, merkte sofort, dass er hier einem Mann von großer Kraft und zugleich großer Sanftmut gegenüberstand.

Er schloss sie in die Arme, kaum, dass er den Raum betreten hatte, und hielt sie eine Weile eng umschlungen, so wie er es immer tat – als hätte er Sorge gehabt, sie könnte während seiner Abwesenheit plötzlich verschwunden sein. Aber sein Kuss war fest und entschlossen. Für einige Augenblicke dachte keiner von ihnen mehr an die Hitze. Dann fragte Sally: »Ein Bier und dann ein kaltes Bad, oder erst ein kaltes Bad und dann ein Bier?«

»Zuerst das Bier, denke ich«, antwortete Johnny. »Vielleicht habe ich ja danach genug Energie, um in die Badewanne zu steigen.« Er zog sein Jackett aus und hängte es über eine Stuhllehne.

Als sie zusammen auf dem Sofa saßen, nahm er einen tiefen Schluck aus seinem Glas und seufzte. Dann sah er sie an und fragte: »Was hältst du davon, wenn wir für zwei Wochen oder so die Stadt verlassen?«

»Was – jetzt?«

»Ja. Nicht für einen Urlaub, auch wenn das eine nette Abwechslung wäre. Nein, für einen Auftrag – einen dringlichen Auftrag.«

Sally begriff sofort, was er meinte. »Eine Privatbibliothek?«

– Leseprobe –

Johnny nickte und nahm einen weiteren tiefen Schluck. »Es ist eine unglaublich komplizierte Geschichte, und ich bin gerade geistig nicht mehr so ganz auf der Höhe. Aber ich werde mein Bestes versuchen. Erinnerst du dich an den alten Mercator?«

Sally erinnerte sich sogar sehr gut an Sir Mark. Er besaß eine ausgezeichnete Bibliothek, und weil er Teilhaber einer der größten Handelsbanken Europas war, verfügte er auch über die Mittel, diese stetig zu vergrößern. Er gehörte schon seit vielen Jahren zu den Stammkunden der Gebrüder Heldar und war auch häufig persönlich in den Laden gekommen. Zu der Zeit, als sie noch dort gearbeitet hatte, war er jedes Mal überaus charmant und höflich zu ihr gewesen. Darüber hinaus war er Johnny sehr zugetan, und nachdem die Bekanntgabe ihrer Verlobung in der Times erschienen war, hatte er eigens einen Besuch im Laden abgestattet, um ihnen zu gratulieren. Zu dem Anlass hatte er sie zu einem Diner ins Savoy eingeladen. Und zu ihrer Hochzeit hatte er ihnen zwei prächtige Kerzenleuchter aus der Queen-Anne-Epoche geschickt und war bei den Hochzeitsfeierlichkeiten selbst ein äußerst willkommener Gast gewesen.

Johnny fuhr mit seinem Bericht fort: »Ich bin mir nicht sicher, ob du wusstest, dass seine Frau eine Thaxton war – eine von den Hampshire-Thaxtons, genauer gesagt. Er hat ihr irgendwann während der Anfangsjahre dieses Jahrhunderts den Hof gemacht, und obwohl Geld und persönlicher Reichtum damals allmählich eine ähnliche Bedeutung erlangten, wie sie es heutzutage haben, bestand bei den Thaxtons kein Bedarf danach, und ihr Vater rümpfte seine aristokratische Nase bei der Vorstellung, sie könnte einen Juden heiraten. Mercator hat sich damals äußerst geschickt verhalten. Das hat jedenfalls Großvater erzählt, von dem ich diesen Klatsch und Tratsch heute Nachmittag erfahren habe. Anscheinend hat sich Mercator zunächst ein ganzes Jahr lang unendlich geduldig bemüht, den alten Herrn umzustimmen. Aber als das nicht fruchtete, hat er jeden Versuch in diese Richtung aufgegeben und ist mit ihr durchgebrannt – wenn auch so nüchtern und respektabel wie irgend möglich. Die Ehe wurde zu einem vollen Erfolg, und beide Ehepartner waren so beliebt, dass ihnen aus dieser Geschichte keinerlei gesellschaftliche Nachteile entstanden ist. Sie hatten keinen Sohn, nur eine Tochter, die ein tragisches Ende gefunden hat. Sie hat einen deutschen Grafen geheiratet und ist dann in einem Konzentrationslager ums Leben gekommen. Der Graf wollte das nicht hinnehmen und ist daraufhin ebenfalls verschwunden. Die beiden hatten zum Glück keine Kinder. Zahlreichen anderen Mitgliedern aus der Mercator-Verwandtschaft ist ein ähnliches Schicksal widerfahren, bis Sir Mark schließlich nur noch ein einziger Verwandter blieb: Richard Thaxton, der Großneffe seiner verstorbenen Frau.«

»Richard Thaxton«, wiederholte Sally. »Diesen Namen habe ich irgendwo schon einmal gesehen. Gibt es nicht eine Thaxton-Bibliothek? Aber es ist gar nicht lange her, dass ich den Namen ›Richard Thaxton‹ gelesen habe.«

»Das glaube ich gern. Dazu komme ich gleich noch. Richard muss jetzt so um die dreißig sein. Ich habe ihn nie persönlich kennengelernt, aber er galt als Verschwender, und man erzählt sich, dass er nur sehr schlecht, um nicht zu sagen überhaupt nicht, mit seinem Vater ausgekommen ist. Jedenfalls ist er nach dem Krieg bei der britischen Luftwaffe geblieben und befand sich gerade in Korea, zusammen mit einer der Sunderland-Flugboot-Staffeln, als sein alter Herr sich bezeichnenderweise beim Jagdreiten das Genick brach. Nur wenige Monate darauf wurde Richard abgeschossen. Dabei muss einiges an Pech im Spiel gewesen sein, denn es ist keineswegs leicht, ein Sunderland-Flugboot abzuschießen. Jedenfalls stürzte er ab und wurde als gefallen gemeldet. Er war damals bereits zum stellvertretenden Staffelführer aufgestiegen, muss sich also sehr gut geschlagen haben. Er hatte keinen Sohn und hat alles, was er besaß – einschließlich des Familiensitzes – seiner Verlobten hinterlassen. Ich habe keine Ahnung, um wen es sich dabei handelt.

Aber weil es innerhalb sehr kurzer Zeit drei Tote gegeben hatte – Richards Großvater, der ebenfalls Richard hieß, starb 1948 in recht hohem Alter – sah sich die Verlobte gezwungen, den Familiensitz zu verkaufen, um die Erbschaftssteuern bezahlen zu können. Das war der Moment, in dem Mercator eingriff. Er erzählte meinem Großvater, dass der Familiensitz ihm schon immer gefallen habe – es handelt sich dabei um Westwater Manor, in der Nähe von Fanchester –, und dass er sich ohnehin aus dem Geschäftsleben zurückziehen wolle und sich daher nach einem Haus auf dem Lande umsehen würde. Außerdem wollte er dafür sorgen, dass Westwater wenn möglich im Familienbesitz verblieb. Vermutlich wollte er darüber hinaus auch Richards Verlobter unter die Arme greifen. Also hat er das Haus gekauft, zusammen mit allem, was sich darin befand, wozu, glaube ich, auch einige sehr kostbare Möbelstücke gehören. Und natürlich gibt es da auch die Thaxton-Bibliothek, für deren Zusammenstellung hauptsächlich Richards Großvater verantwortlich war. Es handelt sich dabei um eine wirklich hervorragende Sammlung, wie du sicherlich weißt. Sie enthält unter anderem einen Flambury von 1510 und eine Erstausgabe von Percival.

Jedenfalls hat Mercator nach diesem Kauf sowohl sich selbst als auch sein Hab und Gut nach und nach von London nach Westwater verfrachtet. Er hat sehr viel Geld in das Haus und das Grundstück gesteckt und zahlreiche Verbesserungen vorgenommen. Natürlich hat er auch seine eigene Bibliothek mitgenommen und diese mit der Thaxton-Sammlung verschmolzen. Er wollte unter anderem auch deshalb sämtliche Bücher beisammenhaben, weil er, sobald er sich eingelebt hatte, für die Versicherung ihren Wert bestimmen lassen wollte. Vor einem Monat hat er sein Haus in Hampstead verkauft und ist nach Westwater gezogen – endgültig, wie er glaubte. Vor zwei Tagen hat die chinesische Regierung bekanntgegeben, dass sie großzügigerweise vier Mitglieder der britischen Luftwaffe freilassen werde, die, wie sie behauptete, über chinesischem Staatsgebiet abgeschossen worden seien, während sie dort Krankheitserreger abwarfen. Eine hübsche Geste, natürlich, in Anbetracht der bevorstehenden Außenministerkonferenz. Und einer dieser Luftwaffenpiloten ist, wie du sicherlich bereits erraten hast, Richard Thaxton.«

Sally griff sich mit beiden Händen an den Kopf. »Wie wollen sie dieses Problem denn jemals gelöst bekommen?«, fragte sie dann.

»Ich bin kein Rechtsanwalt«, sagte Johnny. »Gott sei Dank. Ich habe keine Ahnung, was geschehen wird, aber ich kann mir vorstellen, dass es eine unfassbar komplizierte Angelegenheit ist. Glücklicherweise bleibt sie in der Familie, sozusagen. Mercator ist fest entschlossen, Richard wieder zu seinem Besitz zu verhelfen. Er meint, Westwater sei selbstverständlich Richards Zuhause, sobald er in England eintrifft, wahrscheinlich in zwei oder drei Wochen. Und hier kommen wir ins Spiel. Mercator möchte die beiden Bibliotheken wieder auseinanderdividieren, und das ist mehr oder weniger eine Aufgabe für einen Fachmann. Er selbst hat nie ein Exlibris benutzt, und das Gleiche gilt für die Thaxton-Sammlung. Deshalb gibt es auch keine einfache Methode, mit der man die Bücher voneinander unterscheiden könnte. Man muss dazu die Kataloge zu Rate ziehen, und das dürfte hier und da ein bisschen knifflig werden. Mercator könnte das zwar selbst übernehmen, aber sein Sehvermögen ist nicht mehr so gut. Und außerdem hat er genug um die Ohren, weil er ja recht dringlich mit den Rechtsanwälten verhandeln und gleichzeitig versuchen muss, sich mit Richard auszutauschen. Also sollen wir die Sache übernehmen. Darüber hinaus möchte er, wo man schon einmal dabei ist, zu Versicherungszwecken den Wert beider Sammlungen bestimmen lassen. Er hatte sich Richards Erlaubnis eingeholt, die Thaxton-Sammlung neu bewerten zu lassen, noch bevor Richard abgeschossen wurde. Alles soll möglichst noch vor Richards Rückkehr erledigt sein. Das ist nur allzu verständlich. Schließlich möchte man zu einer solchen Zeit keine Fremden im Haus haben.

Hätte es sich um irgendeine andere Person gehandelt, hätten wir gesagt, dass wir diese Aufgabe unmöglich so kurzfristig übernehmen können, und das auch noch mitten in der Ferienzeit. Aber Mercator ist ein so guter und geschätzter Kunde und auch ein so alter Freund, dass wir ihm diesen Gefallen nicht abschlagen wollten. Großvater kann nicht weg von hier, und Onkel Charles ist in Cornwall, also muss ich die Sache übernehmen. Aber ich brauche Hilfe, um das in der kurzen Zeit zu schaffen – es ist wirklich sehr viel Arbeit. Wir haben das mit Mercator durchgesprochen und sind schließlich übereingekommen, dass wir dich bitten, mich dorthin zu begleiten. Mercator hat uns beide als seine persönlichen Gäste eingeladen, und ich glaube, die Sache könnte uns großen Spaß machen. Wäre das für dich in Ordnung?«

»Mehr als in Ordnung. Ich freue mich!«, antwortete Sally. »Aber ist es denn auch wirklich kein Problem für die Firma? Schließlich gehöre ich nicht mehr zur Belegschaft.«

»Wäre es dir lieber, ich würde Miss Jennings mitnehmen?«, fragte Johnny mit ernster Miene.

»Würdest du Miss Jennings denn gerne mitnehmen, Darling?«

Johnny zuckte mit den Schultern. »Naja, das wäre mal was Neues, oder?«

»Du Schuft!«, sagte Sally.

Johnny grinste. »Ich könnte sie mitnehmen, aber sie wäre längst nicht so gut wie du. In jeglicher Hinsicht. Also solltest du doch besser selbst mitkommen, finde ich. Du bekommst übrigens auch dein altes Gehalt.«

»Dafür, dass ich im Luxus bade und ... und mit dir zusammenarbeiten kann?«

»Du hast bisher noch nie mit mir zusammengearbeitet. Vielleicht findest du es ja absolut unerträglich.«

»Das ist natürlich gut möglich«, meinte Sally.

– Leseprobe –

ERSTES KAPITEL

Zwei Tage später brachen sie nach Westwater auf. Das Wetter ließ keine Anzeichen für einen baldigen Umschwung erkennen, und so war es eine gewaltige Erleichterung aus der Stadt herauszukommen. Johnny fuhr so schnell, wie es der sonntägliche Verkehr erlaubte, und zum ersten Mal seit fast drei Wochen konnten sie ein wenig kühlere Luft genießen.

Gegen kurz nach halb vier erreichten sie eine recht hohe, kahle Hügelkuppe, von der aus sie ein kleines Tal unter sich liegen sahen, das sich als tiefgrüner Einschnitt durch die sonnenverbrannten Hügel zog. Der gesamte Talgrund wurde von einer oval angelegten Parklandschaft eingenommen. Im östlichen, weiter von ihnen entfernt gelegenen Teil wand sich silbrig glitzernd ein kleiner Fluss. In der Ferne konnten sie auch ein winziges Dorf erkennen, von dem Johnny meinte, dass es sich dabei um Danesfield handeln müsse. Fast genau in der Mitte des Parks ragte ein gewaltiger, in einer warmen Farbe schimmernder Backsteinbau auf, hinter dem man gerade noch einen Teil der dazugehörigen Gärten sehen konnte.

Von der Hügelkuppe aus nahmen sie eine Seitenstraße, die steil den Hang hinunterführte, und erreichten schließlich das offenstehende Parktor, dessen hochaufragende graue Pfeiler zwei liegende Löwen aus Stein trugen. Das Pförtnerhaus war ein kleines, quadratisches Gebäude aus dem achtzehnten Jahrhundert, in dessen Garten üppig Levkojen und späte Rosen blühten. Jenseits des Tors gelangte man auf eine lange, sorgfältig gepflegte Buchenallee, die von sonnendurchfluteten Parkflächen gesäumt wurde.

Sie sahen das Haus erst, nachdem sie die letzte Kurve durchfahren hatten. Wie sie später entdeckten, war die Südfassade noch sehr viel beeindruckender, aber auch wenn man es aus nördlicher Richtung betrachtete, also von der Seite, von der sie sich gerade dem Haus näherten, bot es einen außergewöhnlich schönen Anblick. Es war um drei Seiten eines Innenhofs gebaut, in den man von dieser Stelle aus Einsicht nehmen konnte. Die beiden Seitenflügel waren, wie sie wussten, im neunzehnten Jahrhundert hinzugefügt worden, doch diese Vergrößerung war so hervorragend ausgeführt worden, und die neuen Gebäudeteile fügten sich so nahtlos an den ursprünglichen georgianischen Bau an, dass sich die eine architektonische Epoche so gut wie überhaupt nicht von der anderen unterscheiden ließ. Auch nach diesen Baumaßnahmen wirkten die Proportionen absolut ausgewogen. Die stille Würde des säulengetragenen Vorbaus war unbeeinträchtigt geblieben, und der mit Steinplatten belegte Hof erweckte nach wie vor einen geräumigen, weitläufigen Eindruck. In der Mitte des Innenhofs ragte ein Maulbeerbaum auf, der sicherlich so alt war wie der georgianische Teil des Gebäudes.

Johnny war kurz langsamer gefahren, damit sie in Ruhe ihren Blick schweifen lassen konnten, und fuhr nun weiter, zwischen den breiten grünen Rasenflächen hindurch. Auf der Vorderseite des Hauses gab es eine breite, bo-

– Leseprobe –

genförmige Kiesauffahrt, in die die beiden Zufahrtswege mündeten, die an der rechten und linken Seite des Hauses entlangführten. Über die Kiesauffahrt gelangten sie in den steingepflasterten Innenhof, auf dem Johnny den Wagen schließlich vor der gewaltigen Eingangstür anhielt.

Noch während sie aus dem Auto stiegen, erschien ein imposanter Butler in der geöffneten Tür. Er schickte sich gerade an, sie die Treppe hinauf ins Haus zu führen, als von oben eine dünne, freundliche Stimme ertönte: »Da sind Sie ja!«

Mercator stieg die Treppe hinunter – eine kleine, schlanke, weißhaarige, von oben bis unten in Flanell gekleidete Gestalt, die eine große Würde und Autorität ausstrahlte. Man fragte sich immer ein bisschen, warum man eigentlich diesen Eindruck hatte, bis er dann zu reden anfing. Als Sally ihn das letzte Mal gesehen hatte, war seine Gesichtsfarbe noch von der typischen Blässe eines Stadtbewohners geprägt gewesen, doch jetzt hatte ihn die Sonne bereits ein wenig gebräunt, und diese Farbe stand seinen feinen Gesichtszügen mit der zierlichen Nase ausgezeichnet. Seine dunklen, von einer Brille bedeckten Augen leuchteten.

»Meine liebe Mrs Heldar, wie freue ich mich, Sie zu sehen!« Er war in England geboren und aufgewachsen, und seine klare präzise Aussprache wies nicht die geringste Spur eines Akzents auf. »Heldar, schön, dass Sie da sind. Es ist äußerst nett von Ihnen beiden, dass Sie gekommen sind!« Er reichte beiden abwechselnd seine schmale, dünne Hand. »Was für ein Wetter! Wir könnten genauso gut in Süditalien sein. Kommen Sie doch herein. Sie möchten sicher erst einmal auf Ihr Zimmer gehen. Sobald Sie sich dort ein bisschen frisch gemacht haben, trinken wir Tee im Salon. Draußen auf der Terrasse ist es nachmittags einfach zu heiß.«

Er führte sie durch ein mit einem Marmorfußboden ausgestattetes Vestibül, das zu beiden Seiten von zwei reich geschnitzten, offenbar aus einem Chorgestühl stammenden Bänken gesäumt wurde. Von dort gelangten sie in eine gewaltige Halle, in der ihnen gegenüber eine doppelläufige Treppe zu zwei langgestreckten Emporen hinaufführte, über denen wiederum ein großes, hohes Fenster aufragte. Sally vergaß, Mercator zuzuhören, und kam erst wieder zu sich, als plötzlich vollständige Stille herrschte.

»Es tut mir leid, Sir Mark«, sagte sie hastig. »Ich musste einfach staunen.«

Mercator lächelte. »Ja«, sagte er. »Ich hatte die Gelegenheit, recht viele der großen Herrenhäuser Englands zu besichtigen und war immer schon davon überzeugt, dass dieses hier von allen das Schönste ist. Es hätte mich ein wenig verletzt, wenn Sie nicht gestaunt hätten.«

Er führte sie einen der beiden prächtigen, geschwungenen Treppenläufe hinauf, und über eine der Emporen zu einem Flur, der sich an der Hofseite des Hauses entlang zog. Von dort aus betraten sie ein großes, sonnendurchflutetes Schlafzimmer mit zwei hohen Fenstern. Die Wände waren mit altweißem Brokatstoff beschlagen, und an den Fenstern hingen taubenblaue Vorhänge.

»Ich hoffe, Sie werden es in diesem Raum bequem haben«, sagte er. »Und hier sind auch schon Emmanuel und Annie, die sich um Sie kümmern werden.«

Emmanuel, der in der Tür zum Ankleidezimmer stand, war ein kleiner, schon etwas älterer Kammerdiener mit olivfarbener Haut, während es sich bei Annie um eine recht mollige Frau vom Lande mit frischem Gesicht handelte. Sie war unverkennbar eine gut ausgebildete und erfahrene Bedienstete, wirkte dabei jedoch gleichzeitig so freundlich und hausbacken, dass sich Sally – die es bisher nur selten mit Zofen zu tun gehabt hatte – keine Sorgen machte, sie könne womöglich nicht mit ihr zurechtkommen. Stattdessen betrachtete sie begeistert den wunderschönen Raum mit seinen antiken Möbeln aus Nussbaum und den symmetrisch angelegten Garten mit seinen Rosen und Veilchen, der durch die Fenster zu sehen war. Nachdem sie sich ein wenig frisch gemacht hatten, begaben sie sich wieder nach unten.

Mercator wartete in der Halle auf sie und führte sie von dort aus durch einen Flur zum Salon. Dabei handelte es sich um einen langgestreckten, hohen Raum in einer der Ecken des Hauses, dessen Fenster sich auf die im Süden gelegene Terrasse öffneten. Jenseits der Terrasse breiteten sich weiträumige Rasenflächen aus, die von einer der beiden Zufahrtswege – in diesem Fall dem westlichen – in zwei Hälften unterteilt wurden. An den Wänden des Salons hingen elfenbeinfarbene Tapeten, und die Vorhänge waren in einem derart hellen Gelb gehalten, dass sie fast weiß wirkten. Auch die mit Brokat ausgeschlagenen Sitzmöbel waren elfenbeinfarben. Hier und da waren Kissen im Raum verteilt, die einen etwas lebhafteren Farbton setzten, und überall standen als zusätzliche Farbtupfer Vasen mit Blumen. Es war ein wunderschöner, exquisiter Raum, dessen Gestaltung von einem geradezu weiblichen Geschmack zu zeugen schien, wobei das Ergebnis jedoch keineswegs feminin wirkte. Sally, die erneut ins Staunen geraten war, fand, dass diese Beschreibung ziemlich genau auch auf Mercator

– Leseprobe –

selbst passte: Ein ruhiger, den Traditionen verpflichteter, konventioneller Hintergrund, vor dem hier und da exzentrische Blitze aufleuchten – Blitze, die leicht Gefahr hätten laufen können, sich als die schlimmste Form kostspieliger Geschmacksverirrung zu erweisen, die in Wirklichkeit jedoch bezaubernd waren. Ihr fiel auch noch etwas anderes auf: Der Raum hätte ebenso gut wie ein Vorführraum wirken können, der vor hundertfünfzig Jahren in einen Dornröschenschlaf gefallen war und bei dem jetzt nur noch die roten Samtkordeln fehlten, die die Besucher daran hinderten, die herrlichen Möbelstücke zu berühren. Aber diesen Eindruck erweckte er keineswegs. Der Raum war zum Bewohnen gedacht, und hatte eine freundliche, einladende und gemütliche Atmosphäre.

Sie setzten sich vor den weißen Kamin im Adam-Stil. Über dem Kamin hing ein von Thomas Lawrence gemaltes Portrait von Elizabeth Thaxton, jener berühmten Schönheit des Regency, und in dem gefliesten Kamin stand eine gigantische Vase mit karmesinroten Gladiolen. Sally war gerade in den Anblick der faszinierenden Elizabeth versunken, als sich die Tür öffnete und ein junger Mann den Raum betrat. Er war die erste Person, die ihr hier begegnete, die ganz und gar nicht in dieses Haus passte.

Er war relativ hochgewachsen, aber da er seine schmalen Schultern gebeugt hielt, wirkte er kleiner. Seine Bewegungen hatten etwas Eckiges, Ungelenkes, und seine zerknitterte Flanellhose schien ihm nicht recht zu passen. Seine schwarzen Haare waren strähnig und ein wenig unordentlich, und sein bleiches Gesicht wurde von einer Hornbrille mit unglaublich dicken Gläsern entstellt. Er sah aus wie ein Student irgendeiner Provinzuniversität, doch kaum war

Sally dieser Gedanke durch den Kopf gegangen, schämte sie sich für ihren Snobismus. Der junge Mann hatte etwas Mitleiderregendes.

Mercator stellte ihn ihr vor. »Mrs Heldar, dies ist Cecil Deane, mein Sekretär.«

Deane schüttelte ihr schlaff die Hand und murmelte etwas, das nur halb verständlich war. Dann begrüßte er Johnny, stolperte über eine Fußbank und setzte sich schließlich ungelenk auf einen der brokatbespannten Sessel.

Der Butler brachte den Tee, und Mercator bat Sally, ihnen einzuschenken. Die georgianische Teekanne war aus Silber und das Geschirr aus Coalport-Porzellan. Deane erhob sich, um die Tassen und Teller zu verteilen, und Sally erwischte sich dabei, wie sie ein stummes Gebet gen Himmel schickte, er möge keines dieser kostbaren Stücke fallenlassen. Aber obwohl sie auf diese Weise sowohl mit der Bewunderung ihrer Umgebung beschäftigt war als auch mit der Angst, es könnte etwas zu Bruch gehen, merkte sie doch, dass Mercator sie unverwandt betrachtete, während sie dort jenseits des Tabletts mit Teegeschirr saß. Sie empfand diese stille Beobachtung als ein wenig verwirrend, doch sie war sich sicher, dass er es im Wesentlichen freundlich meinte.

Nachdem er ein oder zwei Minuten auf diese Weise hatte verstreichen lassen, ergriff er wieder das Wort. Sein Beitrag zu ihrem Tischgespräch war unbeschwert, charmant und geistreich zugleich, und er achtete stets darauf, dass er das Gespräch nicht an sich riss. Johnny und Sally fiel es daher nicht schwer, sich lebhaft an der Unterhaltung zu beteiligen. Dean hingegen sagte so gut wie kein Wort, trotz aller Versuche, ihn aus der Reserve zu locken. Er war in diesem Umfeld ganz offenbar fehl am Platze und war sich dessen vielleicht auch schmerzlich bewusst, dachte Sally. Sie vermutete zunächst, dass er noch nicht lange für Mercator arbeitete, denn es war ja gut möglich, dass dieser erst, nachdem er sich zur Ruhe gesetzt hatte, einen Privatsekretär eingestellt hatte. Doch dann erfuhr sie zu ihrer Überraschung, dass er bereits seit drei Jahren für Sir Mark arbeitete. Aber vielleicht stellte Westwater ja eine vollkommen andere Herausforderung für ihn dar, als es das Haus in Hampstead gewesen war. Kaum war die Mahlzeit beendet, murmelte er eine Entschuldigung und verließ den Salon.

Bald darauf meinte Mercator, er würde den Heldars gerne das Haus zeigen, und sie traten auf den Flur hinaus.

Die Haupträume lagen alle im mittleren Teil des Gebäudes, der auf die Terrasse hinausging. Unmittelbar neben dem Salon befand sich die Bibliothek, ein großer, quadratischer Raum, dessen vollgepackte Bücherregale bis knapp einen Meter unterhalb der hohen Decke reichten. Sally war ein wenig entsetzt über das gewaltige Ausmaß der Aufgabe, die sie hier erwartete, aber Johnny schien den Anblick recht entspannt aufzunehmen. Neben der Bibliothek lag die große Halle und am anderen Ende des Flurs war Mercators Arbeitszimmer – ein freundlicher Raum, der zwar ganz offenbar der Arbeit diente, aber durchaus nicht rein funktional wirkte. Die Einrichtung bestand aus einem massiven Schreibtisch und einigen alten Ohrensesseln, und über dem Kaminsims hing das Portrait eines jungen Mädchens. Ihr Gesicht, das vor einem dunklen Hintergrund schwebte, war ein klar umrissenes Oval mit feinen Gesichtszügen und einer fast durchsichtigen, blassen Haut. Ihre sanften blauen Augen waren von Lachen erfüllt, und ihre Haare leuchteten so rotbraun wie herbstliches Buchenlaub. Es war eine flüch-

– Leseprobe –

tige Ähnlichkeit zu Mercator selbst zu erkennen, und Sally erriet die Identität des Mädchens just in dem Augenblick, als Mercator sagte: »Das ist meine Tochter. Ein Portrait von Sargent.«

»Sie ist wunderschön«, sagte Sally. Es schien ihr, als wäre das der einzig angemessene Kommentar.

Mercator lächelte und sah Johnny an. »Ja. Sie ist wunderschön«, sagte er.

Hinter dem Arbeitszimmer, in der südöstlichen Ecke des Hauses, war der Speisesaal und nebenan, im Ostflügel des Hauses, das Frühstückszimmer. Der Rest des Ostflügels war den Unterkünften der Dienstboten vorbehalten. Mercator erklärte ihnen, dass er keine Haushälterin habe, da er es vorziehe, seine Mahlzeiten selbst zusammenzustellen, weshalb er auch in der Küche umherwandern könne, wie es ihm gerade beliebte. Und gerade in der Küche waren die von ihm vorgenommenen Neuerungen am deutlichsten zu erkennen. Es war für jede nur denkbare moderne Annehmlichkeit gesorgt worden, die seinen Dienstboten das Leben erleichtern sollten, und es war nicht zu verkennen, dass sie dies zu schätzen wussten. Selbst der französische Koch, der gerade vor dem großen elektrischen Herd stand, irgendeine geheimnisvolle Sauce umrührte und dabei vor sich hinmurmelte, war es ganz offenbar nicht nur gewohnt, seinen Arbeitgeber in der Küche zu begrüßen, sondern zeigte sich sogar hocherfreut.

Sie schauten sich auch den Westflügel an, in dem sich das Büro des Verwalters, ein Rauchsalon aus dem neunzehnten Jahrhundert und die Waffenkammer befanden. Dann gingen sie ins obere Stockwerk, wo sie sich die Bildergalerie und noch einige andere Räume ansahen. Zum Schluss brachte Mercator sie noch zu den Stallungen, die auf der Ostseite des Hauses gelegen waren, und zeigte ihnen die Veränderungen, die er dort vorgenommen hatte. Als sie ins Haus zurückkehrten, ertönte bereits der Gong, der das Zeichen zum Umkleiden gab.

Sally schminkte sich gerade, als Johnny aus ihrem privaten Bad zurück ins Zimmer kam. Er schlenderte zu ihr hinüber, stellte sich hinter sie, und sie lächelten sich im Spiegel an.

»Sehr schön«, sagte er. »Aber nicht ganz so gemütlich wie unsere Wohnung.«

»Nein«, stimmte Sally ihm feierlich zu.

Johnny fragte unvermittelt: »Macht es dir was aus, dass ich dir so etwas wie das hier nicht bieten kann?«

»Ob es mir was ausmacht? Was ausmacht?«

»Schon gut«, sagte Johnny und klang dabei geradezu absurd erleichtert. »Ich wollte nur sichergehen.«

***

Gelegentlich gönnten sich die Heldars einen besonderen Abend, an dem sie ausgingen und in einem Restaurant dinierten, aber nach dem Essen, das ihnen bei Mercator serviert wurde, waren sich beide einig, dass sie noch nie eine bessere Mahlzeit zu sich genommen hatten. Ganz offenbar gehörte der französische Koch zu Mercators kostbarsten Schätzen. Das Gleiche ließ sich jedoch auch über seinen Burgunderwein sagen. Der Speisesaal von Westwater Manor gab eine würdige Umgebung für das Mahl ab, und Mercator selbst zeigte sich von seiner geistreichsten und charmantesten Seite. Das Einzige, was Sally an dem Abend auszusetzen hatte, war der Umstand, dass Mercators Vorbild bei Deane keinerlei Spuren zu hinterlassen schien. Er war genauso schweigsam wie er es beim Tee gewesen war, und sie hatten kaum Antoines exquisiten Kaffee und Mercators hervorragenden Cognac getrunken, da murmelte er auch schon wieder eine Entschuldigung, wünschte ihnen gute Nacht und verschwand.

Mercator nahm die Heldars für einen kurzen Spaziergang durch den Garten mit nach draußen, und dann brachte er sie, da er im Verlauf des Abends entdeckt hatte, dass sie sein Interesse an der Musik teilten, wieder in den Salon zurück und öffnete einen großen Sheraton-Schrank, der Grammophonplatten enthielt.

»Vielleicht mögen Sie ja etwas auswählen«, sagte er. »Meine Augen sind nicht mehr so gut wie früher.«

Nachdem sie ein wenig hin und her diskutiert hatten, entschied Johnny sich für Brahms' Variationen über ein Thema von Haydn, legte die Platte in die große Musiktruhe, und sie setzten sich, um zuzuhören.

Sie hatten der Musik gerade mal fünf Minuten gelauscht, als ihr Hörgenuss unsanft unterbrochen wurde. Auf der Terrasse waren schwere Schritte zu hören, und als Sally aufblickte, sah sie, wie ein kleiner, beleibter, in einen Smoking gekleideter Herr mit backsteinrotem Gesicht an der offenstehenden Terrassentür auftauchte. Im nächsten Moment kam er wie ein wütender Stier in den Raum gestürmt.

»Aha!«, rief er. »Also hier sind Sie, Mercator! Haben Sie meinen Brief bekommen?«

»Ja, das habe ich«, antwortete Mercator freundlich. »Kommen Sie doch herein, mein Freund, kommen Sie! Ich freue mich, Sie zu sehen.«

- Leseprobe -

Diese Einladung schien den Besuchern noch mehr aufzuregen. Sein Gesicht nahm eine dunkelrote Farbe an. »Also?«, fragte er trotzig. Dann folgte er Mercators vorwurfsvollem Blick, entdeckte Sally und machte eine kleine Verbeugung. »Verzeihen Sie, Madam.«

Mercators Augen funkelten amüsiert. »Mrs Heldar, erlauben Sie, dass ich Ihnen Colonel Danby vorstelle, meinen Nachbarn – auch wenn er dies, leider Gottes, nicht mehr lange bleiben wird!«

»Aber das ist es ja gerade!«, brüllte der Colonel triumphal. Dann erinnerte er sich an Sallys Gegenwart, senkte hastig die Stimme und murmelte ein Wort der Begrüßung. Johnny, der sich erhoben hatte, wurde nun ebenfalls vorgestellt. Der Colonel widmete ihm gerade so viel Zeit, wie es die Höflichkeit erforderte, und wandte sich dann wieder an Mercator.

»Ah, ja, mein lieber Freund«, sagte Mercator daraufhin. »Ihr Brief –«

Sally murmelte: »Wenn Sie geschäftliche Dinge besprechen möchten, Sir Mark, dann sollten Johnny und ich uns vielleicht einmal in der Bibliothek umsehen.«

»Nein, nein!«, sagte Mercator. »Auf keinen Fall, meine liebe Mrs Heldar. Sie und Ihr Mann bleiben hier und sorgen für Fairplay, wie es die Engländer so schön sagen.«

Sally fand ihren ursprünglichen Verdacht, dass er ein Spiel mit dem Colonel spielte, bestätigt, und setzte sich wieder. Sie warf Johnny einen Blick zu. Der feierliche Gesichtsausdruck, mit dem er ihren Blick erwiderte, hatte den gleichen Effekt, als würde er ihr zuzwinkern.

»Tja, wenn Sie darauf bestehen«, brummte der Colonel beleidigt.

– Leseprobe –

»Aber ich stehe Ihnen natürlich voll und ganz zu Diensten. Setzen Sie sich, kommen Sie, setzen Sie sich doch! Entschuldigen Sie mich einen Moment, ich muss das Grammophon ausschalten. Ich weiß, dass Ihnen an Musik nichts liegt.«

Nachdem er das erledigt hatte, kehrte er wieder zu seinem Sessel zurück, setzte sich und lächelte den Colonel mit liebenswürdiger Aufmerksamkeit an.

»Nun?«, fragte Danby. »Was werden Sie dagegen unternehmen?« Der triumphierende Klang war in seine Stimme zurückgekehrt.

Mercator zuckte die Achseln und breitete seine Hände aus. Die Geste hatte den erwünschten Erfolg.

»Verdammt nochmal, Sir!«, brüllte der Colonel. Dann drehte er sich hastig zu Sally um. »Verzeihen Sie, Mrs Heldar.« Als er weitersprach, bemühte er sich leiser zu sprechen, was ihm jedoch eine geradezu qualvolle Mühe zu bereiten schien. »Es bleibt Ihnen nur eins übrig. Das habe ich Ihnen schon in meinem Brief erklärt. Wenn ich nicht gerade oben in Schottland gewesen wäre, dann wäre ich sofort hergekommen, als ich das mit Richard gehört habe. Stoppen Sie den Bau Ihrer verdamm- Ihrer schrecklichen Farm! Sie können nicht auf einem Stück Land bauen, das Ihnen nicht gehört, Sir! Und wenn Sie es doch versuchen sollten, werde ich Maßnahmen ergreifen! Jetzt, da Richard am Leben ist, sieht die Sache schließlich ganz anders aus.« Er rieb sich befriedigt die feisten Hände.

»Ach, meinen Sie?«, fragte Mercator geringschätzig.

»Das meine ich nicht nur, das weiß ich, Sir! Ich bin hier in der Gegend schließlich der Friedensrichter. Sie müssen den Bau stoppen. Und sobald Richard wieder hier ist, wird er

Ihre scheußliche Konstruktion einreißen lassen. Das Ding verdirbt kilometerweit die Aussicht und ruiniert mir den Fluss. Die Fische kommen da überhaupt nicht mehr hoch, seit Sie dieses Ungeheuer von einem Damm ins Wasser gebaut haben. Richard wird das nie im Leben zulassen. Dafür liegt ihm die Landschaft viel zu sehr am Herzen. Und außerdem nimmt er im Gegensatz zu Ihnen Rücksicht auf seine Nachbarn.«

»Aber das wäre doch unendlich schade!«, rief Mercator. »Meine schönen Gebäude – sie sind fast fertig. Ich werde Richard auf jeden Fall raten, sie zu behalten. Wenn er für einen ordentlichen Betrieb sorgt, wird die Farm ihm sehr viel Geld einbringen.«

Nach diesen Worten vergaß der Colonel Sallys und Johnnys Anwesenheit vollkommen und brüllte mit seiner Kasernenhofstimme derartig laut los, dass die Porzellanfiguren auf dem Kaminsims erzitterten. Dabei erging er sich in einer wirren, zornentbrannten Tirade über ländliche Lebensqualität und die Rechte von Uferanliegern. Mercator hörte ihm eine Weile zu, um schließlich selbst in einen erbitterten Wutanfall auszubrechen. Er kramte aus seinem Repertoire die unterschiedlichsten Zornesgesten und empörten Gebärden hervor und schleuderte seinem Gegenüber in mehreren Sprachen Beleidigungen an den Kopf. Sally fiel jedoch auf, dass Mercators Beleidigungen eher malerischer Natur waren, statt wirklich verletzend gemeint zu sein, auch wenn sie nicht ganz sicher war, ob das dem Colonel ebenfalls klar war. Jedenfalls war sie davon nicht im Geringsten peinlich berührt. Es machte ihr sogar Spaß, bis zu dem Moment, als der Colonel und Mercator von ihren Stühlen hochfuhren, und das Gesicht des Colonels einen bedrohlichen Ausdruck annahm. Als sie daraufhin erneut Johnny ansah, stellte sie fest, dass er sich ebenfalls erhoben hatte.

»Meine Herren, bitte!«, sagte er beschwichtigend. Sally glaubte, er würde sie nun daran erinnern, dass eine Dame anwesend war, aber offenbar scheute er davor dann doch zurück. Es war auch gar nicht notwendig. Mercators Wut verpuffte sofort. Der Colonel hingegen wandte Johnny sein zorniges Gesicht zu und öffnete den Mund, um ihn anzubrüllen, schloss ihn dann jedoch sofort wieder.

»Verzeihen Sie«, sagte er brüsk. »Sie haben ja Recht, mein Junge.« Er wandte sich erneut an Sally. »Bitte verzeihen Sie, Mrs Heldar. Das war unentschuldbar. Ich hoffe, wir haben Ihnen keine Angst eingejagt.«

Sally neigte den Kopf. Daraufhin wandte er sich Mercator zu, nickte steif und sagte: »Wir besprechen die Sache ein anderes Mal. Gute Nacht.« Dann drehte er sich um, marschierte zur Terrassentür hinaus, und sie hörten, wie sich seine Schritte entfernten.

»Mrs Heldar«, sagte Mercator. »Ich muss mich ebenfalls bei Ihnen entschuldigen, auch wenn ich Sie nicht fragen werde, ob wir Ihnen Angst eingejagt haben. Aber ich kann Danby einfach nicht widerstehen. Er liebt es, wenn man sich so richtig in die Haare gerät.«

»Fast ebenso sehr wie Sie«, sagte Sally und lächelte ihn an.

Er schenkte ihr im Gegenzug ein amüsiertes Lächeln, das fast schon liebevoll war. »Wie recht Sie haben, meine Liebe!«, sagte er. »Und wie umsichtig Ihr Gatte eingeschritten ist, gerade zur rechten Zeit!« Er seufzte. »Ich glaube nicht, dass der Colonel von seinem Haus aus mehr als nur eine Giebelspitze von meiner Farm sehen kann, und ich glaube auch nicht, dass der Damm auch nur im Geringsten

– Leseprobe –

Anstoß erregen wird – das heißt, gesetzt den Fall, Richard entscheidet sich dafür, ihn fertigzustellen. Und ich habe sogar einen kleinen Seitenarm für die Fische angelegt, über den sie hochschwimmen können. Ich habe mich von allen möglichen Experten beraten lassen, und die Pläne sind genehmigt worden, also weiß ich verdammt nochmal – oh, entschuldigen Sie bitte, Mrs Heldar, ich habe diesen Fluch hauptsächlich wegen des netten Wortspiels benutzt – dass mein Damm die Anglerfreuden des Colonels in keiner Weise beeinträchtigen wird. Aber er will das einfach nicht glauben, und es wäre natürlich auch sehr langweilig, wenn er es täte. Schön, dann lassen Sie uns weiter der Musik zuhören, ja?«

Als der Brahms zu Ende war, legte Johnny Bachs Arie Schafe können sicher weiden auf. Der Friede war in das wunderschöne Zimmer zurückgekehrt. Sally lehnte sich in ihrem Sessel zurück, sah zu Johnny hinüber, der auf dem Sofa saß, und stellte fest, dass er sie ebenfalls ansah. Im nächsten Moment wurde der Friede erneut zerschlagen, diesmal jedoch nahezu geräuschlos.

Sally wurde sich der Gegenwart einer weiteren Person im Raum bewusst und als sie aufschaute, sah sie einen jungen Mann in einer der Terrassentüren stehen. Einen Moment lang verharrte er derart bewegungslos an Ort und Stelle, dass sie sich fragte, ob in Westwater ein Geist spukte. Aber er war kein Thaxton, falls man die Familienportraits als Orientierung heranziehen konnte. Er hatte weder den obligatorischen Rotschopf der Thaxtons – denn er war blond – noch hatte er jemals über deren vollendete Schönheit verfügt, auch wenn er früher einmal gut ausgesehen haben mochte. Sein Gesicht war blass und wirkte merkwürdig ausgezehrt, und Sally fragte sich, ob er krank war. Doch dann sagte er etwas, und seine belegte, schleppende Stimme ließ erkennen, was tatsächlich mit ihm nicht stimmte: Wenn er krank war, dann wegen langjähriger Trinkerei.

»Also hier sind Sie.« Er sprach sehr leise, doch dieser leise Ton war wesentlich verstörender, als es das Gebrüll des Colonels gewesen war.

Mercator stand auf. »Verzeihen Sie, Mrs Heldar«, sagte er. »Ja, hier bin ich, Willesdon. Wenn Sie mit mir reden möchten, sollten wir besser in mein Arbeitszimmer gehen.«

»Oh nein!« Die Stimme klang zwar immer noch leise, aber der junge Mann war mittlerweile ein paar Schritte weit in den Raum hineingetreten. Er torkelte ein wenig. »Oh nein. Wir werden diese Auseinandersetzung vor Zeugen führen.«

»Ich habe Sie gebeten, in mein Arbeitszimmer zu kommen«, entgegnete Mercator ruhig.

»Als wäre ich ein ungezogener Junge, der zum Schuldirektor gerufen wird?« Die Stimme wurde ein wenig lauter. »Nein, vielen Dank auch, Mercator. Wir werden das hier und jetzt austragen. Ich will meinen Arbeitsplatz zurück, und zwar sofort. Die Dinge werden sich mit Dickies Heimkehr ändern. Er wird mir meinen Posten sicherlich zurückgeben, auch wenn Sie sich weigern. Also stellen Sie mich besser jetzt direkt wieder ein, um weitere Unannehmlichkeiten zu vermeiden.« Er machte einen weiteren Schritt in den Raum hinein. Sein Gesichtsausdruck wirkte bedrohlich.

Mercator bewegte sich nicht von der Stelle. »Heldar«, sagte er. »Würden Sie mit Ihrer Frau bitte in die Bibliothek hinübergehen?«

»Das mache ich, Sir«, sagte Johnny. »Aber dann werde ich hierher zurückkehren, wenn es Ihnen recht ist.«

- Leseprobe -

»Das wäre vielleicht keine schlechte Idee. Vielen Dank.«

»Eine verdammt gute Idee«, sagte der junge Mann. »Dann habe ich einen Zeugen. Und der sieht auch nicht wie ein dreckiger Jude aus.«

Sally spürte, wie Johnnys Hand sich um ihren Arm verkrampfte. Dann verließ er mit ihr zusammen den Raum und begleitete sie in die Bibliothek.

»Sei vorsichtig«, sagte sie, auch wenn ihr bewusst war, dass das eine recht unsinnige Warnung war. Johnny war sehr viel kräftiger als der junge Mann im Salon, und achtete auch stets darauf, dass er sich in bester körperlicher Verfassung befand. Außerdem war er im Krieg Kommandoführer gewesen.

Er blieb mit seiner großen, beruhigenden Gegenwart noch kurz neben ihr stehen und schaute zu ihr herunter. Er war ein wenig weiß im Gesicht, was bei einem Heldar immer ein Zeichen von Wut war, aber er lächelte sie an. »Mach dir keine Sorgen«, sagte er und verließ den Raum.

Das Haus hatte dicke Wände. Für eine ganze Weile, die ihr wie eine Ewigkeit vorkam, hörte Sally überhaupt nichts. Dann ertönte Willesdons Stimme auf der Terrasse, der laut gegen irgendetwas zu protestieren schien. Es folgten einige nur schwach vernehmbare Geräusche, die auf eine Handgreiflichkeit hinzuweisen schienen, und dann herrschte Stille.

Ein paar Minuten später kehrte Johnny wieder zurück. Seine Gesichtsfarbe war wieder normal, und er sah auch nicht im Geringsten derangiert aus. Als sie ihn fragend ansah, sagte er: »Nicht jetzt. Komm mit, Darling.«

Als sie in den Salon zurückkehrten, stand Mercator vor dem Kamin. »Dieses Mal muss ich mich sehr wohl bei Ihnen entschuldigen, Mrs Heldar«, sagte er. »Es tut mir außerordentlich leid, dass Sie einen derart unerquicklichen Vorfall haben mitansehen müssen. Ich kann nur sagen, dass er sich dank des Eingreifens Ihres Gatten hoffentlich nicht wiederholen wird.«

* * *

Johnny kam in seinem Schlafanzug aus dem Ankleidezimmer und setzte sich neben sie auf die niedrige Fensterbank. Beide Fenster standen weit offen, und die Luft war vom Duft nächtlicher Blüten erfüllt.

»Ich denke, ich darf dir erzählen, worum es bei dem ganzen Tamtam ging«, sagte er. »Willesdon war ein Kamerad von Richard bei der Luftwaffe. Wenige Monate, bevor Richard nach Korea ging, schloss Willesdon seinen Armeedienst ab, und als der alte Thaxton sich das Genick brach, hat Richard ihn hier auf Westwater zum Grundstücksverwalter gemacht. Der alte Verwalter setzte sich gerade zur Ruhe. Doch es war ohne Zweifel eine äußerst unkluge Entscheidung von Richard, Willesdon diesen Posten zu geben, denn der hatte absolut keine Ahnung, wie man ein solches Anwesen führt, und er ist nicht mal auf dem Land aufgewachsen. Als Mercator sich die Lage anschaute, stellte er fest, dass Willesdon die meiste Zeit sturzbetrunken und selbst im nüchternen Zustand absolut unfähig war. Also hat er ihn rausgeschmissen. Er hat niemand anderen eingestellt, sondern die Verwaltung selbst übernommen, und ich könnte mir vorstellen, dass er das sehr gut macht. Willesdon hat es, glaube ich, zunächst nicht gewagt, sich zu beschweren, sondern erst, als er gehört hat, dass Richard noch am Leben ist. Und selbst dann hat er sich ordentlich mit Gin Mut angetrunken, bevor er sich traute, hierherzukommen und Mercator zur Rede zu stellen. Ich glaube, er ist nach seiner Entlassung wieder nach London gezogen. Die Entscheidung liegt jetzt natürlich bei Richard, aber er wäre ein Narr, wenn er Willesdon wieder einstellen würde.«

»Was hast du mit ihm gemacht?«

»Ich habe ihn mit einem Tritt die Terrassenstufen hinunterbefördert, wenn du's unbedingt wissen willst. Es tut mir leid, mein Schatz, das war für dich eine unschöne Szene.«

»Mach dir da mal keine Gedanken. Und die Sache mit dem Colonel hat mir richtig Spaß gemacht.«

Johnny lachte. »Das war ein gemeines kleines Schauspiel, das Mercator da in Szene gesetzt hat. Wie er sich als den ausschweifenden, aufbrausenden Fremden gegeben hat, mit einem Schuss Dilettantismus und einem Hauch von Emporkömmling – nichts wäre besser geeignet gewesen, um den Colonel in Rage zu versetzen. Danby stammt aus einer anderen Zeit. Ich wusste gar nicht, dass solche Leute überhaupt noch existieren!«

»Ich mag ihn eigentlich, muss ich sagen«, meinte Sally nachdenklich. »Und Mercator habe ich regelrecht liebgewonnen!«

»Weißt du, warum Mercator dich so ins Herz geschlossen hat, Darling? Letzte Woche, als er bei uns im Laden war, hat er mir erzählt, dass du seiner Tochter ähnelst.«

»Seiner Tochter? Ich habe mehr oder weniger die gleichen Haare, aber das ist auch schon alles. Ich meine, sie war wirklich wunderschön.«

»Wirklich wunderschön«, wiederholte Johny ernst. »Ihr Portrait sieht dir sehr ähnlich.«

– Leseprobe –